RUSCH / STRIEBIG
LUZIFERS KRIEG

Michael Rusch / Thomas Striebig

Luzifers Krieg

Die Legende von Wasgo

Band 2

Fantasy

AAVAA VERLAG

1. Auflage 2014

Umschlaggestaltung: AAVAA Verlag
Coverbild: Thomas Striebig

Printed in Germany

Taschenbuch:	ISBN 978-3-8459-1411-4
Großdruck:	ISBN 978-3-8459-1412-1
eBook epub:	ISBN 978-3-8459-1413-8
eBook PDF:	ISBN 978-3-8459-1414-5
Sonderdruck:	Mini-Buch ohne ISBN

AAVAA Verlag, Hohen Neuendorf, bei Berlin
www.aavaa-verlag.com

Für Paul Hahn

Inhaltsverzeichnis

Prolog

Die Ewige Nacht war endlich vorbei. Die Zauberer Jodaryon und Wasgo hatten gemeinsam mit Wasgos Eltern Antares und Luziferine den bösen Herrscher der Welt im Kampf besiegt. Die Erde war vom Joch befreit, die dicken Wolken, die zuvor keinen Sonnenstrahl durchgelassen hatten, lösten sich auf. Endlich konnten die Wiesen und Wälder wieder grünen und blühen. Tagsüber schien die Sonne und die Temperaturen normalisierten sich. Der immerwährende Winter, der auf die Dauer alles Leben auf der Erde vernichtet hätte, war vorüber.

Doch ohne große, bleibende Schäden war die Tyrannei des einstigen Herrschers der Welt, der sich Bossus nannte, nicht geblieben. Viele Pflanzen hatten im fortwährenden Dunkel und bei den eisigen Temperaturen nicht überleben können und das Antlitz der Erde hatte sich gewaltig verändert. Eingestürzte Berge und zerstörte Landschaften waren nur einige der Folgen der Ewigen Nacht, deren Ursache Bossus' böse Zauber waren. Die Natur konnte sich an solchen Orten nur sehr schwer erholen. Was einmal vernichtet war, konnte nicht wieder neu entstehen.

Viel schlimmer war aber, dass sehr viele Lebensformen nicht mehr existierten. Es gab nur noch wenige Zauberer auf dieser Welt, viele Tierarten waren vernichtet worden und man nannte sie fortan nur noch Fabelwesen oder Fabeltiere und redete sich ein, sie hätten nie existiert. Die Hexen und Geister hatten den Kampf gegen Bossus ausnahmslos nicht überlebt. Nicht viel besser war es den Vampiren ergangen, sie waren nahezu ausgerottet; es gab nur noch die wenigen, die zu Sinclair, dem Herrn der Fledermäuse, gehörten. Diese letzten Vampire hatten Antares und Luziferine in ihrer Höhle ein Zuhause gegeben, als das Ehepaar vor Bossus' Schergen auf der

Flucht war. Und in dieser Höhle wurde Wasgo zum Zauberer ausgebildet. Gemeinsam mit Jodaryon nahm er später den Kampf gegen Bossus auf.

Auch nach dem Ende der „Ewigen Nacht" war Sinclair der Anführer der Vampire. Doch er wendete sich nun von den Menschen ab und zog mit seinen Getreuen nach Transsilvanien. Dort begannen die Vampire in der Nacht Menschen zu jagen – um weiterhin existieren zu können, benötigten sie dafür ja deren Blut. Und musste Sinclair nicht den Fortbestand der Vampire sichern? So geschah es, dass für Wasgo und Jodaryon aus einem ehemaligen Verbündeten ein erbitterter Gegner wurde.

Nachdem der schwarze Magier Bossus den alles entscheidenden Kampf gegen Jodaryon und Wasgo verloren hatte, hatte der Höllenfürst Luzifer nichts Eiligeres zu tun, als sich dessen Seele zu holen. Wo hätte es auch sonst eine Bleibe für Bossus geben sollen? In der Hölle waren die schwarzen Seelen gut aufgehoben, wenigstens darauf sollte man vertrauen können. Doch Bossus' Seele nutzte die Gunst der Stunde gut, er wollte auf die Erde zurückkehren.

Bossus war ein böser Zauberer und Luzifer der Teufel. Der eine war schlau und gerissen, der andere die Verkörperung der Bosheit, aber eben auch nicht gerade mit übermäßiger Intelligenz gesegnet. So gewann Bossus immer mehr Einfluss auf Luzifer.

Woher kam dieser Bossus überhaupt, was hatte er getrieben, bevor er scheinbar von jetzt auf gleich die Welt erobert hatte? Im Grund wusste das niemand. Urplötzlich war er einfach da und begann im selben Augenblick, gegen die ganze Welt Krieg zu führen. Den verloren die Erdbewohner in einer gewaltigen Schlacht in den großen, hohen Bergen. Jodaryon, Bossus' gefährlichster Gegner, wurde von diesem gefangen genommen. Volle fünfhundert Jahre musste der arme Jodaryon als Gefangener leben, die ganze Zeit über völlig von der Außenwelt isoliert, eingeschlossen von undurchdringlichem Gestrüpp. Ein halb verfallenes Gemäuer und ein Flüsschen – das war alles an Bequemlichkeit, das ihm Bossus noch bewilligte.

Nachdem Wasgo geboren worden war, wurde er durch seine Eltern auf seine Aufgabe vorbereitet. Als er später den Kampf gegen den bösen Weltenherrscher aufnahm, entging er mehr als einmal nur um Haaresbreite dem sicheren Tod. Immer wieder versuchte Bossus, Jodaryon und Wasgo durch böse Zauber umzubringen. Schließlich konnten die beiden den Tyrannen unschädlich machen. Mit Hilfe von Antares und Luziferine besiegten und töteten sie Bossus im direkten Kampf mit den Strahlen der Liebe und des Lebens.

Nun schmorte also die schwarze Seele des einstigen Tyrannen im ewigen Feuer der Verdammnis, dem Höllenfeuer. Doch war sie immer noch gefährlich. Unablässig zerbrach sie sich den Kopf, wie sie den besonders dummen Herrn des Fegefeuers und auch Luzifer selbst für ihre Zwecke einspannen konnte.

Bossus' Plan war einfach. Als Erstes musste er wieder einen menschlichen Körper bekommen und unerkannt auf die Erde zurückkehren. Dort konnte dann das Verhängnis erneut seinen Lauf nehmen. Um jeden Preis wollte er sich aus der Hölle lösen. Ob sich der dumme Luzifer von ihm wohl übertölpeln, sich gar zu einem Krieg gegen Wasgo und Jodaryon gewinnen ließ?

Denn das war es, was Bossus wollte. Er hoffte, so doch noch einmal den Einfluss auf das Weltgeschehen zu bekommen, der ihm doch nach seiner Meinung zustand. Nur einen neuen menschlichen Körper brauchte er, einen einzigen lächerlichen menschlichen Körper! Und hatte er den erst einmal, dann sollte die Ewige Nacht wieder das Leben auf der Erde bestimmen! Der Himmel sollte für alle Zeiten wolkenverhangen sein, und zwar so, dass nicht der kleinste Sonnenstrahl durchkommen konnte. Ewige Finsternis sollte überall auf dem Planeten herrschen. Die Welt sollte Bossus ausgeliefert sein, keinem anderen als Bossus! Er wollte wieder sein altes Regime aufbauen, das alle Bewohner der Erde unterdrückte und terrorisierte.

Die Welt gehörte den Starken, Mächtigen! Nicht den Schwachen, diesem weinerlichen Pack, diesen unnützen Essern, die in Punkto Dummheit und Größenwahn nur noch von Luzifer und dessen dämlichen Hofschranzen übertroffen wurden – mochten die versklavt oder ausgerottet werden, das spielte keine Rolle. Und Bossus war klar, dass der Mächtige, der vom Schicksal, von der Vorsehung zur Weltherrschaft berufen war, eben nur einer sein konnte – er selbst, der große Bossus, der größte Magier, den die Welt je gesehen hatte!

Vorbereitungen

Der Tag versprach wieder strahlend sonnig zu werden. Kein einziges Wölkchen trübte den Himmel. Längst hatte sich die Natur von der ewigen Nacht erholt. Die Temperaturen waren angenehm, der Sommer hatte in der Bergwelt Einzug gehalten. Die Menschen gingen mit leichter Kleidung ihren Tagesgeschäften nach. Sie genossen die Natur und das schöne Wetter. Auf den Almwiesen blühten viele Blumen, die Gräser standen aufrecht der Sonne zugewandt und neigten sich leicht zur Seite, wenn der Wind mit ihnen spielte. Überall herrschte ein leuchtendes und gesundes Grün vor, von anderen, ebenso leuchtenden Farbklecksen geschmückt: hellblauen Vergissmeinnicht, gelbem und blauem Enzian, roten Alpenrosen, gelbem Löwenzahn und vielen weiteren Blumenarten, die auf den Bergwiesen gediehen. Es war ein friedliches Bild, das die Natur den Menschen in dieser Zeit bot.

Hummeln, Schmetterlinge, Bienen, Wespen, Libellen und andere Insekten summten um die Blumen herum und setzten sich manchmal auf sie nieder, um von ihrem Nektar zu trinken. Die Menschen beobachteten die Tiere und erfreuten sich an ihnen. Es waren nicht nur die Insekten, die die Herzen aller Menschen höherschlagen ließen, es waren auch Eidechsen, Eichhörnchen, Hasen, Füchse, Rehe oder Hirsche, die man nun täglich im Wald und auf den Wiesen sehen konnte. Auch Sperlinge, Meisen, Finken, Drosseln und Amseln oder Nachtigallen, die so schön ihre Lieder singen konnten, erfreuten immer wieder die Menschen. Endlich konnten alle Lebewesen das Leben wieder genießen.

Seit Bossus gestürzt worden war, herrschte wieder ein reges und vor allem geordnetes Leben auf der Erde. Doch nun suchten die Menschen einen neuen Anführer. Wer sollte der künftige Herrscher der Welt werden? Bewerber für dieses Amt gab es genug. Der eine hielt sich für geeignet, weil er viel Land besaß, der zweite, weil er vierzehn Kinder mit drei Ehefrauen gezeugt und alle drei überlebt hatte; jetzt war er gerade dabei, die vierte zu heiraten, die auch schon schwanger war. Der dritte konnte besonders viele Klimmzüge machen und fand weit und breit niemanden, der ihm bei Prügeleien Paroli bieten konnte.

Aber die Welt sollte doch nach Bossus' Gewaltherrschaft gerecht regiert werden!

Heftig stritten sich die Kandidaten für das Amt des Herrschers, jeder von ihnen wollte das Oberhaupt der Welt werden. Endlich fielen immer öfter die Namen Jodaryon und Wasgo. Hatten die denn nicht gerade Bossus besiegt und die Welt von der Ewigen Nacht erlöst? Und ausgerechnet diese beiden Zauberer hatten sich nicht für das hohe Amt beworben. Endlich einigte man sich darauf, zu Jodaryon und Wasgo eine Delegation zu schicken, die sie zur Kandidatur überreden sollte.

Die beiden Zauberer zu treffen und mit ihnen zu sprechen, war einfach; zwar hielten sie sich vorsichtshalber eine Leibgarde, aber wer etwas vorzubringen hatte, fand jederzeit Gehör bei ihnen.

So trafen die Delegierten Jodaryon und Wasgo beim Verspeisen eines gepökelten Schinkens an und waren zuerst ziemlich irritiert.

„Wenn es euch nicht stört, essen wir weiter“, lachte Jodaryon vergnügt. „Was wollt ihr, was können wir für euch tun? Und hört doch auf mit euren entsetzlichen Verbeugungen!“

„Wir wollen euch untertänigst die untertänige Bitte vortragen, dass ihr zusammen die neuen Herrscher der Welt werdet. Die neuen Anführer der Menschen“, brachte der erste Gesandte unter einer weiteren tiefen Verbeugung hervor.

Jodaryon und Wasgo antworteten wie aus einem Mund.

„Das kann ich nicht!“, rief Wasgo erschrocken.

„Das will ich nicht!“, schrie Jodaryon förmlich auf.

Die Gesandten waren zutiefst erschrocken. Hatten sie etwas falsch gemacht?

„Nichts habt ihr falsch gemacht, gar nichts", sagte Jodaryon, nun wieder ruhig. „Aber überlegt doch mal: Wozu braucht ihr einen Herrscher der Welt? Einen – wie sagtet ihr? Einen Anführer? Wisst ihr, was passieren kann, wenn ihr an den Falschen geratet? An jemanden, der euch in einem ganz anderen Sinn ***anführt***, als ihr es euch jetzt vorstellt? An einen neuen Bossus?"

„Natürlich! Selbstverständlich!", drucksten die Gesandten herum.

„Sie verstehen nichts, gar nichts", sagte Jodaryon halblaut zu Wasgo.

„Hochwohlgeborener Jodaryon", setzte einer der Gesandten an.

„Hochwohlgeboren! Ich bin doch nicht hochwohlgeboren!", knurrte dieser.

„Wenn jemandem dieses Amt zusteht", fuhr der Gesandte fort, „dann euch – weil doch schließlich ihr es wart, die die Welt von Terror, Willkür und Unterdrückung befreit haben."

„Mithilfe von Antares und Luziferine, meinen Eltern", erklärte Wasgo. „Ohne die hätten wir das nicht geschafft."

„Aber jetzt noch mal langsam", sage Jodaryon. „Ihr wollt also, dass wir die Welt regieren? Ist es das, dass ihr mir gerade sagen wollt?"

„Na, ja", stotterte einer aus der Delegation, „wir haben halt gedacht … Und ohne euch ..."

„Ohne uns dreht sich die Welt nicht weiter?", rief Jodaryon aus. „Habt ihr eine Ahnung! Aber – hm, was machen wir?" Nachdenklich blickte er Wasgo an. Dieser wagte nichts zu sagen, um die Gedanken Jodaryons nicht zu stören. Er wusste, dass der sich gleich an ihn wenden werde. Und so war es auch.

„Wasgo, du hast gehört, was diese Herren von uns wollen. Was sagst du eigentlich dazu?"

„Also ich kann das nicht – wenn, dann lass ***du*** dich zum Herrscher der Welt ausrufen und – "

„Und?", fragte Jodaryon. „Dir geht doch noch etwas durch den Kopf!"

„Ja – dir hat etwas nicht gefallen, Jodaryon. Ich glaube, ich weiß, was du meinst. Wenn du meine Meinung hören willst ..."

„Heraus damit!“, rief Jodaryon. „Lass dir doch nicht die Würmer einzeln aus der Nase ziehen!“

„Lass dich zum Herrscher der Welt ausrufen – aber lege du die Bedingungen fest! Zum Beispiel – aber nur, wenn es dir recht ist –, dass du ausdrücklich im Auftrag der Menschen handelst, dass du ihnen in einer bestimmten Zeit, in einigen Jahren ...“

„In fünf Jahren!“, sagte Jodaryon mit einem zufriedenen Lächeln. „Deine Gedanken sind gut, mein lieber Wasgo, sehr gut! So etwas geht mir auch durch den Kopf. Ich will mir meine Berater selbst aussuchen können, ich gebe euch mein Wort, dass ich nichts Unrechtes machen werde, dass ich euch in Gefahren beschützen werde, wie ihr es von jemandem erwarten könnt, der euch regiert. Und dass – ach, über die Einzelheiten unterhalten wir uns noch! Und jetzt eine Bitte: Gebt ihr uns eine Viertelstunde? Wir rufen euch, wenn wir so weit sind.“

„Natürlich! Selbstverständlich!“, murmelten die Gesandten beflissen und zogen sich unter vielen Verbeugungen zurück.

„Dieses katzbuckelnde Volk – werden noch in Jahrtausenden nichts kapieren, ***nichts***, sage ich dir ... Aber deine Überlegungen haben mir wirklich sehr gefallen, Wasgo – nun, gut, was machen wir jetzt? Uns wird ja wohl nichts anderes übrig bleiben, als ...“

„Ich will nicht Herrscher der Welt werden, Jodaryon, ich kann das nicht!“, rief Wasgo noch einmal. „Überlege doch: Wie soll ich das können? Auf die Wanderschaft zu gehen, dich zu suchen ...“

„Und mich zu finden“, lächelte Jodaryon.

„Ja, gut, ich habe dich gefunden, mit viel Glück“, wehrte Wasgo ab. Warum, so ging ihm wieder einmal durch den Kopf, mussten ihn alle Menschen nur immer so überschätzen? Und überfordern? Er wollte doch einfach nur so leben wie alle anderen jungen Leute in seinem Alter auch! „Aber – also Abenteuer zu bestehen, auch mit Bossus zu kämpfen, wobei ich das ohne dich nicht überlebt hätte – verstehe mich, das ist das eine. Aber zu regieren – das ist das andere. Das ist doch noch viel schwieriger. Bitte, Jodaryon, mache das alleine! Lass du dich zum Herrscher der Welt erklären! Ich habe doch überhaupt keine Erfahrung im Regieren! Ich tauge nicht einmal zum Berater!“

„Und ich, habe ich etwa Erfahrung?“, fragte Jodaryon nachdenklich, „Du meinst, weil ich in meiner Einöde fünfhundert Jahre Zeit zum Nachdenken hatte? Aber du hast gehört, dass ich einige Bedingungen gestellt habe. Zum Beispiel, dass ich mir meine Berater selbst aussuchen darf. ***Ich,*** hörst du? Und so erkläre ***ich*** dir jetzt, dass ich dich zu meinem engsten Berater erklären möchte!“

„Aber ...“

„Kein Aber, mein Junge! Gemeinsam schaffen wir das! Und jetzt rufen wir diese Gesandtschaft wieder herein und sagen ihnen, was wir beschlossen haben! Und ich bin mal gespannt, wann wir denen ihre idiotischen demütigen Verbeugungen endlich abgewöhnen können!“

*****

Immer näher rückte der Tag der Ausrufung Jodaryons zum Herrscher der Welt. Überall auf der Erde bereiteten sich die Menschen auf dieses Ereignis vor. Besonders intensiv verliefen die Vorbereitungen in der Hauptstadt, in der ja auch Jodaryon und Wasgo wohnten. Sie lag in einem einmalig schönen Gebirge, das wir heute unter dem Namen Alpen kennen. Und hier begann die zweite Geschichte, die die Legende von Wasgo erzählt.

Antares und Luziferine dachten nur wenig an die bevorstehenden Feierlichkeiten. Für sie war im Grunde jeder Tag ein Feiertag. Wie schön es doch war, wenn die Strahlen der Morgensonne in ihre Küche fielen! Wie prächtig die Natur geworden war, wie prall und wie vielfältig die Grüntöne der Wälder und der Wiesen waren! Und im Kontrast dazu leuchteten die Schneefelder auf den hohen Bergen im strahlendsten Weiß! Ein Leben ohne Sonne – das konnten sie sich kaum noch vorstellen. Und so wurde jeden Morgen schon ihr Frühstück in der Küche oder gar im Freien zu einem Ereignis, auf das sie sich jedes Mal von Neuem freuten.

An einem besonders schönen Morgen erschien eine vielleicht vierzigjährige Fremde an ihrem Frühstückstisch vor dem Häuschen und fragte, ob hier Antares, der Vater von Wasgo, wohne.

„Ja, das bin ich", antwortete Antares, „Und das ist meine Frau Luziferine. Was kann ich für dich tun?"

„Die Herren Jodaryon und Wasgo schicken mich. Ich soll dir ausrichten, dass die Feierlichkeiten zur Ausrufung des Weltenherrschers in genau einem Monat in der Hauptstadt stattfinden werden. Im Namen von Jodaryon und Wasgo soll ich euch zu dieser Feier einladen. Wasgo bittet dich, mir mitzuteilen, wann mit eurer Ankunft gerechnet werden kann. Er lässt fragen, ob ihr aus eigener Kraft in den Palast der Hauptstadt kommen wollt oder ob sie euch mithilfe eines Zaubers in euer Gästezimmer im Palast bringen sollen."

„Oh je, was für ein Aufwand wegen uns!", rief Luziferine aus.

„Jetzt setze dich doch erst einmal zu uns und frühstücke", sagte Antares zu der Fremden. „Du hast einen weiten Weg hinter dir, du musst doch völlig erschöpft und ausgehungert sein!"

„Komm zu mir auf die Bank – sie ist zwar etwas schief, man merkt gleich, dass Antares sie hingezaubert hat ...", sagte Luziferine augenzwinkernd.

„Dir zaubere ich eines Tages einen Kaktus unter den Hintern", lachte Antares.

Frühstücken! Das ließ sich die Fremde nicht zweimal sagen.

„Sie hat fast so einen Riesenappetit wie unser Wasgo", flüsterte Luziferine ihrem Mann zu.

In der Tat war es schon erstaunlich, welche Mengen an Käse und Dauerwurst die Botin mit sichtlich riesigem Vergnügen verspeiste. Immer wieder betonte sie, dass sie etwas so Köstliches schon lange nicht mehr gegessen habe.

Luziferine wurde immer ungeduldiger. Sie brannte darauf zu erfahren, was es in der Welt und vor allem in der Hauptstadt Neues gab. Doch sie beherrschte sich, wenn auch einigermaßen mühsam, und ließ die Frau in Ruhe essen und sich erholen. Erst dann stellte sie ihre Fragen. Schließlich erhoffte sie sich Aufschluss über das Gerücht, dass die Vampire ihre Höhle in den Bergen verlassen hätten. Wie es hieß, wollten sie dort oben nicht länger eine klägliche Existenz fristen. So seien sie nach Transsilvanien gezogen, wo sie, wie sie glaubten, ihren Fortbestand bequemer als in der Bergwelt sichern konnten. Auf dem Weg dahin hatten sie angeblich schon einige Menschen durch ihren Biss zu Vampiren gemacht. Fast jeden Tag seien neue hinzugekommen.

„Das scheint zu stimmen", bestätigte die Botin. „In der Hauptstadt hat sich das wohl noch nicht herumgesprochen, aber auf meiner Reise habe ich einiges gehört. Und wisst ihr, was noch passiert ist? Einige der Menschen, die die Vampire gebissen haben, haben sich gleich darauf in die Sonne gestellt und sind dadurch zu Asche zerfallen. Besser sterben, als bis in alle Ewigkeit als Vampir leben zu müssen, haben sie sich wohl gedacht. So viel Mut! Und so viel Verzweiflung!" Einen Augenblick schien die Fremde mit den Tränen zu kämpfen.

„Das ist ja schlimm, die armen Menschen", seufzte Luziferine entsetzt. „Hört denn dieser Unfrieden nie auf? Dass Sinclair so etwas zulässt – ich kann es nicht glauben."

„Doch, doch, ich weiß sicher, dass das stimmt. Und ja, Sinclair ist der Anführer der Vampire", bestätigte die Botin.

„Was machen wir da?", fuhr Luziferine fort. „So geht das doch nicht! Auch wenn Sinclair so viel für uns getan hat ..."

„So leid es mir tut", meinte Antares, „es gibt nur zwei Möglichkeiten. Entweder man lässt den Vampiren freie Hand – dann sind ihnen die Menschen schutzlos ausgeliefert. Oder man gebietet ihnen Einhalt ..."

„Wie soll das gehen? Willst du mit Sinclair reden? Wir kennen ihn doch von früher", überlegte Luziferine.

„***Wenn*** er mit sich reden lässt", antwortete Antares. „Ich fürchte, er ist sich selbst der Nächste. Dann müssen die Menschen sich auch die Nächsten sein. Und ich fürchte, ich fürchte ..."

Ängstlich blickte Luziferine ihren Mann an. So ernst und nachdenklich hatte sie ihn seit dem Ende der Ewigen Nacht nicht mehr erlebt.

„Ich fürchte, es wird auf einen Kampf hinauslaufen. Sie – oder wir. Notfalls – so leid es mir tut, gerade für Sinclair – notfalls müssen die Vampire völlig von der Erde verschwinden."

„Aber – das ist ja furchtbar – der arme Sinclair, der uns doch so viel Gutes getan hat ..."

„Luziferine, denk doch mal nach – siehst du eine dritte Möglichkeit?"

Luziferine wollte nun schnell das Thema wechseln. So ließ sie sich von den bevorstehenden Feierlichkeiten anlässlich der Ausrufung Jodaryons zum Herrscher der Welt erzählen, was die Botin nur zu gerne tat. Sie schilderte auch, wie sich die Menschen immer noch freuten, wieder im Sonnenlicht leben zu können, gerade jetzt im Sommer. Überall hatte die Natur zum Leben zurückgefunden.

Luziferine merkte rasch, wie sie der Botin eine weitere Freude bereiten konnte. Nach dem Frühstück brach sie mit dieser auf, um ihr das Dorf und dessen Umgebung zu zeigen. Währenddessen traf Antares ein paar Reisevorbereitungen.

Schon nach weniger als zwei Stunden kehrten die Frauen zurück.

„In welch einem Paradies ihr hier lebt!", schwärmte die Botin. „Die hohen Berge hier – viel höher als um die Hauptstadt. Und der Schnee auf den Bergen – wie er in der Sonne glänzt und glitzert! Und die Wiesen, die vielen Blumen – ich glaube, in meinem ganzen Leben habe ich noch nie etwas so Wunderbares gesehen. Luziferine hat mir alle möglichen Namen von Blumen gesagt – ich habe kaum etwas behalten!"

„Warum seid ihr dann schon zurück?", fragte Antares. „Ihr hättet doch hinauf auf eine Alm gehen können! Was glaubt ihr, wie es dort jetzt erst blüht!"

„Verzeihe mir, Antares", antwortete die Fremde, „aber ich muss zurück. Jodaryon und Wasgo warten auf mich. Ich bitte euch: Gebt mir eine Nachricht an die beiden mit! Was soll ich ihnen ausrichten?"

Das Paar beauftragte sie, den beiden mitzuteilen, dass es alleine reisen und pünktlich einen Tag vor den Feierlichkeiten in der Hauptstadt eintreffen werde. Ihretwegen sollte kein großer Aufwand betrieben werden. Antares und Luziferine wollten in der Hauptstadt wohnen wie einfache Besucher. Aber an den Feierlichkeiten wollten sie auf jeden Fall teilnehmen.

Wasgos Eltern bestanden darauf, die Botin noch für eine weitere Nacht zu beherbergen. Sie wollten die Frau für den Heimweg reichlich mit Lebensmitteln versorgen, doch konnten sie diese erst am Abend in ihrem Dorf besorgen.

Am nächsten Morgen überreichte Luziferine der Botin ein großes Proviantpaket mit Brot, Wurst und Speck. Die fühlte sich gut erholt und ausgeruht und brach nach einem letzten gemeinsamen Frühstück mit ihren Gastgebern auf, um in die Hauptstadt zurückzukehren. Sie wollte, so schnell es ihr möglich war, Wasgo und Jodaryon von Luziferines und Antares' bevorstehenden Besuch zu den Staatsfeierlichkeiten informieren. Außerdem musste sie ihnen unbedingt über die Neuigkeiten berichten, von denen sie während ihrer Reise erfahren hatte. Vor allem über die Vampire.

*****

Die Zeit verging und der Tag, an dem Jodaryon zum Herrscher der Welt ausgerufen werden sollte, rückte immer näher. Schon am Vorabend des großen Feiertages wurden Wasgos Eltern in der Hauptstadt erwartet. Am Stadttor wollte Wasgo sie empfangen und in den Palast begleiten.

Während sich alle auf das Fest freuten, wollte bei Jodaryon und Wasgo keine rechte Feierstimmung aufkommen. Dazu sorgten sie sich zu sehr um die Menschen in Transsilvanien. Was tun zu deren Schutz? Klar, die Vampire brauchten Menschenblut, um existieren zu können. Das jedoch konnten sie nur bekommen, indem sie Menschen jagten, ihnen in den Hals bissen und von ihrem Blut tranken. Damit wurden die Menschen selbst zu Vampiren und mussten dem dienen, der sie gebissen hatte. Aber auch dem Herrn der Vampire waren sie unbedingten Gehorsam schuldig.

Also, was tun? Gemeinsam berieten sich Wasgo und Jodaryon. Zum Äußersten, also zu einem Krieg gegen die Wesen der Finsternis, wollten sie es nicht kommen lassen, immerhin waren sie einmal Verbündete im Kampf gegen Bossus gewesen. Und wie hätte Wasgo vergessen können, was Sinclair, der Herr der Vampire, für ihn und seine Eltern getan hatte! Hatte er als Kind Sinclair nicht sogar Onkel genannt? Das war es, das war die Chance – Wasgo sollte „Onkel" Sinclair einen Besuch abstatten. *Er* sollte die Vampire dazu bewegen, die Menschen in Frieden zu lassen. Aber ob das dem jungen Mann gelingen konnte?

Wenn die beiden Zauberer doch nur gewusst hätten, dass die Vampire noch ihre geringste Sorge waren! Es gab jemanden, der etwas dagegen hatte, dass Menschen und Zauberer in Frieden lebten. Ein Krieg warf seine dunklen Schatten voraus. Nur konnte das zu diesem Zeitpunkt noch kein Magier und erst recht kein gewöhnlicher Mensch ahnen.

Der neue Herrscher der Welt

Die Vorbereitungen zum Fest liefen auf Hochtouren. Das wirkte sich auch für Jodaryon und Wasgo aus. Überall gab es zu tun, zu organisieren, zu raten, auch mit dem einen oder anderen Zauber auszuhelfen. Aber selbst wenn Wasgo die zehnfache Arbeit gehabt hätte – auf keinen Fall hätte er es sich nehmen lassen, am Stadttor seine Eltern zu empfangen. Kaum konnte er es abwarten, sie endlich wieder in seine Arme zu schließen.

Für Jodaryon plante er eine ganz besondere Überraschung. Dem zukünftigen Herrscher der Welt wollte er mit einem Zauber ein noch nie da gewesenes Spektakel präsentieren. Nur musste es dunkel sein, damit das, was er vorhatte, den gewünschten Eindruck hinterlassen konnte. Denn alle, die Augenzeugen wurden, sollten diesen Abend ihr Leben lang nicht mehr vergessen. Fast in jeder freien Minute ging er im Stillen noch einmal alle Zauber durch, die er ausführen wollte, um am Himmel Lichterkugeln entstehen zu lassen. Diese Lichterkugeln sollten dann mit lautem Knall zerplatzen und zu immer neuen Lichterkugeln in allen nur denkbaren Farben werden. Dazu sollte im Hintergrund Musik spielen, Musik, wie sie noch kein menschliches Ohr bis dahin vernommen hatte. Wenn, ja, wenn ihm dieser sensationelle Zauber gelang, dann konnte er zu den bedeutendsten Magiern aller Zeiten aufsteigen. Dann wäre sein Name endgültig in aller Munde.

Wie hätte er ahnen sollen, dass seine Zauberkräfte bald ungleich härteren Prüfungen unterworfen werden sollten!

Als ihn ein junger Soldat ansprach, bemerkte er es zunächst nicht, so sehr war er in seine Gedanken vertieft.

„Herr, deine Eltern sind soeben angekommen und erwarten dich", wiederholte der Soldat.

„Was sagst du?", fragte Wasgo zerstreut.

„Deine Eltern sind angekommen und warten auf dich, Herr."

Wasgo bedankte sich bei dem Soldaten, indem er ihm ein großes Geldstück in die Hand drückte, und verschwand. Ungläubig betrachtete der Soldat die große Münze, und ehe er sich für diese unvermutete Großzügigkeit bedanken konnte, war der junge Mann schon außer Sichtweite. Wasgo rannte, was er konnte, zu seinen Eltern. Dabei dachte er nicht einmal an einen Zauber, mit dem er ungleich schneller und bequemer an sein Ziel gelangt wäre.

Luziferine fiel ihrem Sohn vor lauter Wiedersehensfreude spontan um den Hals und drückte ihn an sich. Antares ließ seiner Frau den Vortritt und umarmte Wasgo nach ihr, kurz, aber sehr herzlich. Danach begleitete der junge Mann seine Eltern in den Palast und brachte sie in das für sie vorgesehene Zimmer.

Als sich Antares und Luziferine etwas häuslich eingerichtet hatten, fanden sie Zeit, sich mit ihrem Sohn zu unterhalten.

Wasgo erzählte von den Vampiren. Er habe sich mit Jodaryon darauf geeinigt, dass jemand die Vampire in Transsilvanien aufsuchen sollte, um mit Sinclair zu reden und ihn zur Einhaltung des Friedens zu zwingen.

„Da wird euer Unterhändler aber wenig Glück mit seiner Mission haben", antwortete Antares.

„Warum denkst du das, Vater?"

Die Antwort übernahm Luziferine: „Weil Vampire Menschenblut benötigen, um existieren zu können!"

„Mutter, da irrst du aber etwas. Wie hätten die Vampire denn die Ewige Nacht überleben können? Immerhin waren sie Verbündete der Menschen und haben sie in der Zeit des gemeinsamen Kampfes gegen Bossus vollständig verschont. Sie hielten sich an Katzen."

Antares blieb skeptisch. „Wie dem auch sei, leicht wird diese Mission ganz sicher nicht sein. Wenn es dumm läuft, dann gibt's Krieg. Ich hoffe ja, dass es nicht so weit kommt, denn das bedeutet den sicheren Untergang der letzten Vampire. Sie können nicht gegen uns bestehen, dazu sind wir einfach zu viele."

Wasgo überlegte einige Sekunden und antwortete: „Ich will jetzt nicht darüber nachdenken. Morgen wird Jodaryon zum Herrscher der Welt ernannt und dem Volk vorgestellt. Danach wird es ein großes Fest geben. Ihr werdet selbstverständlich bei beiden Ereignissen einen Ehrenplatz haben!"

*****

Am nächsten Tag, gleich nach dem Frühstück, war es endlich so weit. Jodaryon sollte durch einen Minister zum Herrscher der Welt ausgerufen werden. Anschließend sollte gefeiert werden, mit Freibier und anderen freien Getränken und Speisen für alle. Jeder Gast sollte sich wenigstens einmal so richtig satt essen können. Überall in der ganzen Hauptstadt hatte man Stände errichtet, mit den verschiedensten Fleisch- und Wurstgerichten, mit allerlei Gemüse und nicht zuletzt süßen Leckereien zum Nachtisch. Das alles sollte für jeden Teilnehmer des Festes kostenlos ausgeteilt werden. Die ganze Stadt sollte feiern und die Nacht zum Tag machen.

An den Palast musste sich Jodaryon erst einmal gewöhnen. Am liebsten wäre er in einer der vielen Gastschenken geblieben. Aber als der zukünftige Herrscher der Welt musste er immer präsent sein und so war es erforderlich, dass er im Palast wohnte, ebenso wie sein gesamter Regierungs- und Beraterstab, einschließlich Wasgo. Auch wenn er die dortigen Gemächer eine Spur zu protzig empfand und sich zunächst nicht so recht zu Hause fühlte.

Und so stand er mitten in seinem Zimmer, umgeben von seinen Bediensteten, Kammerherren und politischen Ratgebern, Männern von unterschiedlichem Alter. Während er von zwei Kammerdienern feierlich angekleidet wurde, sprach ein anderer mit ihm zum tausendsten Mal über den Ablauf des heutigen Tages. Jodaryon war aufgrund des ganzen Trubels etwas missgestimmt. Viel lieber hätte er sich alleine angezogen und dabei seine Ruhe gehabt. Aber nein, das war nun einmal unmöglich. So war es eben, wenn man ein bedeutender Staatsmann war. Da war es vorbei mit der Ruhe.

Einer seiner Kammerherren, die seinem Herrn beim Ankleiden behilflich war, bekam Jodaryons Unmut zu spüren. Der junge Mann wollte ihm einen Hosenknopf schließen und dabei klemmte er Jodaryons Bauch etwas ein. „Kannst du nicht aufpassen, du kleiner Tölpel?", brauste Jodaryon auf. Im nächsten Augenblick schon bedauerte er seine Worte. Der Bursche hatte das doch nicht absichtlich getan. Sofort entschuldigte er sich bei dem jungen Mann: „Es tut mir leid, dass ich dich eben angeschnauzt habe. Das ist nicht meine Art. Aber das alles hier geht mir etwas auf die Nerven. Ich muss es erst lernen, mit so einem Rummel um meine Person zu leben, obwohl ich das überhaupt nicht mag und auch nicht will. Ich bin doch immer noch der gleiche Jodaryon, der ich früher auch war."

Der junge Bedienstete sah Jodaryon lächelnd an und erwiderte: „Es ist schon gut, ich glaube es dir gerne, Herr, dass es für dich alles nicht einfach ist."

„Das ist es in der Tat nicht", rief Jodaryon erleichtert aus. Er war froh, dass der Kammerherr ihm seine Unbeherrschtheit nicht verübelte.

Doch jetzt mischte sich einer seiner Minister ein und sprach: „Trotzdem bist du jetzt der Herrscher und musst das auch nach außen hin repräsentieren. Also noch einmal. Nach deiner Einführung in das Amt musst du eine erste Gerichtsstunde halten, in der du deine Weisheit und deinen Gerechtigkeitssinn dem Volk offenbarst. Du vertrittst das Gesetz und sollst ein gerechtes Urteil fällen, dem sich die Kläger und die Angeklagten zu unterwerfen haben. Erst danach beginnen die Feierlichkeiten in der ganzen Stadt und auch im gesamten Land. Das Volk erwartet dich nach deiner Ausrufung zum Herrscher auf dem Festplatz vor dem Palast. Die Menschen wollen dich sehen und dir huldigen. Du musst ihnen für ihre Geschenke danken, die sie dir freiwillig übergeben wollen."

„Ach, ja?", knurrte Jodaryon halblaut. „Darauf wäre ich jetzt nicht gekommen."

„Fehler darfst du keine machen", fuhr der Minister unbeirrt fort, „denn du bist ab heute der wichtigste Staatsmann der Welt! Denke daran: Nur ja keine Fehler! Schon der kleinste Fehler ..."

Hier platzte Jodaryon nun doch der Kragen. „Das weiß ich doch alles selbst! Nun störe hier nicht weiter. Du bleibst einfach in meiner Nähe und wirst mich beraten oder mich daran hindern, einen Fehler zu begehen, dann klappt schon alles. Aber jetzt gib endlich Ruhe! Ich will, dass endlich die Zeremonien beginnen können. Du hörst doch, wie das Volk nach mir ruft. Aber so, wie ich jetzt aussehe, noch halb nackt, kann ich ja wohl nicht gut jemanden gegenübertreten." Halb nackt war er selbstverständlich nicht, denn die Beinkleider waren schon längst angelegt worden, es fehlte nur noch das feierliche Gewand des mächtigsten Mannes der Welt, das aus Samt und Seide bestand und in goldenen und blauen Farben leuchtete. Ein Umhang in denselben Farben sollte Jodaryons Amtskleidung vervollständigen.

Mit einem „Wie du wünschst, Herr" zog sich der Minister etwas eingeschnappt zurück. Wenn man ihn nicht zu brauchen glaubte – bitte, bitte! Aber er sorgte dafür, dass niemand mehr die Gemächer des Herrschers der Welt betrat. Der weise Zauberer sollte sich ungestört auf den anstrengenden Tag vorbereiten. Mit dem war heute ganz offensichtlich nicht gut Kirschen essen.

Eine halbe Stunde später erschien der festlich gekleidete Jodaryon mit seinem Regierungsstab auf dem Balkon des Palastes. Auch Wasgo war dabei. Antares und Luziferine standen in der ersten Reihe auf dem Festplatz und konnten das weitere Geschehen gut beobachten. Sie waren voller Stolz auf ihren Sohn und bestens gelaunt. Gegenseitig stießen sie sich sanft an und waren glücklich, diesen Tag erleben zu dürfen. Liebevoll legte Antares seiner Frau seinen Arm um die Schulter und sagte: „Das muss man sich einmal vorstellen: Unser Sohn, unser kleiner Wasgo, ist nun bald der zweite Mann im Land der Berge. Ich freue mich ja so, dass alles gut ausgegangen ist."

„Er wird der zweite Jodaryon, du wirst sehen! Und wenn er das wird, kann er nichts falsch machen", meinte Luziferine glücklich und lächelte ihren Mann freundlich an.

Auf dem Balkon des Palastes trat jetzt der erste Minister in den Vordergrund. Mit einer bombastischen Geste brachte er die aufgeregte, wild durcheinanderschwatzende Menschenmenge zur Ruhe. Wichtigtuerisch sah auf die versammelten Menschen herab und begann mit lauter, fast überschnappender Stimme zu sprechen: „Wir sind hier heute an diesem schönen und sonnigen Tag zusammengekommen, um ein denkwürdiges Ereignis mitzuerleben. In wenigen Augenblicken werden wir einen neuen Herrscher der Welt in sein wichtiges und verantwortungsvolles Amt einführen, nämlich den mutigen Mitbefreier unseres geliebten Planeten, den ehrenwerten und weisen Herrn Jodaryon."

Der Minister holte einmal tief Luft, wischte sich zum wiederholten Mal den Schweiß von der Stirn und fuhr danach mit seiner Rede fort. In ihr würdigte er ebenso wortreich wie wortgewaltig Jodaryons und Wasgos Verdienste um die Befreiung der Welt von Bossus' Gewaltherrschaft. In seinem Redeschwall bemerkte er nicht einmal, dass sich einige auf dem Balkon über ihn lustig machten.

„Eigentlich ist ja längst alles gesagt, nur noch nicht von ihm", sagte Wasgo halblaut zu seinem Nachbarn.

„Pst!", zischte Jodaryon, der Wasgos Bemerkung mitbekommen hatte. „Alles zu seiner Zeit!"

Endlich beendete der Minister seine Lobeshymne und legte eine kleine, bedeutungsschwangere Pause ein. Danach fragte er mit vor Erregung vibrierender Stimme: „Jodaryon, bist du gewillt, das Amt des Weltenherrschers zu übernehmen, es gerecht auszuüben, stets all deine Weisheit bei der Erfüllung der Aufgaben, die dieses Amt von dir abverlangt, einzusetzen und dem Wohle aller Bewohner unseres Planeten zu dienen?"

Mit seiner tiefen Bassstimme antwortete der Angesprochene feierlich: „Ja, das will ich!"

„Wir haben einen neuen Herrscher der Welt", rief nun der erste Minister laut und zufrieden der Menschenmenge entgegen. Erst jetzt bemerkte er, dass Jodaryon noch etwas sagen wollte.

„Mein lieber Minister", erklärte Jodaryon, „hat soeben etwas sehr Wichtiges gesagt. Ich möchte, dass ihr alle das im Gedächtnis behalten werdet. Ja, ich will dem Wohl aller Bewohner unseres Planeten dienen. Dabei liegt die Betonung auf 'dienen'. ***Ich*** bin für ***euch*** da, liebe Freunde, nicht ihr für mich! Und dabei soll es bleiben, auch wenn ich hier gerade ein Gewand trage, das einige von euch vielleicht an die Federn eines Papageis erinnern mag."

Mit lautem Lachen und Jubeln reagierten die Festgäste auf diese Worte. Nur der Minister schaute irritiert. So oft hatte er Jodaryon den Ablauf der gesamten Zeremonie erklärt! Und jetzt musste der doch aus der Rolle fallen und eine Bemerkung machen, die in keiner Krönungszeremonie der Welt vorgesehen war!

Mühsam fing er sich wieder und fuhr in seiner Erklärung fort.

„Der neue Herrscher der Welt ist der Herr Jodaryon, Leiter der Gilde der Zauberer. Möge er stets und für alle Zeiten gerecht unserem Volke dienen. Dass er dazu willens und fähig ist, wird er uns jetzt sofort bei einer ersten Gerichtssitzung beweisen."

Immer wieder wurde der Minister, sichtlich zu seinem Missfallen, von den jubelnden und die Feier herbeisehnenden Menschen unterbrochen. Dass sich aber auch keiner an die Regeln halten konnte! Doch auf einen kleinen Wink Jodaryons hin ließ er sie gewähren. Nach fünf Minuten brachte Jodaryon sie mit einer halbkreisförmigen Handbewegung schlagartig zum Schweigen. Nun konnte er sich mit ein paar Worten für das Vertrauen, das man ihm entgegenbrachte, bedanken und versprach nochmals, alle seine Kraft zum Wohle aller Erdenbewohner einzusetzen und für die Zeit seiner Regierung stets Gerechtigkeit walten zu lassen. Zum Abschluss seiner Rede gab er bekannt, dass er nun Gericht vor dem Volk auf dem Festplatz halten wollte. Wieder brauste lauter Beifall auf.

Jodaryon verließ mit seinem Gefolge den Balkon des Palastes und ging mit Wasgo an seiner Seite zum Festplatz hinunter. Begleitet wurden die beiden von Jodaryons Ministern und den politischen Beratern. Als er auf dem Festplatz ankam, verneigten sich die Menschen vor dem soeben ausgerufenen Herrscher der Welt.

„Bitte, liebe Leute, lasst das doch!", rief Jodaryon. „Ich bin schließlich kein Gott, vor dem ihr in die Knie gehen müsstet!" Darauf setzte er sich auf einen einfachen Stuhl. Wasgo stellte sich rechts neben ihn und hinter den beiden nahm der gesamte Regierungsapparat Aufstellung.

Vor Jodaryon versammelten sich viele Menschen, die ihm Geschenke übergeben wollten. Eine alte Frau mit runzligem, grenzenlose Gutherzigkeit verratendem Gesicht verneigte sich vor Jodaryon, obwohl das ihrem gebeugten Rücken sichtlich Schmerzen bereitete. An einer Leine führte sie eine altersschwache Ziege mit sich. Sie begann zu sprechen: „Herr, du bist nun unser Herrscher. Ich freue mich darüber sehr und möchte dir für alle deine guten Taten danken. Auch für die künftigen guten und gerechten Taten will ich dir schon jetzt danken. Ich bitte dich, lieber Jodaryon, nimm mein Geschenk an. Es ist nur eine alte Ziege, aber sie gibt viel Milch und ich will sie dir gerne überlassen. Sie soll dir immer ein zuverlässiger Freund sein."

Jodaryon war gerührt. Er stand von seinem Stuhl auf und nahm die Alte in seine Arme. „Aber Mütterchen", sagte er mit liebevoller Stimme, „sage mir, was bleibt denn für dich, wenn du mir deine wertvolle Ziege schenken möchtest?"

„Ich brauche nicht mehr viel, Herr, aber du musst Kraft zum Regieren haben. Es soll dir an nichts mangeln!", erwiderte die Alte.

Jodaryon gab sie aus seinen Armen frei, aber er hielt sie an ihren Schultern fest und sah in ihr gutmütiges Gesicht. Freundlich lächelnd sagte er: „Du bist eine tapfere und liebevolle Frau. Sieh mich an, sehe ich so aus, als wenn mir etwas fehle? Ich habe alles, was ich zum Leben brauche. Wie mir scheint, kannst du das nicht von dir behaupten. Ich will, dass es dir gut geht. Deshalb will ich dein Geschenk nicht annehmen, sondern dich beschenken. Nie mehr sollst du hungern oder frieren müssen. Du sollst jeden Tag in den Palast kommen und dort zu essen und trinken bekommen, was dein Herz begehrt. Du sollst auch stets warme Kleider erhalten und eine Hütte soll dir gebaut werden, eine große Hütte, in der du mit anderen Menschen zusammenleben kannst, denen es so ergeht wie dir jetzt. Du sollst alles das bekommen, was du zum Leben benötigst, und so soll es für alle Menschen in unserem Reich sein."

Die alte Frau war völlig sprachlos. Spontan umarmte sie Jodaryon voller Dankbarkeit. Um sie herum herrschte tiefes Schweigen, vielleicht eine halbe Minute hörte man keinen Laut. Nur einige ferne

Geräusche waren zu vernehmen, dazu das Weinen eines Säuglings. Erst dann lösten sich alle, die Jodaryons Entscheidung mitbekommen hatten, aus ihrer Erstarrung und applaudierten und jubelten, erst noch verhalten, dann immer lauter.

Jodaryon löste sich vorsichtig aus der Umarmung der Alten und nahm wieder auf seinem Stuhl Platz. Er traf Anordnungen und gab Befehle, damit seine Versprechen, die er der alten Frau gegeben hatte, umgesetzt werden konnten. In drei Tagen, so kündigte er an, werde er kontrollieren, ob alles zu seiner Zufriedenheit ausgeführt werde.

Danach überreichten ihm einige reiche Leute Geschenke, die er gerne annahm. Anschließend eröffnete er den Gerichtstag.

Die Gerichtsverhandlung

Zwei Bauern betraten den Festplatz. Einer von ihnen führte an einem Seil eine Kuh mit sich. Willig trottete sie hinter ihm her, bis er vor Jodaryon und seinem Gefolge stehen blieb. Der zweite Bauer stellte sich einige Schritte neben den anderen. Daraufhin verneigten sich beide in Ehrfurcht vor Jodaryon.

Mit lauter Stimme verkündete der erste Minister: „Der Gerichtstag ist eröffnet!"

Viele Neugierige hatten sich um Jodaryon und sein Gefolge versammelt und natürlich hofften sie auf möglichst spannende, spektakuläre, sensationelle Verhandlungen. Deshalb machte sich schon eine leise Enttäuschung breit, als die beiden Bauern und die Kuh auftraten. Also eine mehr oder weniger belanglose Alltagsgeschichte?

Jodaryon fragte den Bauern mit der Kuh nach seinem Namen. Der stellte sich als Gundolf vor.

„Und wie ist dein Name?", fragte Jodaryon den anderen Mann.

„Ich bin der Bauer Siegfried, Herr", sagte der Angesprochene.

Danach forderte Jodaryon die beiden auf, ihm mitzuteilen, warum sie vor Gericht erschienen waren.

Als Erster erhielt Gundolf das Wort. Erwartungsvoll blickte er den neuen Herrscher der Welt an. „Herr, ich bin ein einfacher Bauer. Ich habe zwei kleine Kinder, die mir große Sorgen bereiten – hoffentlich bringe ich sie über den nächsten Winter. Aber darum geht es jetzt eigentlich nicht. Als ich vor zwei Wochen im Wald war, fand ich diese Kuh. Ich nahm sie mit, denn es war niemand in der Nähe, dem das Tier gehören konnte. Ich rief in den Wald hinein, aber da war niemand.

Die Kuh hatte ein pralles, volles Euter. Sie musste unbedingt gemolken werden. Sie muhte laut vor Schmerzen und ich musste das arme Tier erst beruhigen, bevor ich es mit mir nehmen konnte. Zu Hause melkte ich die Kuh und gab einen Teil der Milch meinen Kindern, die fürchterlichen Hunger und Durst hatten und die Milch fast in einem Zug tranken, und danach ging es ihnen zum ersten Mal seit längerer Zeit wieder richtig gut. Ich fragte im ganzen Dorf herum, denn natürlich wollte ich meinen Fund dem rechtmäßigen Besitzer zurückgeben, Herr, aber niemand vermisste eine Kuh und niemand kannte das Tier. Vorgestern nun tauchte plötzlich dieser Mann bei mir auf und behauptete, dass diese Kuh seine sei. Wie kommt er auf so eine Behauptung? Und wo kommt er überhaupt her? Niemand in meinem Dorf kennt ihn und ich glaube ihm nicht."

Längst waren die Zuschauer wieder hellhörig geworden. Flüsternd begannen sie zu diskutieren: „Das kann ja doch noch spannend werden! Hätte man nicht gedacht. Wer ist überhaupt dieser Siegfried? Vielleicht ein Betrüger? Ein Herumtreiber, ein Landstreicher, der mit einem plumpen Trick an eine Kuh kommen will, um sie dann zu verkaufen? Aber nein, Siegfried ist für einen Landstreicher entschieden zu gut gekleidet. Also ein reicher Bauer, der den Hals nicht voll bekommen kann? Der den Armen alles abnehmen will, um selbst immer noch reicher zu werden? Und die armen Kinder! Dass der Bursche sich nicht schämt!"

Jodaryon hörte Gundolf aufmerksam zu und erteilte danach Siegfried das Wort.

„Herr, ich bin ein Bauer aus dem Dorf, das dem Gundolfs benachbart ist. Zwischen unseren Dörfern liegt ein dichter Wald, deshalb gibt es zwischen den Bewohnern nicht so viel Kontakt. Was eigentlich schade ist. Gut möglich, dass er mich deswegen nicht kennt. Er fand die Kuh in meinem Wald. Tatsächlich muss ich zugeben, dass ich diese Kuh nicht vermisst hatte, denn ich habe noch mehr Kühe als diese hier. Aber ich kann mit Recht behaupten, dass es meine Kuh ist. Nicht nur deshalb, weil sie in meinem Wald gefunden wurde. Als ich bemerkte, dass mir eine Kuh fehlte, habe ich mir meine Tiere genau angesehen und festgestellt, dass die Kuh fehlte, die oberhalb des Euters keinen schwarzen, sondern einen braunen Fleck hat. Dieser braune Fleck ist nur so groß wie meine halbe Hand, aber da alle meine Kühe schwarz gescheckt sind, fällt er natürlich sofort auf. Aber bitte überzeuge dich selbst, Herr, sieh dir die Kuh an, dann siehst du den braunen Fleck.

Jeder Bauer in meinem Dorf kennt dieses Tier, ein brauner Fleck auf einer schwarz gescheckten Kuh ist ja äußerst selten, wie du weißt. Herr, ich vertraue deinem Urteil. Egal, wie du entscheidest, ich werde deine Weisheit und dein Urteil nicht anzweifeln. Dein Urteil soll unseren Streit beenden, denn ich will niemanden betrügen oder benachteiligen."

Auch dem Bauern Siegfried hörte Jodaryon aufmerksam zu. Er überlegte kurz und ging danach zu der Kuh, um sie genau zu betrachten. Es stimmte, das Tier war schwarz gescheckt, hatte aber einen kleinen braunen Fleck über dem Euter. Und ja, das war äußerst selten.

Beide Bauern sahen ihn voller Hoffnung an. Sie erwarteten ein gerechtes Urteil. Aber wenn das so einfach gewesen wäre! Jodaryon fragte: „Was wäre geschehen, wenn die Kuh nicht gefunden worden wäre und niemand sie gemolken hätte?"

Gundolf antwortete als Erster: „So ein pralles Euter voller Milch kann dazu führen, dass das Euter sich entzündet, und daran kann die Kuh sterben, Herr!"

„Bauer Gundolf hat recht, Herr!", gab Siegfried zu.

„Also du hättest deine Kuh, so sie denn deine ist, verlieren können, wenn Gundolf sie nicht gefunden hätte?", fragte Jodaryon Siegfried.

„Ehrlich gesagt: Das hätte ohne weiteres passieren können, Herr!", gestand der.

Jodaryon sah nacheinander die Bauern an und erklärte: „So hört also mein Urteil. Was wäre, wenn? Das hilft uns letztendlich nicht weiter. Ich werde nicht spekulieren, sondern mich an die Fakten halten, die ich mit euren Aussagen bekommen habe. Die Kuh wurde von Gundolf in Siegfrieds Wald gefunden. Nun besagt das zwar noch nicht, dass es auch Siegfrieds Kuh sein muss. Aber auch wenn es tatsächlich Siegfrieds Kuh sein mag und er sie nicht vermisst hat, kannst du, Gundolf", bei diesen Worten sah Jodaryon Gundolf eindringlich an, „davon ausgehen, dass du eine gefundene Kuh nicht einfach so behalten kannst. Das hast du auch nicht getan. Du hast in deinem Dorf alle anderen Bauern gefragt, ob sie eine Kuh vermissen, und danach mit Recht angenommen, diese Kuh behalten zu dürfen."

Gundolf begann zu lächeln, aber Jodaryon war noch nicht fertig. „Siegfried hat dir nun aber erklärt, wie die Kuh aussieht, hat dir ihren besonderen Fleck beschrieben. Das kann er nur dann tun, wenn es tatsächlich seine Kuh ist."

Jetzt begann Siegfried zu lächeln und Gundolf machte ein enttäuschtes Gesicht. Doch Jodaryon erklärte den beiden seine weiteren Gedanken: „Wenn Gundolf die Kuh nun aber nicht gefunden hätte, wäre sie vielleicht gestorben. Dann hätte niemand etwas von ihr gehabt. Also hört mein Urteil! Die Kuh muss an ihren rechtmäßigen Besitzer zurückgegeben werden. Ich sehe es als erwiesen an, dass das Bauer Siegfried ist. Aber Bauer Gundolf steht ein ehrlicher Finderlohn zu. Deshalb ordne ich an, dass er täglich vom Bauern Siegfried so viel Milch bekommt, dass er damit seine Kinder versorgen kann."

Das hatten die Zuschauer nicht erwartet. Kurz entstand Geraune, dann aber beklatschten sie das Urteil. Die beiden Kontrahenten schienen nicht nur zufrieden, sondern vor allem erleichtert. Zuerst verneigten sie sich vor Jodaryon, dann reichten sie sich die Hände. Gundolf lächelte glücklich und sagte: „Danke, Herr, dein Urteil ist gerecht."

Auch Siegfried lächelte zufrieden. Während er die Kuh entgegennahm, versprach er Gundolf, diesem sofort jeden Tag die ihm zustehende Milch zukommen zu lassen. Gundolfs Kindern solle es an nichts fehlen – und wenn er, Siegfried, anderweitig helfen könne … Tatsächlich hielten sich beide Bauern strikt an Jodaryons Urteil und Gundolfs Kinder wuchsen gesund auf. Somit hatte Jodaryons weiser Richterspruch dafür gesorgt, dass die Bauern Freunde wurden.

Nachdem Siegfried und Gundolf mit der Kuh den Festplatz verlassen hatten, rief der erste Minister aus: „Ein gerechtes Urteil hat der neue Herrscher der Welt gefällt. Kommen wir jetzt zu unserer zweiten Verhandlung." Der Minister forderte den Gerichtsdiener auf, den Kläger und den Angeklagten des nächsten Falles vorzuführen.

'Na', dachte Jodaryon, 'die Bemerkung über das gerechte Urteil muss ich ihm noch abgewöhnen. Darüber soll sich jeder seine eigene Meinung bilden, ohne einen Minister, der ihn mit der Nase darauf stößt. Aber später, unter vier Augen. Wer kommt jetzt?'

Der Schneidermeister Bogdan schritt auf Jodaryon zu. Nur wenige Schritte vor ihm blieb er stehen. Seine wertvolle Kleidung und mehrere goldene Ringe an seinen Fingern verrieten seinen Wohlstand.

Gleich darauf führte der Gerichtsdiener einen ärmlich gekleideten, an Händen und Füßen gefesselten Mann herbei.

Der reiche Mann verneigte sich voller Ehrfurcht vor Jodaryon, der Gefesselte dachte nicht daran, sondern sah ihm trotzig und angriffslustig ins Gesicht. Der Gerichtsdiener wollte den Mann zu einer Verbeugung vor Jodaryon zwingen, doch der sagte mit lauter, das Grollen der Menschenmenge übertönenden Stimme: „Nein, lass ihn bitte, wir werden prüfen, ob er mit Recht so stolz ist. Und befreie ihn von den Fesseln!"

„Aber Herr – wenn er dann flieht ...", wagte der Gerichtsdiener einzuwenden.

Jodaryon hätte fast laut aufgelacht. „Du vergisst wohl, dass ich ein Zauberer bin?"

Kleinlaut gehorchte der Gerichtsdiener und der Angeklagte tat so, als sei es ihm völlig gleichgültig, ob er gefesselt sei oder nicht.

Nun trat der Gerichtsdiener einen Schritt vom Angeklagten zurück und entrollte ein Pergament mit der Anklageschrift. Laut las er vor: „Vor Gericht sind erschienen der Schneidermeister Bogdan und der Bettler Ehrfried!"

Der Schneidermeister verbeugte sich geflissentlich noch einmal, der Bettler blieb unbeweglich stehen. Sein Blick schien aussagen zu wollen: „Ihr könnt mir gar nichts anhaben!"

Unterdessen las der Gerichtsdiener weiter: „Ehrfried wird beschuldigt, den Meister Bogdan vor etwa einem Jahr am späten Abend und in der Dunkelheit der Ewigen Nacht überfallen zu haben. Ehrfried soll den Meister Bogdan von hinten niedergeschlagen und ihm Schmuck sowie einen Lederbeutel mit einer großen Geldsumme geraubt haben. Meister Bogdan bittet hiermit, seinen Fall zu verhandeln und ein gerechtes Urteil zu finden." Der Gerichtsdiener rollte das Pergament wieder zusammen und verbarg es erneut unter seinem Umhang.

Na, überlegten die Zuhörer, ob das alles stimmte, was in der Anklageschrift stand? Hier ein reicher Mann mit viel Geld und blitzendem, klirrendem Goldschmuck, da ein armer Bettler – das kannte man ja! Zugegeben, die Manieren des Bettlers waren nicht die besten, aber er war arm, er hatte andere Sorgen. Obwohl es klüger und vor allem angebracht gewesen wäre, sich respektvoll gegenüber dem Herrscher der Welt zu verhalten …

Jodaryon rief in das aufkommende Gemurmel hinein: „Ruhe, bitte! Solange die Verhandlung läuft, müssen die Zuhörer schweigen." Sofort war es wieder still. Und nun eröffnete Jodaryon die Verhandlung.

„Damit jeder der hier Anwesenden verstehen kann, was wann passierte, will ich dir, Meister Bogdan, und dir, Ehrfried, einige Fragen stellen, die ihr wahrheitsgemäß beantworten sollt. Wenn ich einen von euch bei einer Lüge ertappen sollte, werde ich ihn bestrafen."

Der Herrscher der Welt wandte sich dem Schneidermeister zu und fuhr fort: „Meister Bogdan, du bist der Kläger, ich will dich zuerst befragen! Erzähle uns bitte, was genau an dem Abend geschehen ist. Von wo bist du damals gekommen und wohin wolltest du?"

„Sehr wohl, Meister Jodaryon, ich will alles erzählen, woran ich mich erinnern kann", erwiderte der Angesprochene. „Ich war in einem Haus, in dem man Frauen aufsuchen kann, du verstehst, was ich meine. Es war schon spät, als ich den Heimweg antrat, außerdem war es ja aufgrund der Ewigen Nacht ohnehin stockdunkel. Ich dachte an nichts, der Abend war richtig lustig gewesen und ich pfiff oder summte vor mich hin. Auf einmal bekam ich einen Schlag auf meinen Hinterkopf. Ich verstand erst gar nicht, was passiert war, aber da traf mich ein zweiter Schlag und ich muss kurzzeitig die Besinnung verloren haben. Als ich wieder zu mir kam, waren mein ganzer Schmuck und alles Geld verschwunden. Das war genau vor einem Jahr und drei Tagen am Platz vor dem Stadtpark, ehrenwerter Jodaryon."

„Du hast also den hier anwesenden Ehrfried nicht gesehen?", fragte der Magier.

„Nein, Meister Jodaryon, das habe ich nicht. Der Räuber kam ja von hinten."

„Und woher willst du wissen, dass Ehrfried derjenige war, der dich ausgeraubt hatte?"

Weil er arm ist!, hätten einige Zuschauer am liebsten gerufen. Bogdan hat ihn ja nicht einmal erkannt! Aber nein.

„Er hatte mir vor zwei Tagen einen Ring zum Kauf angeboten, der eindeutig meiner war, bevor der mir bei dem Überfall damals gestohlen wurde!"

Mit einem Mal schlug die Stimmung um: Der Dieb hatte dem Bestohlenen etwas von der Diebesbeute verkaufen wollen? Ja, wie dumm musste man denn sein, um auf eine so idiotische Idee zu kommen? Lächerlich, einfach lächerlich.

„Gut, Meister Bogdan, jetzt will ich Ehrfried hören!" Der Herrscher der Welt blickte zu dem Bettler und fragte ihn: „Ehrfried, was kannst du zur Aufklärung dieser ganzen Angelegenheit beitragen?"

„Nichts, Meister Jodaryon, rein gar nichts. Ich weiß nicht, wovon dieser Mann hier redet. Alles Verleumdung. Die soll er mir büßen, das garantiere ich dir."

„Dann erzähle mal, was du zur Tatzeit gemacht hast!", antwortete Jodaryon.

„Wenn es denn der Wahrheitsfindung dient: Ich lag zu Hause auf meiner Schlafstatt. Mit einer Frau. Willst du es noch genauer wissen? Ich habe diesem Bogdan oder ***Meister*** Bogdan, wenn es ihm denn lieber ist, aber tatsächlich vor zwei Tagen einen Ring angeboten, ein Erbstück meines Vaters. Denn meine Familie war einmal reich, sehr reich sogar, aber leider ist das schon viele Jahre her. Nicht jeder hat so viel Glück oder so wenig Skrupel wie dieser Bogdan da. Es tat mir in der Seele weh, dass ich mich von dem guten Stück trennen musste, denn es ist für mich die letzte Erinnerung an bessere Tage und an meine lieben Eltern. Aber was bleibt einem manchmal übrig!?“

Das ist ja richtig interessant, dachten viele Zuhörer. Aussage gegen Aussage! Und ob dieser Ehrfried mit seinem rotzfrechen Auftreten durchkommt?

Nun sagte Jodaryon zu beiden Männern: „Ihr wisst, dass ich mit magischen Kräften herausfinden kann, was wirklich an dem besagten Abend geschehen ist. Ich möchte noch einmal von euch wissen, ob ihr mir die Wahrheit berichtet habt. Möchtet ihr noch etwas hinzufügen? Oder hat einer von euch geflunkert?“

Beide Männer beeilten sich zu beschwören, dass sie nur der Wahrheit entsprechend ausgesagt hätten. Darauf erklärte Jodaryon, er werde nunmehr mithilfe eines Zeitzaubers die Ereignisse des fraglichen Abends erkunden.

Mit hocherhobenen Armen und zum Himmel gewandtem Gesicht sprach Jodaryon einige für die Menschenmenge unverständliche magische Formeln. Was dann passierte, war für alle, Jodaryon und Wasgo ausgenommen, unfassbar. Innerhalb von wenigen Sekunden verschwand die Sonne, sie war einfach weg. Es wurde so dunkel, dass man kaum mehr die Hand vor den Augen sah. Entsetzen machte sich breit: War denn die Ewige Nacht zurückgekehrt? Aber nein, Jodaryon hatte doch einen Zauber gesprochen! Ja, aber war es denn die Möglichkeit, dass er sozusagen im Handumdrehen dieses undurchdringliche Dunkel erzeugen konnte? Wer zweifelte nun noch daran, dass man keinen geeigneteren, keinen würdigeren Herrscher der Welt hätte finden können?

Und jetzt zuckten grelle Blitze durch das Dunkel. Dazu kam Wind auf, immer stärker, fast schon ein Sturm, ein regelrechter Wirbelwind – ja war denn das die Möglichkeit? Was passierte denn noch alles?

Doch der Wirbelwind legte sich so schnell, wie er gekommen war.

Und was war das jetzt? Ganz schwach und schemenhaft konnte man in der Finsternis eine ganz andere Landschaft erkennen, einen Weg, der unter großen, skelettartigen Bäumen entlang führte. War das der Schauplatz des Überfalls?

Mit einem Mal riss Bogdan voller Entsetzen die Augen auf. Das war unglaublich, das konnte doch nicht sein, was er da erblickte! Das war ja er selber, genauso, wie er am Abend des Überfalls, ein fröhliches Lied auf den Lippen, heimwärts geschlendert war. Und gleich – gleich musste der Überfall …

Tatsächlich: Er sah, wie sich eine vermummte Gestalt von hinten anschlich. Und auf ihn mit einem dicken Holzknüppel einschlug, einmal, zweimal, bis er niederstürzte und liegen blieb. Du lieber Himmel, mit welch einer Wucht prügelte dieser Bandit auf ihn ein! Der hätte ihn doch glatt totschlagen können! Allerdings – war es wirklich Ehrfried? Es stimmte, Ehrfried hatte einen ähnlichen Körperbau wie der Räuber. Aber das war doch kein Beweis, solange man nicht sein Gesicht erkennen konnte!

Im nächsten Augenblick verblassten die Bilder wieder. Der bewusstlos daliegende Bogdan verschwand, in Sekundenschnelle wurde es wieder hell und alle brauchten einen Augenblick, um sich an das Licht zu gewöhnen. Aufatmend genossen sie die warmen Sonnenstrahlen. War das nicht ein wahrer Segen, dass die Ewige Nacht Vergangenheit war? Und da vorne stand, still und bescheiden, der Mann, dem sie das zu verdanken hatten. Aber wie mochte er jetzt dieses Rätsel lösen?

Gut, Bogdan war überfallen, brutal niedergeschlagen und ausgeraubt worden, das zumindest stand fest. Aber von wem? Ehrfried jedenfalls grinste verschmitzt. So, als wolle er sagen: Da habt ihr es alle gesehen, von euch lasse ich mir nichts anhängen!

Jodaryon fragte noch einmal, ob beide Männer bei ihrer Aussage bleiben wollten.

Unsicher sagte Meister Bogdan: „Ich glaube, ja, ich habe ja nichts gesagt, was falsch war."

Ehrfried sagte im Brustton der Überzeugung: „Du hast es doch selbst gesehen, dass ich nicht der Bandit war. Sein Gesicht war nicht einmal zu erkennen! Nachts sind ja bekanntlich alle Katzen grau. Außerdem habe ich so eine Kapuze gar nicht!"

„Gut", sagte Jodaryon, „dann wollen wir einmal sehen, was weiter an diesem Abend geschah!"

Die Zuschauer hielten den Atem an. Hatte Jodaryon doch noch einen Trumpf im Ärmel? Schon sprach er wieder seinen Zauber, schon wurde es dunkel, der Wirbelwind verwandelte den Festplatz erneut in den nächtlichen Stadtpark – und tatsächlich, da lag wieder der bewusstlose Bogdan. Und ein paar Schritte entfernt kniete der Räuber.

Was machte er da? Umständlich hantierte er mit dünnen, verdorrten Zweigen, mit etwas Reisig und einem Feuerstein – klar, er wollte Feuer machen, er konnte es nicht abwarten, seinen Raub zu begutachten. Der Schein der kleinen Flammen erhellte das Geld, sodass er es zählen konnte, dann die Ringe – und plötzlich stießen die Zuschauer einen halblauten Schrei aus. Einen kurzen Augenblick war das Gesicht des Mannes mit der Kapuze im Feuerschein zu sehen, jeder erkannte es. Es war Ehrfried.

Im nächsten Augenblick ertönte Jodaryons Stimme durch das Dunkel. Laut, befehlend.

Dann wurde es ebenso schnell wieder hell wie bei Jodaryons erstem Zeitzauber. Und als sich die Menschen an das Licht gewöhnt hatten, löste sich ihre Anspannung in einem unbändigen Lachen. In einem Lachen, das gar nicht mehr enden wollte.

Ehrfried hatte im Dunkel fliehen wollen, aber Jodaryon war darauf gefasst gewesen und hatte einen Zauber gerufen. Und da stand jetzt der überführte Verbrecher, mitten in der Laufbewegung erstarrt, er stand auf einem Bein, während das andere Bein und die beiden Arme lächerlich abgespreizt waren. Er war zu keiner Bewegung fähig. Nur sein entsetzter Blick verriet, dass er alles mitbekam.

Jodaryons Urteil war nur noch Formsache. Ehrfried war überführt; er wurde ins Gefängnis geschickt, wo er für die Regierung arbeiten sollte. Und zwar so lange, bis er von seinem Arbeitslohn Meister Bogdan den Raub ersetzen konnte. Die Zuschauer waren völlig überwältigt und konnten sich in Beifallsbekundungen und Verbeugungen für Jodaryon gar nicht genug tun.

Immer noch stand der Räuber erstarrt da.

Bis Wasgo zu ihm hinging und ihm einen kleinen Schubser versetzte. Da fiel Ehrfried, ohne seine Haltung im Geringsten zu verändern, auf die Erde. Das Publikum brüllte vor Lachen.

Endlich erhob Jodaryon seine Arme und sofort kehrte Ruhe ein. Nun befahl er dem Gerichtsdiener: „Suche dir aus dem Publikum zwei, drei starke Männer aus – dann tragt Ehrfried ins Gefängnis! In ungefähr einer Stunde hört mein Zauber auf zu wirken, vorher kann er sich nicht bewegen. Also fort mit ihm!“

„Und passt auf, dass ihr mit ihm nicht an einem Türrahmen hängen bleibt – es wäre schade um den Türrahmen!“, rief Wasgo übermütig.

„Wasgo, es ist genug“, ermahnte ihn Jodaryon leise, aber bestimmt. „Auch wenn ich dich ja verstehe ...“

Der erste Minister ergriff nun das Wort: „Ein weises Urteil hat Meister Jodaryon gefällt. Damit ist der erste Gerichtstag unseres Herrschers beendet. Weitere Fälle werden in den nächsten Tagen verhandelt. Doch jetzt wollen wir alle feiern! Wir wollen so feiern, dass wir diesen Tag nie wieder vergessen werden!“

'Er kann's nicht lassen mit seinem gerechten Urteil', lächelte Jodaryon in sich hinein.

Feuerzauber

Der Minister hatte nicht übertrieben. Es sollte ein Fest werden, das niemand jemals vergaß. In der ganzen Stadt wurde gefeiert, gegessen und getrunken. Musikkapellen spielten auf, zum Tanz oder auch nur, um die Menschen mit leiser und ruhiger Hintergrundmusik zu erfreuen, während auf einem Festplatz das Fleisch von Rindern, Schweinen, Puten, Enten, Gänsen, Wildschweinen oder Steinböcken gegessen wurde.

Es war schon spät geworden. Die Sonne schickte sich an unterzugehen und es wurde rasch dunkel. Wasgo hielt nun seinen großen Augenblick für gekommen – jetzt endlich war es so weit, jetzt konnte er Jodaryon mit seinen Zauberkünsten überraschen. Natürlich wusste Jodaryon, dass Wasgo etwas vorhatte, aber dieser hatte ihm keine Einzelheiten verraten. Er entfernte sich von Jodaryons rechter Seite und wollte vor ihn treten.

Mitten in der Bewegung hielt er jedoch inne. Er traute seinen Augen nicht. Was da passierte, war für ihn ganz unglaublich, aber zugleich löste es in ihm große Freude und Glücksgefühle aus. Aus seinen Augenwinkeln bemerkte er, dass es auch Jodaryon so erging. Und als er sich umblickte, sah er überall überraschte und ungläubige Gesichter. Schnell kehrte er an Jodaryons rechte Seite zurück.

Was alle Anwesenden so grenzenlos überraschte, war der Umstand, dass plötzlich Wesen erschienen waren, von denen man angenommen hatte, dass sie längst von Bossus vernichtet seien. Seit mindestens einem Jahrhundert hatte sie niemand mehr gesehen. Wasgo war noch zu jung, als dass er diese Wesen hätte kennen können, aber instinktiv wusste er sofort, wer sich hier an dem Fest beteiligen wollte: Elfen!

Ein helles Licht ging von diesen Elfen aus. Sie hatten durchsichtige Flügel am Rücken und waren in hellblaue Gewänder gekleidet. Wie lange waren diese friedliebenden Wesen nicht mehr gesehen worden! Sie waren mutige Kämpfer gegen Bossus' Gewaltherrschaft gewesen und hatten dafür teuer bezahlen müssen. Seitdem galten sie als ausgestorben, aber pünktlich zum Fest waren hier auf dem Festplatz des Palastes etwa fünfzig von ihnen erschienen. Unhörbar schwebten sie zu Jodaryon und verneigten sich.

„Herr Jodaryon", sprach der Anführer der Elfen, „bitte verzeihe uns, dass wir uns erst heute, am Tage deiner Ausrufung zum Herrscher der Welt, zeigen. Im Kampf gegen Bossus wurden die Elfen nahezu vernichtet, nur wir konnten mit einem Zauber dem sicheren Tod entkommen. Aber dieser Zauber war es auch, der es uns unmöglich machte, vor der Ausrufung eines neuen und gerechten Weltenherrschers ins Leben zurückzukommen. Nun wurdest du, großer Jodaryon, heute zum Weltenherrscher ernannt und hast mit deinen weisen Gerichtsurteilen bewiesen, dass du ein gerechter Herrscher bist. Wir, die Elfen, werden zu allen Zeiten fest an deiner Seite stehen und dich dabei unterstützen, Gerechtigkeit walten zu lassen. Bitte erlaube uns, dass wir aus diesem Anlass für dich und alle Anwesenden tanzen. Unser Tanz soll eure Augen erfreuen und dieses Fest noch schöner machen, als es ohnehin schon ist."

Jodaryon stand die Überraschung ins Gesicht geschrieben. „Ich freue mich sehr, dich zu sehen, mein lieber Regulus. Euer Erscheinen verschönert in der Tat nicht nur den heutigen Tag und dieses Fest, sondern auch die gesamte Welt. Eure Anwesenheit an diesem Ort alleine ist für mich schon eine große Ehre. Aber die Rückkehr der Elfen in unsere Welt stellt für mich überdies ein sehr großes Glück dar. Ich freue mich über eure Gefolgschaft und genauso sehr auf euren Tanz."

Die Elfen nahmen in drei Reihen Aufstellung. Lautlos schwebten sie in der Luft. Nach einer weiteren Verbeugung vor Jodaryon und dessen Gefolge begannen sie, ihren Tanz aufzuführen. Die Nacht brach langsam herein und dadurch kamen die Elfen in ihrem Lichterglanz noch besser zur Geltung.

Mit sanften Bewegungen, graziös und zugleich voller Leidenschaft zelebrierte das Ballett der fliegenden Elfen seinen Tanz. Es war ein Tanz, der den Menschen und Zauberern große Hoffnungen auf eine schöne Zukunft vermittelte und Glücksgefühle bei den Zuschauern auslöste.

Allmählich wurden die Bewegungen schneller, aber sie blieben elegant und graziös. Die männlichen Elfen hoben ihre Partnerinnen in die Höhe. Dabei reckten sie sich zu voller Größe. Arme und Beine waren ineinander verdreht und vom Körper weggestreckt. Plötzlich drehten sich die Elfenfrauen und spreizten die Beine zu einem Spagat, wobei sie weiterhin in der Luft schwebten. Die Arme lösten sich voneinander und waren schräg in die Höhe gestreckt. Die Elfenmänner setzten nun ihre Frauen vor sich ab in die Schwebe und tanzten, ihr Gesicht den Damen zugewandt, mit kleinen, eleganten Schritten um sie herum.

Danach halfen sie ihren Frauen scheinbar wieder auf die Beine, um selbst einen Salto auszuführen, der selbstverständlich von allen Elfenmännern synchron gesprungen wurde. Fürwahr: Hier traten die Meister aller Tänzer auf und ließen die Herzen der Zuschauer höher schlagen. Der Tanz ging allmählich seinem Ende entgegen. Mit gleichmäßigen Schritten bewegten sich die Elfen rhythmisch hin und her. Schließlich verlangsamte sich das Tempo des Tanzes, bis die Elfen zu völliger Bewegungslosigkeit zu erstarren schienen.

Regulus, der Anführer der Elfen, schwebte langsam mit seiner Tanzpartnerin auf den begeisterten Jodaryon zu und gemeinsam verneigten sie sich tief und in Demut vor dem Herrscher der Welt.

„Ich bin zutiefst gerührt und glücklich über euren wunderschönen Tanz", sagte Jodaryon voller Dankbarkeit. „Ich glaube, niemand hier auf dem Festplatz hat jemals etwas so Schönes gesehen. Das ist doch so?" Begeisterter Beifall brandete auf. Als es wieder ruhig war, fuhr Jodaryon fort: „Ich freue mich sehr, dass ihr nicht nur unsere Gäste sein wollt, sondern als unsere Freunde bei uns bleibt und mir eure Hilfe für eine gerechte Herrschaft anbietet. Seid herzlich in unserer Mitte willkommen, nehmt auch bitte unsere Freundschaft an und fühlt euch hier zu Hause. Lasst es euch gut gehen und feiert mit uns gemeinsam dieses schöne Fest!"

Daraufhin gab Regulus das Zeichen, die Elfenformation aufzulösen. Seine Getreuen mischten sich unter die Gäste, um mit ihnen gemeinsam zu feiern.

Luziferine und Antares waren begeistert und genauso von dem Erscheinen der Elfen überrascht wie alle anderen Teilnehmer an diesem Fest auch. Antares hing seinen Gedanken nach und so bemerkte er nicht, dass sein Sohn vor Jodaryon trat. Er dachte an den Kampf gegen Bossus und wie arm die Welt geworden war, nachdem die Elfen durch die bösen Mächte vom Antlitz der Erde getilgt worden waren. Er dachte auch an die vielen anderen Wesen, die unwiederbringlich verloren waren, weil Bossus es gefiel, alles zu morden und zu vernichten, was anders als er war und sich ihm nicht unterordnen wollte oder sich ihm gar widersetzte. „Man muss sich eben an die Regeln halten, die einem Bossus vorgibt, dann geschieht einem nichts – das ist immer so auf der Welt, gleichgültig, wer gerade herrscht", hatte einmal ein besonders kluger Mensch zu Antares gesagt. Welch ein Unsinn!

Antares spürte plötzlich Wut auf Bossus in sich aufsteigen. Doch im nächsten Augenblick erinnerte er sich daran, wo er sich befand, und beruhigte sich wieder. Sollte Bossus doch bis in alle Ewigkeit in der Hölle schmoren, bei „Schwiegerpapa" Luzifer, da war er gut aufgehoben! Viel lieber, als sich von solchen Erinnerungen die Stimmung verderben zu lassen, dachte er an seinen Sohn und dessen Gefährten Jodaryon, an Luziferine und an die gemeinsam bestandenen Abenteuer, die die Welt zum Positiven verändert hatten. Er war stolz darauf, solche guten und unerschütterlichen Freunde zu haben und zu einer Macht zu gehören, die das Gute schaffte und das Böse bekämpfte.

Durch einen lauten Knall wurde er aus seinen Gedanken gerissen. Am Himmel nahm er ein seltsames helles Leuchten wahr. Im nächsten Augenblick sah er Wasgo auf einer Bühne stehen und Zaubersprüche aufsagen. Seine Arme und Hände stieß er teilweise rhythmisch und dann wieder hektisch dem Himmel entgegen. Musik ertönte – aber Antares konnte sich nicht erklären, woher sie kam; er sah nicht einen Menschen musizieren und doch schien die Musik über ihnen allen zu schweben. Die Töne erschienen ihm zuweilen laut und markant, fast schon aggressiv, geradezu drohend, dann wieder leise, versonnen, ja, zärtlich, und immer wieder dröhnten laute Paukenschläge.

Und nun realisierte Antares, was gerade geschah. Zum ersten Mal in seinem Leben konnte er verfolgen, wie sein Sohn Wasgo, dem er einst die allerersten einfachen Zauber beigebracht hatte, vor einem großen Publikum nicht nur einen, nein, eine nicht enden wollende Menge hoch komplizierter Zauber anwandte. Was war aus dem Kind geworden, das sich einst vor Lachen geradezu ausgeschüttet hatte, weil sein Vater bei einer seiner unbeholfenen Zauber-Lektionen mit platzenden Bohnen eine Riesenschweinerei angerichtet hatte!

Jetzt tauchten am dunklen Sternenhimmel Feuerblitze auf. Das sah beinahe so aus, als wenn ein kleiner Feuerball, ja, ein Komet eine Bahn hinter sich herzog. Voller Begeisterung stieß Antares seine Frau in die Seite und strahlte sie mit seinem schönsten Lächeln an. Sternchen entstanden am Himmel. Luziferine fragte sich, wie Wasgo das wohl anstellte, soviel Feuer auf den Himmel zu zaubern und dabei auch noch diese prachtvolle Musik, die zu dem Feuerspiel am Himmel genau passte, in der Luft ertönen zu lassen.

Gleich darauf platzten Wasgos Sternchen und aus ihnen entstanden große glitzernde Kugeln, die so aussahen, als würden sie auf die Menschenmenge auf dem Festplatz zufliegen. Die Begeisterung des glücklichen Vaters steigerte sich ins Unermessliche und er konnte nicht anders, er nahm Luziferine liebevoll in seine Arme.

Dicht gedrängt standen die Zuschauer beieinander, als sich der Schein der am Himmel aufsteigenden Feuer und Lichter über sie ergoss. Jeder staunte über Wasgos Zauberkünste und alle Anwesenden fühlten, dass sie zusammengehörten, dass sie einer Kraft angehörten, die die Welt verändern konnte. Und alle Menschen wussten, dass die Welt in Zukunft und hoffentlich für alle Zeiten gerecht regiert werden sollte. Dank Jodaryon und Wasgo.

Leise Musik floss wie ein sanfter, durchsichtiger Schleier über die Menschenmenge dahin. Nur einige wenige Streichinstrumente erklangen, aber wo waren sie? Niemand konnte sie sehen, sie waren ganz einfach nicht da, nur ihr Klang schien die Luft auszufüllen. Dazu entfalteten die Lichter am Himmel lautlos ihre Formen und Figuren. Eine friedliche und anheimelnde Stille herrschte auf dem Festplatz.

Plötzlich war der ganze Himmel von einem unbeschreiblich prächtigen Goldregen hell erleuchtet. Von überall her hörten Luziferine und Antares überraschte „Ahs" und „Ohs" aus der Menschenmenge.

Damit war gewissermaßen die Schlussoffensive der Zauberkunst Wasgos eröffnet. Mit zahllosen Sternchen, die ständig mit lautem Knallen zerplatzten und unverzüglich durch neue ersetzt wurden, zauberte er viele, immer größer werdende Kugeln in allen nur vorstellbaren Farben an den Himmel. Scheinbar rasten die Kugeln am Himmel mit einer unfassbaren Geschwindigkeit auf die fassungslosen Menschen zu, wurden dabei immer größer und es sah aus, als sollten sie ihnen auf den Kopf fallen, doch bevor es dazu kam, zerplatzten sie zu Tausenden kleiner Sternchen.

Ein begeisterter Jodaryon sah dem Treiben am Himmel zu. Genau wie Wasgos Eltern war auch er stolz auf seinen jungen Schützling und ehemaligen Gefährten. Was hatte dieser Jüngling in der kurzen Zeit, in der sie sich kannten, bereits von ihm gelernt! Keine Frage, dass er seinem Lehrmeister in der Zauberkunst in nichts nachstand. Und ebenso wenig stand für Jodaryon außer Frage, dass er Wasgo irgendwann zu seinem Nachfolger machen wollte. Wen denn sonst! Allerdings erst in ferner Zukunft – bis dahin wollten sie schon noch einige Abenteuer gemeinsam bestehen dürfen.

Laute Musik mit vielen Schlägen großer Kesselpauken erfüllte die Luft. Doch auch diese riesigen Pauken waren in Wirklichkeit nicht vorhanden. Wasgo zauberte die Musik direkt in die Ohren der Menschen. Wie aufeinander abgestimmt drangen zeitgleich donnernde Paukenschläge und das Knallen zerplatzender Sternchen an die Ohren der Menschen. Auch diese Sternchen sahen aus, als wenn sie zu großen, auf die Menschen zurasenden Feuerkugeln wurden. Im

Hintergrund hörte Jodaryon, wie es Antares und Luziferine und die anderen vielen Festbesucher auch vernehmen konnten, das Gerassel von vielfach leiseren Knallgeräuschen, die einen Feuerregen in goldenen und silbernen Farben über die Menschen verschütteten, über Menschen, die sich auf dem Festplatz versammelt hatten, die eigens wegen dieser Zauberei gekommen waren, denn natürlich hatte Wasgo schon lange vorher diese sensationelle, noch nie da gewesene Vorstellung angekündigt.

Der Klang der Musik mit den fortwährenden Paukenschlägen und die vielfältigen Geräusche von Wasgos Feuerzauber, die Lichtervielfalt und die sich ständig verändernden leuchtenden Bilder am Himmel verursachten in den Zuschauern auf dem Festplatz des Palastes ein seltsames freudiges Gefühl, eine wahre Euphorie und Glückseligkeit. Die Menschen hatten das Gefühl, als wenn sich die Organe in ihrem Inneren heben würden, sie fühlten sich ganz leicht und beschwingt und wussten gar nicht, was mit ihnen geschah.

Ihre Körper reagierten auf das Feuerspektakel am Himmel mit der dazu passenden Musik so, wie es bis dahin niemand kannte, auf eine Weise, die sie nicht mehr unter Kontrolle hatten. Es gab Menschen, die bekamen eine Gänsehaut, anderen stiegen Tränen der Rührung und des Glückes in die Augen und diese Menschen sahen dadurch das gigantische Schauspiel wie durch einen Schleier, was das Himmelsspektakel noch eindringlicher machte. Sie sollten lange Zeit nicht zur Ruhe kommen und das eben Erlebte ihr ganzes Leben bis ins hohe Alter hinein nicht vergessen. Vor allem Frauen gedachten noch Jahre später mit glänzenden Augen Wasgos Himmelszauberei.

Langsam verblassten die Sternchen. War das Spektakel zu Ende! Nein! Schon ertönte ein erneutes ratterndes Knallen am Abendhimmel und erneut rasten immer größer werdende Lichterkugeln auf die Menschen zu. Und immer wieder erklang und erdröhnte dazu die laute Musik mit ihren mächtigen Trommeln und Pauken. Die Menschen hatten das Gefühl, als öffneten sich in diesem zugleich wütenden und fröhlichen Geknalle die Himmelspforten und als stürze der Himmel auf sie ein. Dazu gesellte sich wieder der goldene und silberne Feuerregen und viele verschiedenfarbige Sternchen fielen vom Firmament hinab. Inzwischen hatte so mancher schon das Gefühl, die Pauken klopften gegen seine Mageninnenwand. Alle nahmen die Musik mit jeder Faser ihres Körpers und ihrer Nerven wahr.

Dann plötzlich wurde es auf dem Festplatz ganz still. Eine Minute, zwei Minuten vernahm man fast keinen Laut, alle standen völlig überwältigt und wie festgezaubert. Dann löste sich allmählich die Ergriffenheit, die Faszination und die Menge klatschte Beifall, zunächst verhalten, dann immer begeisterter. Wo war der sensationelle, der göttliche Zauberer, der ihnen dieses einmalige Erlebnis geschenkt hatte? Wasgo? Dieser Junge, der dort oben mit verlegenem Gesichtsausdruck, aber mit leuchtenden Augen neben Jodaryon stand? Und den der große Jodaryon jetzt in die Arme nahm und drückte? Das gab es nicht, das konnte nicht sein! Aber doch war es so, kein Zweifel.

Auch Antares und Luziferine standen noch unter dem Eindruck des soeben Erlebten. Unbewusst fasste Antares seine Frau an der Hand, drückte sie liebevoll und sagte mit leuchtenden Augen: „War das toll! Das wollte ja gar kein Ende nehmen. Ich habe noch nie so etwas Schönes gesehen. Was unser Sohn doch alles gelernt hat! Er ist schon jetzt einer der besten Zauberer, die mir je begegnet sind. Ich bin einfach nur riesig stolz auf unseren Wasgo!" Antares konnte nicht anders, er nahm seine Frau in seine Arme und küsste sie herzlich und leidenschaftlich vor allen anderen Gästen auf den Mund.

Dann fragte er seine Frau: „Ob ich mir von Wasgo ein paar Zauber beibringen lasse?“ Seine Augen lachten.

Luziferine blickte ihn einen Augenblick scheinbar entsetzt, ja böse an und antwortete: „Antares! Unterstehe dich!“

Im nächsten Moment kicherte sie los und kuschelte sich an ihren Mann. Und in den nächsten Stunden zog sie ihn ständig damit auf, was alles unweigerlich passieren musste, wenn Antares auch nur den kleinsten Versuch wagen sollte, es seinem Sohn gleichzutun.

Böse Absichten

In der Hauptstadt vor dem Palast, der sich auf dem höchsten Berg der Stadt befand, genossen die Menschen auf der Festwiese Wasgos Feuerzauber. Die Bevölkerung war fröhlich und feierte den neuen Herrscher der Welt.

Zur gleichen Zeit waren zwei andere, weit entfernt vom Festplatz, in ein Gespräch vertieft. Der eine war Luzifer und der andere war kein Mensch mehr. Erst recht kein Zauberer, obwohl er, wenn er einen Körper gehabt hätte, ein bedeutender Zauberer hätte sein können. Es war kein anderer als Bossus. Und der Ort, an dem sie sich befanden, war die Hölle, ganz in der Nähe des Fegefeuers, in dem den schwarzen Seelen, die viel Böses in die Welt gebracht hatten, ein letzter Aufenthaltsort bestimmt war.

Bossus setzte alles daran, wieder einen Körper zu bekommen und auf die Erde zurückzukehren, um sich an Wasgo und Jodaryon, an Luziferine und Antares und an all den anderen zu rächen. Er wollte Unfrieden säen, Hass und Verderbnis über die Welt bringen, er wollte einen Krieg vom Zaun brechen, einen Krieg, wie ihn die Welt noch nicht gesehen hatte, um wieder die Macht ergreifen zu können. Schon einige Stunden redete er auf den Höllenfürsten ein. Und wenn Bossus es richtig verstand, hatte auch Luzifer mit Jodaryon und Wasgo und der ganzen Brut eine Rechnung offen. Da musste Bossus ansetzen.

Luzifer hörte aufmerksam zu und antwortete danach: „Ich kann dich nicht zurück auf die Erde gehen lassen, selbst wenn ich es wollte. Nur als schwarzen Engel könnte ich dich für ein paar Tage nach oben lassen. Aber warum sollte ich das tun? Du bist mein Gefangener und das wirst du bleiben!"

Bossus hielt es kaum noch aus vor Ungeduld. Warum musste der Alte auch so schrecklich begriffsstutzig sein!

Aber kriecherisch sagte er: „Edler Luzifer, überlege doch einmal, wie viele schwarze Seelen hast du denn geerntet, seit da oben dieser unsägliche Frieden herrscht?"

Der „edle Luzifer" überlegte kurz und erwiderte mit einem schmerzlichen Gesicht: „Ja, du hast recht, du hast leider recht, es waren nicht sehr viele. Es dürften ruhig viel mehr sein. Miese Zeiten sind das, ganz miese Zeiten! Gevatter Tod beschwerte sich vor Kurzem bei mir, dass er kaum noch etwas zu tun hat. Und vor mir hat auch keiner mehr Angst. Die Menschen fangen schon an, über mich dumme Witze zu machen, und lachen sich bloß noch kaputt."

„Dann gib mir doch einen Körper und lass mich nach oben gehen! Gevatter Tod hat dann auf jeden Fall wieder genug zu tun und deine Ernte an schwarzen Seelen wird sehr reich sein!", beschwor Bossus den Teufel.

Luzifer sprang wutentbrannt auf. „Es gibt bestimmte Regeln, an die auch ich mich zu halten habe!", brüllte er Bossus an. „Das weißt du so gut wie ich! Also versuche nicht, mich für dumm zu verkaufen!" Etwas ruhiger fuhr er fort: „Mache mir einen Vorschlag, wie ich die Welt in Unordnung und vielleicht sogar mit einem Krieg überziehen kann! Dann will ich sehen, ob ich etwas für dich tun kann!"

Auf so eine Aussage hatte Bossus gewartet. Genau das war die Möglichkeit für ihn, seinem Ziel ein Stückchen näher zu kommen. Endlich hatte der alte Schreihals angebissen. Der hatte nicht bemerkt, dass Bossus ihn manipulierte, um seine eigenen Interessen durchzusetzen.

Bossus antwortete: „Schicke den Herrn des Fegefeuers auf die Erde! Lass ihn fürs Erste nur einige Felder, Wiesen und Wälder in Brand stecken. Warte danach ab, wie die Menschen reagieren. Egal, was sie tun, du kannst das immer für deine Interessen ausnutzen."

Luzifer überlegte und befand diese Idee für gut. Er wollte handeln! Aber – *er*! Nicht Bossus! Der sollte mal schön wieder dahin, wo er hingehörte. Also ab ins Fegefeuer!

Der ehemalige Herrscher der Welt war einerseits auf Luzifer wütend, aber er sah auch seine Chance. Gut, dachte er, du bist dumm und fürchterlich cholerisch, mein lieber Luzifer. Du kannst meinetwegen die Hölle vollbrüllen, wie du willst – dich kriege ich rum! Bis dahin sitze ich die Zeit in deinem albernen Fegefeuer auf einer Pobacke ab! Und wenn, ja, wenn ich erst mal an der Macht bin – dann, darauf kannst du Gift nehmen, alter Brüllaffe, dann habe ich auch noch mit dir ein Hühnchen zu rupfen! Irgendwann, früher oder später, wird meine Chance kommen, und dann – dann–!!

Aber auch Luzifer war zufrieden. Was bildete sich eigentlich diese jämmerliche schwarze Seele ein, die sich einmal Herrscher der Welt genannt hatte? Glaubte die etwa, ihn überlisten zu können? Ihn, den großen Höllenfürsten? Sollte sich Bossus doch ruhig Hoffnung machen, der Hölle entkommen zu können! Das hatten schon ganz andere versucht, aber geschafft hatte es keiner! Nein, das stimmte nicht – fast keiner. Jodaryon und Wasgo waren in sein Reich gekommen und diese verdammte Brut hatte er entkommen lassen müssen, er hätte aus der Haut fahren können. Sein missratener Enkelsohn Wasgo war ihm ohnehin ein besonderer Dorn im Auge. Wehe, wenn er den einmal zu fassen bekäme! Für den wäre die schlimmste Hölle noch nicht schlimm genug!

Aber langsam, eines nach dem anderen! Erst einmal wollte er so tun, als ob er Bossus' Vorschläge in Betracht ziehe. So lange, bis er Wasgo und Jodaryon am Kragen hatte. Und seine saubere Tochter und ihren Mann, diesen jämmerlichen Tölpel, der ihm trotzdem so übel mitgespielt hatte! Und dann – dann war er wieder unumschränkter Herrscher! Er, Luzifer! Übersetzt: der Träger des Lichts! Und ein Licht sollte all diesen Leuten schon aufgehen, ein Licht, mit *wem* sie es zu tun hatten! Nur sollte ihnen das dann nicht mehr helfen.

So schnell es sein Pferdefuß zuließ, eilte er zu seinem Thron, der sich in einer großen Halle befand, seinem düsteren, Furcht einflößenden Audienzsaal. Totenköpfe zierten die Decke des riesigen Raumes, an den Wänden befanden sich Bilder von in Not geratenen, jammernden, schreienden, fliehenden, um ihr Leben zappelnden und kämpfenden Menschen und Tieren. Skelette und verwesende Leichen waren auf dem Fußboden abgebildet. Der Raum lag in einem merkwürdigen Zwielicht, welches einfach da war. Es gab keine bestimmte Lichtquelle, das Licht schien von Überall und Nirgendwo zu kommen. Gegenstände, die beleuchtet wurden, warfen keine Schatten.

Mit Bedacht hatte der Höllenfürst seinen Audienzsaal so grässlich gestaltet. Luzifers Gäste und diejenigen, die er zu sich befahl, sollten sich vor ihn fürchten. Um deren Angst noch zu verstärken, mussten sie, bevor sie seinen Saal betraten, an Figuren und Statuen von Monstern aller Art vorübergehen. Überall standen die umher, vor dem Audienzsaal und auch darin, in jeder Ecke und an allen Wänden. Kurz: Es war ein Ort, an dem sich Luzifer rundum wohlfühlte.

Der Höllenfürst befahl den Hüter des Fegefeuers oder, wie er sonst noch genannt wurde, den Herrn des Fegefeuers, zu sich. Dieser war ein Monster von besonders grausigem Aussehen, ein riesiger Kerl, dessen Gesicht von Brandblasen bedeckt war. Von ihm ging ein stinkender und in den Augen beißender Rauch aus. Seine Beinkleider waren löchrig. Der Oberkörper war sehr kräftig und unbekleidet. An seinem gesamten Körper loderte ein ewig währendes Feuer, das ihm ein besonders bedrohliches Aussehen gab. Kurz, der Hüter des Fegefeuers war ein abstoßend hässliches Wesen, das überall Angst und Schrecken verbreitete, wo es sich sehen ließ.

Als er vor Luzifer trat, fiel er auf seine Knie und verbeugte sich bis fast auf den Boden. In dieser Haltung verharrte er, bis der Herr der Unterwelt ihm erlaubte, sich vom Fußboden zu erheben.

„Herr, welche Befehle hast du für mich?“, wagte er schließlich zu fragen.

Luzifers Lippen umspielte ein höllisch böses Grinsen. Mit lauter Stimme und theatralischen Gesten verkündete er: „Seit Bossus nicht mehr auf der Erde regiert, bekommen wir so gut wie keine schwarze Seelen mehr! Hast du schon bemerkt, dass dein Feuer nicht mehr so hell brennt wie früher? Dagegen müssen wir uns wehren! Du bist der Hüter des Fegefeuers und damit auch der Herr der Seelen, die dem Fegefeuer überantwortet wurden. Also sorge du dafür, dass

Gevatter Tod endlich wieder etwas zu tun bekommt! Du gehst auf die Erde! Pass auf, dass dich kein Mensch und kein anderes Wesen da oben sieht! Aber brenne Dörfer, Felder, Wiesen und Wälder nieder! Sorge dafür, dass Menschen sterben müssen!"

„Wie du mir befiehlst, so will ich handeln, Herr!", rief der Hüter des Fegefeuers aus. Im nächsten Augenblick war er verschwunden.

Feuerzauber

Völlig lautlos und von jedem Erdenbewohner ungesehen schlich ein riesiger Kerl, ein wahres Monster, durch einen Wald. Wo er seinen Weg suchte, hinterließ er kleine, gierig züngelnde Flämmchen. Die wuchsen langsam, aber kontinuierlich zu immer größeren Flammen empor, als er schon längst diesen Wald verlassen hatte. Das Feuer wurde größer und größer, erfasste zuerst Gräser, danach die kleineren Sträucher und später fraß es an den Bäumen. Voller Panik flohen die Tiere vor dem sich immer weiter ausbreitenden Inferno. Alte und kranke, aber auch junge Tiere hatten keine Chance, den Flammen zu entkommen. Es entstand ein riesiger Waldbrand, der alles vernichtete, was sich ihm in den Weg stellte.

Eine Kuh stand auf einer Wiese und kaute in aller Ruhe auf ihrem Gras. Aber plötzlich stieg dem Tier Rauchgeruch in die Nase. Unruhig blickte es um sich und erblickte ein riesiges Feuer, das sich ihm schnell näherte. In plötzlicher Panik brüllte die Kuh auf, rannte, was sie konnte, vom Waldrand weg und brachte sich so fürs Erste in Sicherheit. Immer lauter brüllte sie, denn beim Laufen prallte ihr volles Euter gegen ihre Hinterbeine, was ihr fast unerträgliche Schmerzen bereitete. Mit letzter Kraft erreichte sie ihren Hof.

Der Bauer Siegfried ahnte nichts Böses. Gerade wollte er die Milch zu seinem einstigen Prozessgegner und jetzigen Freund Gundolf bringen lassen, die dessen Kindern nach Jodaryons Urteil zustand. Mit Vergnügen dachte er daran, wie prächtig sich die Kinder entwickelten, seit sie nicht mehr hungern mussten. Da hörte er die Kuh brüllen und sah sie im nächsten Augenblick heranstürmen. Zugleich jedoch sah er noch etwas anderes, nämlich den Rauch in der Ferne. Was der zu bedeuten hatte, war ihm sofort klar. Augenblicklich alarmierte er seine Nachbarn und alle anderen Dorfbewohner. Jeder wusste, was er in einer solchen Situation zu tun hatte: Vor sämtliche verfügbaren Karren wurden in größter Eile Ochsen und Kühe gespannt, um Holzfässer mit Löschwasser zum Brandherd zu bringen. Vielleicht konnte man ja das Allerschlimmste gerade noch verhindern.

Aber Siegfried tat noch etwas anderes. Er schickte einen jungen Mann namens Meinhard, den besten Läufer des Dorfes, zu Wasgo und Jodaryon, um diese zu informieren und um Hilfe zu bitten.

Augenblicklich rannte der junge Mann los, was seine Beine hergaben. Wenn jemand wirklich helfen konnte, dann die beiden großen Magier! Stunde um Stunde kämpfte er sich vorwärts, ohne die kleinste Pause, einen so mörderischen Lauf hatte er noch nie erlebt. Der Weg nahm kein Ende, die heiße Sonne trocknete seinen Körper aus, es war kaum noch auszuhalten. Ob er es schaffen konnte? Ob er vorher in der glühenden Hitze zusammenbrach, irgendwo hilflos liegen blieb, in der Einsamkeit, während zu Hause alles ein Raub der Flammen wurde? Es half ja nichts, er musste weiter, immer weiter!

*****

Kaum war Meinhard aufgebrochen, rief Siegfried den anderen Dorfbewohnern zu „Wir brauchen Decken! Holt alle Decken, die ihr finden könnt! Und Schaufeln! Ganz wichtig! Bringt Schaufeln mit, wir müssen Sand ausheben und transportieren!"

Das Prasseln des Feuers, das nur noch ein paar Hundert Meter entfernt war, war jetzt schon deutlich vernehmbar. Von Minute zu Minute wurde es lauter. Ein solches Inferno hatte noch niemand erlebt.

„Was willst du mit Sand und Schaufeln, du dummer Bauer?", brüllte einer von Siegfrieds Nachbarn.

„Wenn hier einer dumm ist, dann bist du es", schrie der Angesprochene in höchstem Zorn zurück, „wirf den Sand auf das Feuer und es wird gelöscht! Tu einfach, was ich dir sage, dann kannst du nichts falsch machen! Und jetzt los, wir können nicht endlos diskutieren!"

Längst hatten sich alle Dorfbewohner um Siegfried versammelt und warteten wie selbstverständlich auf seine Anordnungen. In diesem Augenblick waren sie froh, dass er da war, er galt als guter, ehrlicher, vor allem aber als sehr kluger Bauer, der nicht umsonst so viele Kühe zu seinem Eigentum hatte machen können. Zudem war er ein hilfsbereiter Mensch, fast alle anderen Dorfbewohner waren ihm irgendwie zu Dank verpflichtet. So taten sie, was er ihnen sagte.

„Bringt alles mit, womit wir einen Graben ausheben können! Außerdem Wassereimer! Alle Gefäße, in denen man Löschwasser transportieren kann! Und Sicheln, Sicheln! Um das Gras kurz zu halten, damit es nicht so leicht brennt! Wir müssen den Brand löschen, sonst erreicht er unser Dorf!", brüllte Siegfried in den immer größer werdenden Lärm hinein.

In den nächsten Minuten rannten alle Dorfbewohner wild durcheinander, aber dank Siegfrieds klarer, verständlicher Anweisungen hatten sie rasch alles zusammengetragen, was sie zur Brandbekämpfung brauchten, und brachen auf. Zu allem Unglück kam jetzt auch noch Wind auf, der die Flammen zusätzlich anfachte. Wenn er sich nicht bald legte oder drehte, musste er das Feuer direkt zum Dorf treiben.

„Los jetzt! Wir haben keine Zeit mehr!", brüllte Siegfried.

Je näher die Bauernfeuerwehr dem brennenden Wald kam, desto stärker nahmen die Dorfbewohner den Rauchgeruch wahr. Siegfried roch verkohltes Holz, aber auch verbranntes Fleisch. Längst waren viele Waldtiere der Untat des Hüters des Fegefeuers zum Opfer gefallen. Mäuse liefen der zum Löschen des Feuers ausrückenden Ochsenkarren-Kolonne entgegen, irgendwo im Wald röhrte in panischer Angst ein Hirsch.

Eichhörnchen sprangen von Ast zu Ast, von Baum zu Baum, um den Flammen zu entfliehen. Eines konnte sich nicht rechtzeitig festhalten, als es einen Ast im Sprung erreichte. Mit einem leisen Angstschrei, der von den Menschen ungehört blieb, stürzte es in die Tiefe, direkt in die Flammen. Siegfried glaubte, den Todesschrei des armen Tieres zu hören, obwohl er wusste, dass das pure Einbildung war. Das Eichhörnchen war viel zu weit von ihm entfernt. Außerdem übertönte das Tosen und Prasseln des Feuers fast jedes Geräusch, sodass das kleine Lebewesen scheinbar lautlos zur Erde fiel. Dabei prallte das arme Tierchen im freien Fall mit dem Rücken auch noch gegen einen anderen Baum und musste dadurch zusätzliche Schmerzen erleiden.

Wie nur um alles in der Welt, um aller Götter willen sollten die Bauern diesen riesigen Flächenbrand unter Kontrolle bringen?

Das Röhren des Hirsches wurde immer lauter und panischer. Wo war er nur? Ob man dem schönen Tier noch helfen konnte? Siegfried vermutete, dass der Hirsch ihm und den anderen Bauern entgegeneilte. Und wirklich, da brach er auch schon aus dem Unterholz des Waldes hervor. Ein wahrhaft imposantes, geradezu majestätisches Tier. Aber sein Rücken brannte, er war vor Angst und Schmerz von Sinnen und rannte in einer Kurve wieder von den Bauern weg, die doch vielleicht seine Retter hätten sein können. Hatte Siegfried vorhin schon Mitleid mit dem kleinen Eichhörnchen gehabt, so war es ihm jetzt, als fühle er selbst den Schmerz des Hirsches.

Plötzlich verfing sich der Hirsch mit seinem Geweih im Geäst der teilweise schon brennenden Bäume. Die Bauern wollten dem prachtvollen Tier zu Hilfe eilen. Als sie es fast erreicht hatten, riss es sein Haupt in panischer Angst von einer Seite auf die andere. Vor lauter Furcht quollen ihm beinahe die Augen aus dem Kopf. Mit einem lauten Knall brach ein Ast seines mächtigen Geweihs ab. Das führte dazu, dass der Hirsch seine Freiheit zurückerlangte. Er rannte erneut vor den Bauern davon. Doch konnte er die wiedererlangte Bewegungsfreiheit nicht lange nutzen. Das beschädigte Geweih hätte dem Hirsch unter normalen Umständen keinen Schaden zugefügt. Aber der schlimme Waldbrand hatte ihn in Angst und Schrecken versetzt. Das führte dazu, dass das fehlende Geweihteil ein Ungleichgewicht verursachte, durch das er seinen Kopf nicht mehr unter Kontrolle hatte. Durch den hin und her geworfenen Kopf verlor das Tier die Orientierung und lief auf einen großen, dicken Baum zu. Siegfried und seine Leute konnten nur machtlos zusehen.

Und schon prallte der Hirsch mit dem Rest seines Geweihs gegen einen starken Ast. Seine Vorderläufe knickten ein und er fiel mit dem Kopf voran auf den brennenden Waldboden. Noch einmal versuchte der Hirsch, auf seine Beine zu kommen. Es gelang ihm, sich auf seinen rechten Vorderlauf aufzurichten. Doch der linke hing von seinem Körper abgespreizt herab, er war beim Sturz des Tieres gebrochen. Hilflos musste Bauer Siegfried mit seinen Männern das Drama mit ansehen. Es war ihm bewusst, was das für den armen Hirsch bedeutete. Das große, elegante Tier versuchte verzweifelt davonzulaufen und schrie vor Schmerzen auf. Noch einmal versuchten die Männer, den Hirsch zu erreichen. Doch mussten sie nur einen Augenblick später einsehen, dass jeder Versuch, ihn zu retten, zum Scheitern verurteilt war.

Denn im nächsten Augenblick krachte ein großer, dicker, brennender Ast von einem Baum herab, direkt auf den Rücken des armen Tieres. Der Ast war so schwer, dass er ihm das Rückgrat brach. Nun waren alle Kraft und Energie des Hirsches verbraucht. Er stürzte und der Ast begrub ihn unter sich. Qualvoll schrie er ein letztes Mal auf, danach erstarb seine Stimme langsam und endlich war das einstmals so majestätische Tier von seinen fürchterlichen Leiden erlöst.

Einen kurzen Augenblick verharrte Siegfried, auch die anderen Bauern standen wie erstarrt. Sie verspürten Trauer, aber noch mehr Wut, weil sie den Hirsch nicht hatten retten können und machtlos mit ansehen mussten, auf welch grausame Weise er sterben musste. Durch eine unwiderstehliche Feuersbrunst. Aber das war der Augenblick, in dem Siegfried sich sagte, dass er nie aufgeben werde. Unwiderstehliche Feuersbrunst? Das Feuer musste unter allen Umständen gelöscht werden. Wenn ihm und seinen Männern das nicht gelang, musste das nicht nur den Untergang des Dorfes, insbesondere ihrer schönen Bauernhöfe bedeuten, sondern auch den sicheren Tod für alle Tiere und Menschen seines Dorfes. Also los, jede Sekunde zählte!

So schrie er, so laut er konnte, seinen Männern schnell neue Anweisungen zu. Die Bauern vertrauten ihm und jeder tat, was er von ihnen verlangte.

Zunächst rannten sie zurück an den Waldrand und begannen dort in einem sicheren Abstand zum Feuer einen Graben auszuheben, damit sich der Brand nicht weiter ausbreiten konnte. Nur – hatte das Sinn? Hatte überhaupt noch etwas Sinn? Obwohl die Bauern malochten wie noch nie in ihrem Leben, erkannte Siegfried rasch, dass er mit allen Dorfbewohnern in dieser kurzen Zeit keinen Graben ausheben konnte, der ein ernsthaftes Hindernis für diesen schrecklichen Flächenbrand war. Ganz davon abgesehen, dass sie auch Wasser herbeischleppen und in die Flammen schütten mussten. Auch wenn sie zehnmal so viele Männer gewesen wären – das alles zu schaffen wäre praktisch unmöglich gewesen.

Wenn nur Meinhard bald bei Jodaryon oder Wasgo eintraf! In der Zwischenzeit mussten sie durchhalten, es half alles nichts. Siegfried schickte einige Männer los, um den Brand mit dem Sand zu bekämpfen, den sie beim Ausheben des Grabens gesammelt hatten; nur fehlten die nun wieder beim Ausheben des Grabens, mit dem es ohnehin nicht recht voranging. Die Frauen schickte er nach Hause zurück, sie sollten sich um die Kinder und das Vieh kümmern. Außerdem wollten einige der Bauern den Waldboden umgraben. Dadurch sollten die Bodenpflanzen vernichtet werden, die sonst eine Ausbreitung des Brandes auf weitere Wald- und Wiesenflächen begünstigt hätten. Siegfried bezweifelte, ob das sinnvoll war. Aber was war überhaupt noch sinnvoll? Mussten sie nicht alles aufgeben und fliehen, so schnell wie möglich? Vielleicht war es sogar schon zu spät, um ihr Vieh mitzunehmen, vielleicht war auch das bereits verloren. Und dann? Jetzt nicht nachdenken! Kämpfen, um jede Chance, und sei sie auch noch so klein!

Die Männer taten das Menschenmögliche, um das Feuer unter Kontrolle zu bekommen. Mit Wasser, Erde und Decken versuchten sie, die Flammen zu ersticken. Sie mühten sich ab – aber vergeblich, der Brand ließ sich einfach nicht eindämmen. In diesem Augenblick jedoch bemerkte Siegfried, dass sich das Feuer nicht weiter ausbreitete. Der Wind schien sich gelegt zu haben – ein Hoffnungsschimmer! So konnte der von den Bauern mit Hacken und Schaufeln mühsam geschaffene Graben fürs Erste das Schlimmste verhindern, das Feuer erst einmal aufhalten. Den Männern rann der Schweiß aus allen Poren, viele waren kurz davor, vor Müdigkeit einfach auf den Boden zu sinken. Doch unermüdlich arbeiteten sie weiter. Jederzeit konnte der Wind wieder auffrischen. Und wenn die Flammen erst einmal den Graben überwunden hätten, dann wäre ihnen das Dorf schutzlos ausgeliefert.

*****

Meinhard taumelte mehr, als er lief, dem äußeren Tor der Stadtmauer entgegen. Schon von Weitem rief er den Torwachen zu, sie sollten ihm schnell helfen, er müsse ganz dringend zu Jodaryon oder Wasgo. Aber als er das Tor erreichte, vermochte er sich nicht mehr auf den Beinen zu halten, und die Soldaten, die auf ihn zu rannten, konnten ihn gerade noch auffangen, bevor er stürzte. „Schnell, er braucht zu trinken, holt Wasser!“, rief der Hauptmann, doch da hörte er, was ihm Meinhard mit letzter Kraft klarmachen wollte. Nur wenige Worte des völlig entkräfteten Boten waren nötig, da erkannte der Hauptmann voller Entsetzen die ganze Tragweite der Katastrophe. Unverzüglich schickte er einen seiner Soldaten, den besten Läufer, den er aufbieten konnte, zu Wasgo, der solle um Himmels willen keine Zeit verlieren und sofort zum Tor kommen, jede Sekunde sei kostbar, es gehe um Tod oder Leben. Dann hielt er selbst dem erschöpften Meinhard einen Krug Wasser an die Lippen, und nur wenige Augenblicke später stand Wasgo schon vor ihm und ließ sich berichten.

Gleich darauf vollführte der junge Magier einen gewaltigen Zauber.

*****

Siegfried und seine Männer mühten sich mit Schaufeln und Spitzhacken ab. Unablässig wurde Sand von einem Ort zum anderen geschleppt. Endlich konnte für einige Zeit am jenseitigen Rand des Grabens der Ausbruch weiterer Flammen verhindert werden. Aber für wie lange? Die Männer waren am Ende ihrer Kräfte. Wie lange waren diese extremen Strapazen in der unerträglichen Hitze noch durchzuhalten? Doch wenn sie auch nur einen Augenblick nachließen, dann mussten sie damit rechnen, dass das Feuer wieder stärker wurde und sein grausames Unwesen weitertrieb.

Plötzlich klatschte es ganz laut auf Siegfrieds gebeugten Rücken. Nicht nur einmal, immer wieder. Bis der Mann endlich registrierte, dass das Klatschen von dicken kühlen Regentropfen verursacht wurde. Billionen von dicken Regentropfen machten die Erde nass. Die Flammen züngelten und es begann zu zischen und zu qualmen. Zusehends setzte der Regen dem Feuer zu. Die Männer konnten erst nicht fassen, was gerade geschah, sie stierten zuerst nur, fast schon willenlos, auf das erlöschende Feuer, bis sie verstanden. Danach waren sie einfach nur zutiefst erleichtert und glücklich. Wären nur nicht die toten Tiere und die verwüsteten Wald- und Wiesenflächen zu beklagen gewesen!

So mancher sank völlig erschöpft da, wo er gerade stand, zu Boden, vor Übermüdung unfähig, noch einen klaren Gedanken zu fassen.

Auch Siegfried ging es nicht anders. Er dachte noch, dass Meinhard ein Teufelskerl sei; der müsse ja in einem wahren Wahnsinnstempo in die Hauptstadt gerast sein. Dann schlief er, auf der verkohlten Erde kauernd, vor Erschöpfung ein.

Die Stadt am Fluss

Ein breiter Fluss strömte durch das weite Tal. Etwa in dessen Mitte hatten die Menschen vor Urzeiten an beiden Ufern dieses Gewässers eine Siedlung errichtet. Auf dem besiedelten Gelände gab es einige kleinere Hügel mit Holzhütten. In ihnen wohnten die eher ärmeren Einwohner der Stadt.

Mitten im Fluss begann das Wasser allmählich zu brodeln und zu zischen. Dieses Phänomen, zunächst von nur wenigen Menschen beachtet, bewegte sich langsam zum rechtsseitigen Ufer hin, an dem besonders viele Holzhütten standen. Dort wohnten die Gerber und Töpfer der Stadt sowie viele Tagelöhner. Immer stärker wurde das Getöse, bald bildete sich zudem eine Dampfwolke über dem Wasser. Und aus dem dichten Dampf erhob sich jetzt die riesige, feurige Gestalt des Hüters des Fegefeuers.

Feuer und Wasser sind zwei Stoffe, die sich nicht vertragen. Und doch konnte der Hüter des Fegefeuers durch einen Fluss tauchen, ohne befürchten zu müssen, dass das auf seinem Körper befindliche Feuer erlöschen könnte. Der Hüter des Fegefeuers war ein Monster aus der Hölle und so besaß es in seinem Inneren eine vom Teufel geschaffene magische Glut, die alles Wasser der Welt niemals löschen konnte. Kam Wasser mit dieser Glut in Berührung, so verdampfte es zischend und knallend in die Atmosphäre.

„Feuer vernichtet Häuser! Feuer tötet Menschen!“ Das waren die Worte, die sich der Hüter des Fegefeuers ständig in sein winziges Gehirn einhämmerte. „Feuer vernichtet Häuser! Feuer tötet Menschen! Feuer vernichtet ...“ Er wollte den Auftrag, den er von seinem Herrn, dem Höllenfürsten Luzifer, bekommen hatte, mit allen ihm zur Verfügung stehenden Mitteln erfüllen. Er wollte der Liebling des Teufels werden oder bleiben. Es war nicht gut, es sich mit Luzifer zu verderben.

*****

Der Gerber Hagen traute seinen Augen nicht. So ein großes und am lebendigen Leibe brennendes Wesen hatte er noch nie gesehen. Vom Teufel hatte er schon einmal gehört, auch von Göttern, doch an dies alles glaubte er nicht. Weit in das Land hinein leuchtete die widerwärtige Gestalt des Herrn des Fegefeuers. Er war unvorsichtig geworden, weil er in den Wäldern so herrliche Erfolge für sich verbuchen konnte. Unbemerkt von jeder menschlichen Seele hatte er mehrere verheerende Brände legen können. Sollten ihn diese jämmerlichen Menschen doch ruhig sehen! War es denn der Mühe wert, sich vor denen zu verbergen? Zum Lachen! Seltsam, dass der alte Luzifer manchmal so übervorsichtig war ...

Wer war dieser Riese bloß? Hagen war sofort klar, dass es höchst gefährlich wurde. Für ihn, für alle.

Nun konnte er beobachten, wie das Ungeheuer durch die engen Gassen der Stadt tappte und mit seinen feurigen Händen ganz leicht über die Dächer und Giebel der Hütten strich, in der die Handwerkerfamilien wohnten. Das sah beinahe so aus, als wenn das Höllenwesen mit seinen Händen sanft, ja, geradezu zärtlich über die Hütten streichelte. Doch sanft und zärtlich sein – das war das Letzte, das es wollte. Tod und Verderben wollte es über die Menschen dieser Stadt bringen. Eine Spur von Flammen hinterließ Luzifers Gesandter in der ganzen Stadt, denn mit seinen Füßen verbrannte er die Erde ebenso wie mit den Händen die Hütten der Handwerker und Tagelöhner.

Hagen erkannte sofort, welche Gefahr ihm und seinen Nachbarn drohte. Aus den Dächern und Giebeln der Hütten, die das Höllenwesen mit seiner Hand berührte, züngelten zunächst kleine blaue Flämmchen empor, die aber in Minutenschnelle hoch aufloderten.

Das war immer das Schlimmste gewesen, das sich der Gerber vorstellen konnte: Feuer! Feuer in diesem alten Stadtviertel mit seinen eng zusammenstehenden Hütten, deren Holz – zumal, wenn es längere Zeit nicht geregnet hatte – wie Zunder brennen musste! Und das von einer Hütte zur nächsten übergriff – brannte erst einmal eine lichterloh, dann brannten alle! Da hätte es nicht dieses sonderbaren Wesens bedurft, um ihn in höchste Angst zu versetzen. Über das Monster nachzudenken, hatte er jetzt ohnedies keine Zeit. Es galt zu handeln, jede Minute war kostbar!

So rannte er zurück ins Handwerkerviertel. Wild trommelte er mit seinen Fäusten an jede Tür und brüllte: „Feuer, Feuer!" Währenddessen musste er mit ansehen, dass auch seine Hütte in Brand geriet. Seine Hütte! In der sich seine Frau und seine drei Söhne befanden! Längst hatten alle seine Nachbarn das Großfeuer bemerkt. Wirklich alle? Wer war noch in den Häusern? Immer wieder schrie er verzweifelt: „Feuer! Es brennt! Alle raus aus den Hütten! Aber schnell!"

Bald kämpfte jeder aus dem Stadtviertel gegen die Flammen. Jeder versuchte, zunächst seine eigene Behausung zu retten. Aber keine Chance, unglaublich schnell griff das Feuer um sich! Und natürlich musste so etwas auch noch an einem Tag passieren, an dem nicht das kleinste Wölkchen am Himmel stand, aber ein kräftiger Wind wehte, der das Feuer zusätzlich ausbreitete!

Böse und schadenfroh grinsend verfolgte das Höllenmonster den verzweifelten Kampf der Menschen gegen das Feuer. Mochten sie sich noch so verzweifelt bemühen, mochten sie alle Kräfte mobilisieren, mochte jeder noch so viel Wasser herbeischleppen – er war stärker! Die Hölle war stärker! ***Seine*** Hölle! ***Sein*** Zuhause, ***sein*** Reich! Stärker als diese erbärmliche Menschenbrut, die sich für so klug hielt und doch so strohdumm und so hilflos wie ein Fliegenschwarm war! Dieses Gewürm! Dieses Gewimmel, das ohne Sinn und Zweck herumrannte und ihm jetzt doch rettungslos ausgeliefert war! Wie sagte sein Herr, der große Luzifer, immer? „Nimm tausend Menschen heraus, setze tausend andere an ihre Stelle – es spielt keine Rolle!" Ja, Luzifer war jetzt sicher zufrieden mit ihm! ***Sehr*** zufrieden! Und voller diabolischer Freude verschwand der Herr des Fegefeuers wieder.

*****

Hagen schien überall zugleich zu sein. Den einen forderte er in dieser aussichtslosen Situation zum Durchhalten auf, dem anderen brüllte er Mut zu oder gab ihm eine Anweisung. Aber jetzt galt es, seiner Familie, die das Feuer im Obergeschoss seiner Hütte überrascht hatte, zu helfen. Der Zugang zur Haustür war wegen des dichten Qualms unmöglich. Hagen stellte sich unter eine Fensteröffnung und schrie, seine Frau und seine Söhne sollten springen, er wolle sie auffangen. Sein ältester Sohn reagierte am schnellsten und wagte den Sprung; unten riss er seinen Vater um. Beide stürzten, aber sie taten sich nicht weh. Oder spürten sie in dieser Situation einfach keinen Schmerz? Hagen hatte keine Zeit nachzudenken, gleich rappelte er sich wieder auf.

Seinen zweiten Sohn, der noch nicht so viel wog, fing er ohne Probleme auf. Jetzt noch seine Frau, die den Jüngsten in den Armen hielt. Sie traute sich nicht zu springen. Aber sie musste! Das Feuer ließ ihr keine andere Wahl. Nach quälenden Sekunden, die ihm in dem Geprassel, in der mörderischen Hitze wie eine Ewigkeit vorkamen, überwand sie sich. In ihrer Angst sprang sie zu kurz. Hagen machte einen schnellen Schritt auf das Haus zu und fing sie mitsamt ihrem Kind auf, bevor beide auf die Erde prallten. Dabei rissen ihn Mutter und Sohn wieder um. Diesmal stürzte er heftiger, er blutete aus einigen Wunden. Das nahm er gar nicht wahr. Seine Familie war gerettet! Aber das Feuer wütete weiter, er hatte keine Zeit, an irgendetwas anderes zu denken.

„Was ist bloß geschehen? Wie konnte das so plötzlich passieren?", fragte ihn seine Frau. Sie musste brüllen, damit er sie in dem Lärm überhaupt verstand.

Ohne auch nur einen Augenblick seine Löscharbeiten zu unterbrechen, antwortete Hagen: „Ich habe da so ein riesiges, komisches Wesen gesehen. Das brannte am gesamten Körper. Ich habe noch nie gesehen, dass jemand brennen kann, ohne dass ihm das etwas tut. Und dieses Monster ist durch unseren Stadtteil gegangen und hat unsere Hütten berührt und schon begannen sie zu brennen. Lichterloh! Das war total unheimlich! Das ging nicht mit rechten Dingen zu, sage ich euch! Wir müssen Jodaryon informieren!"

Inzwischen war ihm ein Nachbar zu Hilfe gekommen. Aber konnten sie überhaupt noch etwas ausrichten?

Eben war er dabei, zwei weitere Eimer Wasser zu seinem Haus zu tragen. Seine Frau und seine zwei älteren Söhne unterstützten ihn so gut wie möglich. Ständig landete Wasser mit lautem Zischen im Feuer. Verrußt und verschwitzt und blutverschmiert, wie er war, stand er an der Giebelseite seiner Hütte und schüttete Wasser hinein.

Da sah er, dass ein Balken im Begriff war, sich vom Dach zu lösen. Wenn er herabfiel, verlor das ganze Dach seinen Halt und musste einstürzen.

Ohne zu zögern, kletterte Hagen zum Dach hinauf, befahl seinen zwei älteren Söhnen, ihm eine dicke Holzstange zu bringen, und versuchte, den Balken damit abzustützen. Er schob die Stange mit dem einen Ende unter den Balken und klemmte das andere Ende so hinter eine Wand seiner brennenden Behausung, dass der Balken an seinem Platz blieb. Wenigstens an dieser Stelle war das Dach notdürftig gesichert!

Mit einem Satz sprang er herunter und nahm weitere Eimer entgegen, um ihren Inhalt ins Feuer zu gießen. Allmählich bekamen sie den Brand unter Kontrolle, die Lage sah nicht mehr ganz so verzweifelt aus. Die Glut an den Wänden der Hütte war bereits so gut wie gelöscht. Jetzt mussten die Flammen auf dem Dach bekämpft werden, die immer noch heftig loderten.

„Bringt mir die Leiter!", schrie er seinen Söhnen zu.

Hastig kletterte er in die Höhe. Instinktiv tat er das Richtige. Er befestigte ein Seil so an der Leiter, dass die Wasserträger die vollen Eimer schnell daran hängen konnten. Mit nur wenigen Seilzügen holte er sie dann herauf und goss ihren Inhalt auf das brennende Dach. Zeigte das Löschen nicht schon Wirkung? Waren die Flammen nicht schon bedeutend kleiner geworden?

Hagen spürte keine Spur von Erschöpfung, er arbeitete wie eine Maschine. Dass er immer wieder den beißenden Rauch einatmete und ständig hustete, ignorierte er völlig.

Niemand bemerkte, dass die Stange, die Hagen vorhin unter den Dachbalken der Hütte geklemmt hatte, Feuer fing. Hagen goss Eimer um Eimer in den Brandherd auf den Holzschindeln. Alle achteten nur auf das Feuer auf dem Dach, das offenbar jetzt auch unter Kontrolle war. Jetzt noch einmal die Anstrengungen verdoppeln! Er kletterte vollends hinauf. Auf dem Dach fühlte er sich sicher. Hier oben konnte er sogar die Eimer direkt zum Brandherd tragen und dort entleeren, das sollte noch wirksamer sein.

'Da haben wir doch noch einmal Glück gehabt, da sind wir gerade noch einmal davongekommen!', dachte er.

Jetzt nur nicht nachlassen, durchhalten, die letzten Reste des Feuers löschen! Es konnte nicht mehr lange dauern! Mit neu erwachender Energie rief er nach unten: „Wir haben es bald geschafft! Holt Wasser, wir haben es gleich geschafft! Danach sollten wir den anderen Nachbarn helfen gehen, die noch nicht ..."

Aber was war das? Was war das plötzlich für ein widerliches Knirschen? Das hörte sich an, wie wenn Holz auf Holz rieb! Dann sah er den Grund dieses Geräusches. Die Holzstange, mit der er das Dach hatte abstützen wollen, hatte Feuer gefangen! Nicht viel, dafür war sie zu dick, zu massiv, aber kleine Flämmchen und schwelende Glut hatten ihr allmählich die Stabilität genommen. Und jetzt brach sie entzwei. Der Balken, den Hagen mit dieser Stange gesichert hatte, löste sich und rutschte unter dem Dach heraus. Hagen wusste sofort, was das bedeutete. Er musste hinunter! Kurz entschlossen versuchte er, an den Rand des Daches zu gelangen. Dann ein beherzter Sprung in die Tiefe – unwichtig, ob er sich dabei ein Bein brach. Er sah, dass er einfach nur herunterspringen musste.

Angstvoll sahen Hagens Söhne zu ihrem Vater hinauf. „Schnell, Vater, beeil dich!", rief der älteste dem Vater zu.

Der andere schrie aus Leibeskräften: „Spring, Vater, spring schnell!"

Hagens Frau spürte ihren Herzschlag bis zum Hals. Sie konnte nicht mehr, die Wassereimer, die sie gerade zur Leiter tragen wollte, fielen zu Boden und sie selbst vermochte sich vor Entsetzen kaum noch auf den Beinen zu halten. Und es ging alles quälend langsam! Langsam, aber unerbittlich. Wie in Zeitlupe musste sie mitverfolgen, wie der Balken, den Hagen mühsam gesichert hatte, zu Boden krachte. Das Dach war nun vollends instabil geworden.

Im nächsten Augenblick spürte Hagen unter seinen Füßen einen Schlag. Die Dachbretter, auf denen er stand, wurden in die Höhe gerissen. Im nächsten Augenblick fiel alles in die Tiefe. Funken flogen durch die Luft. Das gesamte Dach stürzte in die Hütte hinein und riss Hagen mit sich. Überall loderten neue Flammen auf.

„Schnell zum Fenster!", rief einer der Söhne und rannte schon dorthin. „Vater, spring aus dem Fenster! Schnell, spring! Vater, spring! Spring! Vater! Vater!!"

In diesem Augenblick loderte drinnen eine gewaltige Stichflamme empor. Gleich darauf stürzte die Hütte vollständig ein. Wo war Hagen, bei allen Göttern, wo war er nur? Er war weder zu sehen noch zu hören. Jeder Versuch, ihn aus dem Inferno zu retten, wäre aussichtslos, selbstmörderisch gewesen.

Erst viel später, als das Feuer endlich von selbst erloschen war, fand man in den Trümmern Hagens verkohlte Leiche, begraben von den Überresten des eingestürzten Daches. Man erkannte, dass er sich bei seinem Sturz in die Hütte mehrere schwere Brüche zugezogen hatte. Ein Balken hatte ihm das Genick gebrochen. Daran war er sofort gestorben. Wenigstens war ihm dadurch ein noch qualvollerer Tod durch Verbrennen erspart geblieben.

Aber das war natürlich für niemanden ein Trost. Ausgerechnet der Mann, der den Feueralarm ausgelöst und dadurch den Stadtteil der Handwerker zumindest teilweise gerettet hatte, war ein Opfer der Flammen geworden.

Die Sitzung des Ministerrats

Luzifer war hochzufrieden. Sein Domestik hatte diesmal gute Arbeit geleistet. Der Hüter des Fegefeuers hatte dafür gesorgt, dass Gevatter Tod auf der Erde wieder einmal eine reiche Ernte halten konnte. Bei den Bränden in den Wäldern und Dörfern, auch in kleineren Städten hatte der Unhold aus der Hölle sein Unwesen getrieben und so waren viele Tiere und Menschen qualvoll zu Tode gekommen. Einige von ihnen mussten ihre Seelen der Hölle überantworten und die bekam der Hüter des Fegefeuers als Belohnung für seine höllischen Taten. Der war glücklich wie schon lange nicht mehr und dem großen Luzifer unendlich dankbar. Ihm wollte er in Zukunft noch viel, viel ergebener dienen als bisher, das nahm er sich fest vor. Voller Energie und Tatendrang schürte er sein Fegefeuer.

*****

Es dauerte nicht lange, bis in der Hauptstadt Jodaryon von den Bränden Kenntnis bekam. Nachdem aus mehreren Dörfern und Städten Abordnungen zu ihm gesandt worden waren und ihn um Hilfe gebeten hatten, berief er eine Sitzung seines Ministerrates ein. Natürlich nahm auch Wasgo als Jodaryons erster Berater daran teil.

Zunächst informierte Jodaryon die Versammelten über die Ereignisse und bat sie danach um ihre Meinungen.

Ziemlich ratlos saßen die Minister da. Was mochte nur hinter den ganzen Bränden stecken, die auf einmal im gesamten Reich ausbrachen? Waren sie einfach durch die Trockenheit des Sommers entstanden?

Jodaryon überlegte nur kurz, dann konnte er sich in etwa vorstellen, ***was*** geschehen war. Aber ***warum*** diese Brandanschläge? Eine logische Erklärung fiel auch ihm nicht ein.

Der erste Minister räusperte sich und fragte: „Können die Brände nicht doch auf natürlichem Wege entstanden sein? Vielleicht durch zu starke Sonneneinstrahlung?"

Wasgo widersprach: „Das glaube ich nicht. Es kann mal einen solchen Zufall geben, auch zwei. Aber so viele auf einmal? Nein, das war Brandstiftung, das steht für mich fest. Die Sonneneinstrahlung kann nicht an so vielen Orten gleichzeitig so stark sein, dass überall zur gleichen Zeit Brände ausbrechen."

„Und ein Handwerker hat einen riesigen feurigen Kerl gesehen?", fragte der Kriegsminister. „Angeblich einen ganz widerwärtigen Burschen mit einem total entstellten Gesicht voller Brandblasen, löchriger Hose, nacktem Oberkörper, auf dem die Flammen züngelten?"

„Das ist richtig", bestätigte Jodaryon nachdenklich, „das bereitet mir auch Kopfzerbrechen. Leider ist dieser Handwerker bei den Löscharbeiten an seiner Hütte ums Leben gekommen. Seine Frau erinnert sich zwar daran, dass er ihr von einem solchen Wesen erzählt hat, aber sicher war sie sich nicht. Von daher weiß ich nicht, ob uns der Hinweis weiterhilft."

„Unsinn", erklärte der erste Minister nach einem Räuspern. „Ein Monster? Mitten unter uns? Lieber Kollege Kriegsminister, das glaubst du doch nicht im Ernst? Gut, in der Hölle gibt es Monster, das streitet auch ein aufgeklärter Mensch nicht ab – aber die erscheinen doch nicht auf der Erde! Die mischen sich doch nicht handgreiflich in unsere Belange ein! In welcher Zeit leben wir denn, dass wir uns noch mit solchen Ammenmärchen abgeben?"

Wasgo glaubte, den Brandstifter zu kennen. „Doch, der Hinweis hilft uns weiter, Jodaryon! Du bist ihm schon einmal begegnet."

„***Wem*** bin ich begegnet?", fragte Jodaryon zurück, er war etwas verwirrt. Meinte Wasgo den beim Brand verunglückten und gestorbenen Handwerker oder das feurige Wesen?

Wasgo erwiderte: „Du hast den Brandstifter schon einmal gesehen. Als wir durch die Hölle gelaufen sind, hat er sich uns in den Weg gestellt."

„Ach – jetzt weiß ich, wen du meinst", antwortete Jodaryon, „der hat erst einmal den Wilden markiert und du hast ihm befohlen, vor uns auf die Knie zu gehen, was er dann augenblicklich tat. Der Herr des Fegefeuers. Ein äußerst widerwärtiger Bursche. Zudem dumm wie Bohnenstroh. Und du glaubst wirklich, dass der auf der Erde war?"

„So, wie ihn der Handwerker beschrieben hat, kann es keine Zweifel geben", entgegnete Wasgo.

„Aber warum sollte Luzifer seine Monster auf die Erde schicken, damit sie hier ihr Unwesen treiben?", fragte der Finanzminister etwas ängstlich.

„Das möchte ich auch wissen!", antworteten Jodaryon und Wasgo wie aus einem Munde. Doch Wasgo war es, der vorschlug: „Ich könnte zu meinem Großvater in die Hölle gehen und mit ihm reden. Oder ich erfahre zumindest etwas, das uns weiterhilft. Vielleicht schaffe ich es, ihn zum Einlenken zu bewegen. Diese Brandanschläge müssen unbedingt aufhören."

Jodaryon überlegte kurz. Wasgos Vorschlag war an sich logisch, hatte aber einen Haken. So antwortete er: „Du hast recht! Es darf keine neuen Feuer geben! Aber du bleibst mir mal schön auf der Erde und reist nach Transsilvanien. Du redest mit Sinclair und bewegst ihn dazu, dass er die Menschen dort in Ruhe und Frieden lässt. Wir können jetzt nicht auch noch einen Angriff der Vampire gebrauchen. Wenn die nicht nachgeben wollen, machen wir kurzen Prozess. Dann werden sie spüren, was es bedeutet, sich mit mir anzulegen!"

Wasgo versuchte einen Einwand: „Aber …"

Weiter kam er nicht, denn Jodaryon unterbrach ihn freundlich lächelnd: „Du, mein lieber Wasgo, gehst nach Transsilvanien zu Sinclair!"

Der junge Mann wollte Jodaryon nicht vor den Ministern widersprechen und dessen Autorität untergraben, deshalb blieb er stumm. Aber er fühlte sich zurückgesetzt. Wenn es nach ihm ginge, sollte das letzte Wort darüber noch nicht gesprochen worden sein. Nach Transsilvanien konnte doch auch jemand anderes reisen!

Jodaryon befürchtete, dass Luzifer gegen die Bergwelt tatsächlich einen Krieg führen wollte. Aber warum nur wollte der Höllenfürst Krieg? So sehr Jodaryon auch hin und her überlegte – ihm fiel kein einziger plausibler Grund dafür ein. Der Frieden währte noch nicht lange, die Ewige Nacht war erst seit ein paar Wochen überwunden. Was hatte denn den Teufel so erzürnt, dass er jetzt schon seine Monster auf die Erde schickte? Jodaryon konnte selbstverständlich nicht ahnen, dass Bossus hinter der Sache steckte. Hätte er auch nur einmal an den gedacht, dann hätte er gewusst, was ihn und seine Freunde erwarten konnte. Aber so tappte er vollkommen im Dunklen.

Aber gleichwohl: Sollte der Höllenfürst einen Krieg führen wollen, dann wäre Wasgo, wenn er alleine zu ihm ginge, in großer Gefahr, das stand für Jodaryon außer Frage. Schließlich waren Luzifer und dessen Tochter Luziferine zerstritten und Luzifer hatte schon früher einmal versucht, seinen Enkel in die Hölle zu entführen. Sein damaliges Fiasko wurmte den Teufel sicher immer noch. Zudem war Wasgo ein Zauberer, der mit den Menschen zusammenlebte und sogar Mitglied in deren Regierung war. Also war es doch logisch, dass Luzifer und Wasgo im Kriegsfall Gegner sein mussten. Demnach wäre Wasgo für Luzifer eine willkommene Geisel. Oder gar Kriegsbeute. Nein, nein, überlegte Jodaryon, die Hölle war für den jungen Zauberer eine viel zu große Gefahr, denn den vielen magischen Kräften des Teufels und seiner Monster konnte Wasgo nur unterliegen.

Überhaupt war der junge Mann Jodaryon ein bisschen zu übermütig und zu selbstsicher geworden und schien ihm in letzter Zeit dazu zu neigen, Gefahren zu unterschätzen. Gut, das war bei jungen Zauberern nun einmal genauso wie bei jungen Menschen. Andererseits war Wasgo immer einsichtig und hatte in atemberaubendem Tempo gelernt, er war drauf und dran, seinen alten Lehrmeister in vielem zu übertreffen, aber natürlich handelte er zuweilen auch noch etwas unbesonnen. Jodaryon nahm sich vor, bei nächster Gelegenheit einmal in Ruhe mit ihm zu sprechen.

Aber nicht jetzt. Jetzt drängte die Zeit. Luzifer und die Vampire durften nicht noch mehr Unheil anrichten.

So blieb Wasgo verärgert, weil er Jodaryons Entscheidung nicht verstand. Dabei war sie doch gar nicht so schwer zu verstehen. Wasgo kannte Sinclair, den Herrn der Vampire, persönlich, Sinclair hatte ja einst seine Eltern gegenüber Bossus und auch Luzifer unterstützt. So müsste es Wasgo doch möglich sein, Sinclair zur Vernunft zu bringen!

Und um den Höllenfürsten Luzifer wollte sich Jodaryon höchstpersönlich kümmern. Das teilte er der Versammlung seiner Minister und Berater mit.

Das überfallene Dorf

Gemeinsam mit den Ministern verließ Wasgo den Konferenzsaal der Regierung. Etwas kurz angebunden verabschiedete er sich von Jodaryon und reiste auf dem schnellsten Wege nach Transsilvanien. Die Menschen dort brauchten seinen Schutz, das konnte er verstehen, er durfte keine Zeit verlieren, er musste unbedingt Sinclair finden. Und jetzt freute er sich auch, den alten Freund aus vergangenen Tagen wieder treffen zu können. Vor allem jedoch hoffte er inständig, dass er seine Mission erfüllen und Sinclair dazu bewegen konnte, die Menschen Transsilvaniens in Frieden leben zu lassen.

Aber je näher er an sein Ziel kam, desto alarmierender wurden die Nachrichten, die ihn erreichten. So hieß es unter anderem, dass die Vampire in Fledermausgestalt scharenweise mitten in der Nacht ganze Dörfer überfielen, um deren Bewohner zu Ihresgleichen zu machen. Dabei sollten sie sogar Zauber angewandt haben.

Seit Sinclair mit seinen Getreuen nach Transsilvanien aufgebrochen war, hatte sich die Anzahl seiner Vampire gut und gerne verzehnfacht. Unbedingt musste etwas geschehen, um ihnen Einhalt zu bieten. Ihre Aggressivität ließ darauf schließen, dass auch sie einen Krieg gegen die Menschen führen wollten. Ob die Anschläge des Herrn des Fegefeuers und die der Vampire in einem Zusammenhang standen? Wenn es so war, dann hieß der Übeltäter eindeutig Luzifer! In diesem Punkt war sich Wasgo absolut sicher. Aber noch fehlte ihm dafür ein Beweis.

Wasgo wusste, dass er eine schwierige Mission übernommen hatte. Er überlegte und dachte seinen Gedanken zu Ende: Es war richtig, eine solche Aufgabe musste auf jeden Fall ein Zauberer übernehmen, ein Mensch wäre damit hoffnungslos überfordert gewesen. Andererseits hätte er viel lieber mit Jodaryon den Höllenfürsten aufgesucht und so alles Übel von Grund auf ausgerottet. Aber leider hatte Jodaryon etwas dagegen. Nicht einmal über seine Beweggründe hatte er Wasgo aufgeklärt. Seltsam, früher hatte sein väterlicher Freund immer darauf geachtet, dass es nie Missverständnisse zwischen ihnen gab. Warum war das heute nicht mehr so?

Als wäre es erst vor wenigen Tagen gewesen, erinnerte er sich an Sinclairs Worte, die der einmal zu ihm sagte, bevor Wasgo loszog, um Jodaryon zu finden und zu befreien.

Sinclair erzählte damals dem jungen Wasgo von der Existenz der Vampire und zeigte ihm, wozu die fähig waren. Zum ersten Mal in seinem Leben hatte er, der zu diesem Zeitpunkt noch ein Junge war, einen echten Vampir gesehen. Über dessen Aussehen war er sehr erschrocken. Als Sinclair dann auch noch dem jungen Mann vorführte, wie schnell ein Vampir seinen Standort wechseln konnte, war dieser völlig überrascht und ebenso verwirrt. An diesem Abend sagte Sinclair, dass Wasgo nie die Fähigkeiten eines Vampirs bekommen konnte, dafür aber über die magischen Kräfte eines Zauberers verfügen sollte. Als der Herr der Fledermäuse diese Worte sprach, waren sie noch Verbündete im Kampf gegen Bossus.

Es stimmte, überlegte Wasgo, diese Mission konnte man nicht einem der Minister anvertrauen. Wo doch die magischen Kräfte dieser Wesen der Finsternis sogar seinen eigenen teilweise überlegen waren! Auch wenn er noch so große Fortschritte gemacht hatte.

Trotzdem – er hätte lieber Luzifer aufgesucht. Und heimgesucht ...

Nun, gut, es war nicht zu ändern, jetzt war er hier in Transsilvanien und musste sehen, wie er seine Aufgabe lösen konnte.

Was geschähe wohl, wenn Wasgo von Sinclair verlangte, keine weiteren Menschen mehr zu jagen? Ob sie sich einigen konnten? Oder war Sinclair fest entschlossen, noch mehr auf Konfrontation zu gehen und einen Zweikampf zwischen sich und Wasgo zu riskieren? Und konnte sich Wasgo gegen Sinclair überhaupt durchsetzen? Oder musste er dann den Tod finden oder gar ebenfalls zum Vampir werden? Zu einem Sklaven Sinclairs? Und diesen zudem auch noch als Freund verlieren, als den er ihn immer noch betrachtete? Und wie enttäuscht musste dann ein ihm noch viel wichtigerer

Freund sein, nämlich Jodaryon! Auch wenn er den immer noch nicht völlig verstand.

Der Jüngling erreichte ein kleines Dorf, das auf ihn einen traurigen und unbelebten Eindruck machte. Nebelschwaden waberten zwischen den Hütten umher, die Luft war eisig. Obwohl Hochsommer war, konnte Wasgo seinen Atem sehen. Irgendwo knackte im Untergehölz ein Ast, eine Eule schrie in der Nähe ihren Klageruf. Instinktiv fühlte Wasgo, dass er nicht alleine an diesem Ort war. Vorsichtig sah er sich um. Durch den Nebel konnte er aber nur sehr wenig erkennen. Er presste sich an die Wand einer Hütte, weil er unbemerkt bleiben wollte. Und doch wurde er beobachtet.

Vor der Eingangstür einer Hütte sah der junge Zauberer drei unterschiedlich große Häufchen Asche. Die Tür stand offen. Ganz vorsichtig trat Wasgo ein und blickte sich um. Seltsam, vor kürzester Zeit musste die Hütte noch bewohnt gewesen sein. Essenreste, die noch nicht verdorben waren, lagen auf Holztellern herum, die neben Wasserbechern auf einem klapprigen Tisch standen. Der Tisch befand sich mitten im kleinen Raum, der als Wohn- und Schlafraum, aber auch als Küche diente. Waren hier Menschen bei der Einnahme ihrer Mahlzeit ganz plötzlich gestört worden? Ein zerbrochener Krug lag auf dem Fußboden, daneben sah Wasgo eine große Lache Milch.

'Wirklich merkwürdig, das alles', dachte Wasgo. 'Und weit und breit kein menschliches Wesen!'

Ob es in den anderen Hütten des Dorfes ähnlich aussah? Was war hier nur geschehen? Und was hatte es mit den drei Aschehaufen auf sich?

Wasgo wandte ganz einfach einen Zeitzauber an, den er von Jodaryon erlernt hatte. Dadurch konnte er die Zeit in der Hütte nach Belieben zurückstellen. Und gleich darauf erfuhr er, was in und vor der Hütte geschehen war.

Ganz deutlich erblickte er alles vor sich. Eben gerade hatte die Hausfrau ihren Mann und ihr Kind an den Tisch gerufen. Friedlich aßen sie, unterhielten sich, lachten – bis sie plötzlich ein unbeschreibliches Entsetzen lähmte. Krachend flog die Tür auf, es wurde mit einem Mal stockfinster und ein etwa zwei Meter großes Wesen stand vor ihnen. Mit einem dicken Schwanz, der zum Ende hin immer dünner wurde, stützte es sich auf den Boden. Sein muskulöser Körper strahlte große Kraft aus. Das Gesicht sah dem einer Fledermaus ähnlich. Wasgo war sofort klar, dass dieses Wesen ein Vampir war.

Kein Laut ertönte. Die Familie war vor Schrecken erstarrt. Es war ja nicht nur so, dass das Wesen, das da so plötzlich erschienen war, überaus abstoßend war, es verbreitete zudem einen entsetzlichen Gestank. Einen Gestank nach Tod, nach Verwesung und Verderbnis.

Blitzschnell war der Vampir bei dem Mann, der gar nicht zu bemerken schien, wie ihm geschah. In panischer Angst schrien die Frau und das Kind laut auf, aber sie waren wie gelähmt, zu keinem Fluchtversuch fähig. Als die Frau sah, dass der Vampir seine Zähne in den Hals ihres Mannes schlug und alles Blut aus ihm heraussaugte, wurde sie ohnmächtig. In aller Ruhe konnte so das untote Wesen seine üppige Mahlzeit halten. Drei Menschen an einem Tag! So gut müsste es ihm öfter gehen! Zufrieden rülpste es, dann verschwand es so schnell, wie es erschienen war.

Als die kleine Familie wieder zu sich kam, waren alle drei selbst schon zu Vampiren mutiert. Sie waren völlig verzweifelt. Vampire bis in alle Ewigkeit? Und schon erschien erneut der Vampir, der sie gebissen hatte, und erklärte ihnen, dass sie jetzt für immer seine Anweisungen zu befolgen hätten und wie sie sich auf der Erde verhalten sollten. Das war ja alles noch viel schrecklicher, als sie es sich vorgestellt hatten! Nur noch Blut sollten sie zu sich nehmen, das Blut hilfloser Menschen, die sie genauso überfallen sollten, wie sie selbst überfallen worden waren! Oder, wenn sich gerade keine Menschen fanden, das Blut von Katzen!

Und aus ihrer Hütte sollten sie ausziehen und in einer Höhle hausen! Niemals mehr die Sonne sehen! Neues Entsetzen packte sie. Als der Vampir wieder verschwunden war, saßen sie eine ganze Zeit reglos da. Immer mehr nahmen sie die Gestalt von Vampiren an, ihre Gesichter wurden fledermausartig, lange, dicke Schwänze wuchsen ihnen. Die Mutter stieß ab und zu einen Schluchzer aus, das Kind kuschelte sich an sie und weinte.

Die Nacht verging, der Morgen nahte. Die ersten Sonnenstrahlen fielen auf die Erde.

Und nun geschah etwas Unfassbares, Wasgo hielt den Atem an. Entschlossen erhob sich der Mann, legte seinen rechten Arm seiner Frau um die Schulter und nahm das Kind an die andere Hand. Vater und Mutter lächelten sich an, dann setzten sie sich in Bewegung, öffneten die Tür und traten, ohne auch nur eine Sekunde zu zögern, ins Freie, in die Sonne. Im nächsten Augenblick waren sie verschwunden. Alles, was von ihnen übrig blieb, waren die drei Häufchen Asche vor der Hüttentür.

Wasgo wusste, was er zu tun hatte. Wenig später befand sich hinter der Hütte ein Grab. Er musste so schnell, wie es ihm möglich war, Sinclair finden, das war ja alles noch viel schrecklicher, als er es sich vorgestellt hatte! Immer noch wurde er beobachtet. Doch er bemerkte das nicht.

Am Großen Bergsee

Jodaryon befand sich im Palast in seinem Gemach und versuchte mit magischen Kräften, mit dem Höllenfürsten Luzifer Kontakt aufzunehmen. Tief drang sein Geist in die Hölle ein.

Doch Luzifer konnte er nicht finden. Das fand er merkwürdig. Wo mochte der nur wieder stecken? Heckte er neue Untaten aus?

*****

Zu genau derselben Zeit hielten sich viele Menschen an einem schönen See auf, den sie den Großen Bergsee nannten. Es war ein sonniger, warmer Sonntag und die Menschen wollten sich erholen. Die Kinder und jungen Leute badeten im See und verursachten in der spiegelglatten Wasseroberfläche kleine Wellen, die älteren Männer und Frauen lagen in der Sonne und ließen sich braun brennen. Die Menschen waren vergnügt und hatten gute Laune, überall wurde gescherzt und gelacht. Auch hier hatte nach dem Ende der Ewigen Nacht das Leben wieder Einzug gehalten.

Karl war ein junger, kräftiger Mann, der sich bis über beide Ohren in ein Mädchen namens Kunigunde verliebt hatte. Auch sie liebte ihn sehr und so wollten die beiden selbstverständlich möglichst viel Zeit gemeinsam verbringen.

An einem so schönen Sonntag gab es für sie nur eines: Sie wollten zum Großen Bergsee wandern, dort in der Sonne liegen und baden. Schon am frühen Morgen waren sie aus ihrem Dorf aufgebrochen. Nach nicht einmal zwei Stunden erreichten sie ihr Ziel.

Als sie aus dem Wald heraustraten, bot sich ihren Augen eine traumhaft schöne, wirklich atemberaubende Landschaft dar. Der See lag in einem kleinen Talkessel, der vollkommen von hohen Bergen umgeben war. Wohin das Auge auch nur sah, erblickte es saftig grüne Almwiesen. Ein schmaler Wanderweg schlängelte sich an den Hängen entlang und verband die einzelnen Almen wie ein Band miteinander. Sträucher und Büsche verzierten die Berge noch zusätzlich und spendeten zudem kleinen Tieren etwas Schatten von der hoch am Himmel stehenden Sonne.

Auf der Rückseite des Sees lag eine große Alm mit besonders frischem, saftigem Gras. Viele Kühe, Ziegen und Schafe weideten dort. Auf den Almwiesen blühten Veilchen, Butterblumen und Alpenrosen und so war das leuchtende Grün mit zahllosen Punkten im schönsten Gelb, Rot und Violett durchsetzt. Man konnte auch aus der Entfernung förmlich erkennen, wie die Hummeln und Bienen fröhlich um die Blüten herumsummten.

Überhaupt waren überall die Insekten unterwegs, auch diesseits des Sees. Eine besonders dicke Hummel näherte sich direkt vor Karls und Kunigundes Augen mit lautem Gebrumm einer kleinen Butterblume und wollte von deren Nektar naschen, aber als sie auf der Blüte landete, knickte die unter dem schweren Insekt einfach weg. Erschreckt und zornig brummend flog sie weiter und versuchte ihr Glück bei der nächsten Blume – mit demselben Ergebnis. Das wiederholte sich mehrere Male und das Paar hatte viel Spaß an ihrem jedes Mal wachsenden Zorn, bis es der Hummel offenbar zu dumm wurde und sie weiterflog, zu blühenden Hecken, wo sie sich vermutlich mehr Glück versprach. Gleich darauf setzte sich ein prächtiger Schmetterling kurz auf Kunigundes Hand, er zeigte keinerlei Scheu vor den Menschen.

Am Seeufer hatten sich schon andere Badegäste auf mitgebrachte Decken im Gras niedergelassen. Sie lagen dort einfach nur still in der Sonne herum und genossen das schöne Wetter.

Nachdem Karl und Kunigunde dieses schöne und friedliche Landschaftsbild in sich aufgenommen hatten, setzten sie ihren Weg zum See hinunter fort. Dort angekommen taten sie es den anderen Ausflüglern gleich und legten sich – etwas abseits von den anderen Leuten – auf ihre Decke.

Nach einer Stärkung und nachdem sie sich ausgeruht hatten, wollte Karl mit seiner Freundin im See baden gehen. Hand in Hand ging das Pärchen zum Ufer hinunter. Mit den Füßen standen sie bereits im Wasser, aber für einen Augenblick blieben sie stehen und lächelten sich verliebt an.

Mit ausgestrecktem rechten Arm machte Karl seine Liebste auf vier Jugendliche aufmerksam, die im See schwammen und herumtollten. Ein übermütiger Junge stupste einen anderen mit dem Kopf unter das Wasser. Als der prustend wieder an der Wasseroberfläche des Sees auftauchte und seinem Freund etwas zurief, das Karl nicht verstehen konnte, lachten die beiden anderen fröhlich-frech auf. Karl nahm Kunigunde an die Hand und wollte sie weiter in den See hineinziehen, als plötzlich aus den Büschen und Sträuchern viele Vögel, die sich darin versteckt hatten, mit wildem Gezwitscher und Geschrei emporflogen. Hatte sich sogar für einen kurzen Augenblick der Himmel verdunkelt? Aber nein, das konnte nicht sein, nicht heute, er war ja gänzlich wolkenlos.

Mit lautem Gekreische flogen die Vögel davon.

Karl fragte seine Freundin: „Hast du die Vögel gesehen? Ich wusste gar nicht, dass es hier so viele gibt. Ich frage mich, was die auf einmal haben."

„Keine Ahnung", antwortete die junge Frau, „Lass uns einfach weiter in den See gehen, ich will mich etwas abkühlen und baden."

Gemeinsam wagten sie sich einen Schritt weiter in das kühle Wasser hinein. Doch entsetzt blieben sie erneut stehen. Panisch sah Kunigunde sich um. Karl verspürte in sich eine plötzlich aufkommende Angst, wie er sie noch nie in seinem Leben erlebt hatte.

Aus der Tiefe der Erde hörte das junge Paar ein lautes Grollen. Karl sah, wie die Berge hinter dem See erzitterten und sich der Boden der Almwiesen bewegte. In Wellenform wurde der Erdboden einige Zentimeter hochgehoben und senkte sich kurz darauf wieder ab. Von den Bergen lösten sich Steinlawinen und stürzten mit ohrenbetäubendem Lärm in die Tiefe. Das Wasser geriet in Bewegung, es schlug immer höhere Wellen, so hoch, wie es sie eigentlich in einem so kleinen Gewässer gar nicht geben konnte. Mit einem Ruck zog er Kunigunde mit sich aus dem See heraus. So schnell er konnte, lief er mit ihr an der Hand vom Ufer weg. Wenn er nur gewusst hätte, wohin sie laufen sollten!

Weiterhin bebte unter ihren Füßen die Erde. Während sie liefen, sahen sie immer wieder zum See zurück. Ihre Angst wuchs, sie drohte sie zu lähmen. Die junge Frau zitterte am ganzen Körper.

Unter den Sonntagsausflüglern brach eine fürchterliche Panik aus. In heller Aufregung rannten die Menschen umher, völlig ziellos. Wohin sollten sie fliehen? Wo konnten sie Sicherheit finden? Wer stürzte, lief Gefahr, von den anderen totgetrampelt zu werden.

Und was sich nun ereignete, war einfach gewaltig, monströs, es war in höchstem Maß angsteinflößend und todbringend für die Menschen.

In der Mitte des Sees entstand ein Sog. Das Wasser begann in kreisenden Bewegungen dorthin zu fließen und schien dann in die Tiefe der Erde zu stürzen. Ein riesiger Strudel entstand. Sofort ergriff er die vier Jugendlichen, die Karl noch vor wenigen Augenblicken beim Herumtollen beobachtet hatte. Unaufhaltsam wurden sie von ihm zum Strudel hin gezogen. Da konnten sie noch so verzweifelt versuchen, aus der Gefahrenzone herauszuschwimmen. Es half ihnen auch nicht mehr, dass sie gute Schwimmer waren. Immer wieder schwappte das Wasser über ihren Köpfen zusammen, dann tauchten sie von Neuem auf, husteten, spuckten Wasser, schlugen um sich und schrien in panischer Angst um Hilfe.

Mit allen Kräften kämpften sie gegen den Strudel an, immer wieder sah es aus, als könnten sie sich auf das rettende Ufer zubewegen – um im nächsten Augenblick den Meter, den sie sich mit äußerster Anstrengung erarbeitet hatten, wieder zu verlieren. Dabei schrien sie unablässig um Hilfe und blickten immer wieder voller Verzweiflung und Todesangst zu den Menschen am Ufer. Wenn ihre Kräfte nachließen, mussten sie der Sogwirkung erliegen. Wie lange konnten sie noch durchhalten? Konnte überhaupt ein Mensch gegen diese plötzlich entfesselten Wassergewalten etwas ausrichten? Vom Ufer aus sah alles so quälend langsam aus.

Sofort wollte sich Karl in den See stürzen, um ihnen zu Hilfe zu kommen. Aber in diesem Augenblick klammerte sich Kunigunde mit allen Kräften an ihm fest und schrie, was sie konnte, sie schrie so lange, bis er sie beachtete. Da sah er, dass jeder Schwimmer unweigerlich verloren war. Es konnte nur noch Sekunden dauern, dann mussten die Jugendlichen in die Tiefe gezogen werden, es gab keine Hilfe mehr. Und das Loch in der Mitte des Strudels wurde immer größer und größer. Schon versagten den Jungen die Kräfte.

Karl erschauerte an seinem ganzen Körper. Er begann vor Wut und aus Scham zu zittern. Er hätte doch helfen müssen! Er hätte sein Leben riskieren und helfen müssen! Sonst hätte er doch auch nicht gezögert, Ertrinkende zu retten!

Und jetzt ertönte auch noch mit einem Mal ein ohrenbetäubendes Getöse, wie aus der Tiefe der Erde. Die Sonne verdunkelte sich, Sturm kam auf. Im nächsten Augenblick beruhigte sich alles wieder.

Aber nur für Sekunden. Denn gleich darauf fuhren auf den See plötzlich gewaltige Blitze nieder und Donner dröhnten, wie sie bis dahin noch kein Mensch vernommen hatte. Gleich darauf bildete sich in der Mitte des Sees, direkt über dem Wasser, ein dichter Nebel. Er war ständig in Bewegung und blieb doch immer genau über dem gewaltigen Loch, in dem das Wasser ins Nirgendwo verschwand. Immer heftiger wurde das Blitzen und Donnern. Nach einer Weile hörte es schlagartig auf.

War der Spuk vorbei? Im Gegenteil! Aus dem Nebel über der magischen Öffnung des Sees wuchs ein mächtiger Mann empor, scheinbar ohne sich zu bewegen, er stieg und stieg, wuchs ins Riesenhafte, bis er sich bis zum Himmel zu erheben schien. Schwebte er in der Luft? Oder stand er auf den Nebelschwaden? In seiner rechten Hand hielt er einen Stab. Er hatte einen wilden grauen Kinn- und Schnurrbart und die Haut in seinem Gesicht leuchtete rötlich, wie von Flammen angestrahlt. Bekleidet war er mit schwarzen Beinlingen und einem roten Umhang. Es war Luzifer, der Höllenfürst! Viele erkannten ihn, auch wenn sie ihn noch nie erblickt hatten.

Aber umso mehr hatten sie von ihm gehört und das lähmte sie vollends vor Angst.

Nur die vier Jungen auf dem See nahmen ihn offenbar noch nicht wahr. Verzweifelt mobilisierten sie ihre letzten Kräfte, kämpften mit allerletzter Energie gegen die Fluten an und fast hatte es den Anschein, dass sie dem tödlichen Strudel doch noch entkommen konnten.

Schweigend verfolgte der Höllenfürst dieses Spektakel, das für die Schwimmer ein verzweifelter Kampf ums Überleben war. Allmählich verzerrten sich seine Gesichtszüge zu einem hämischen Grinsen und im nächsten Augenblick ertönte sein Lachen, ein böses, lautes, lärmendes Lachen. Es erfüllte die Luft, als gebe es neben ihm keine anderen Geräusche mehr, und tatsächlich schienen alle Lebewesen den Atem anzuhalten.

Voller Entsetzen und Todesangst blickten die Schwimmer zu dem riesenhaften Luzifer auf. Er schien sich unmittelbar vor ihnen aufgepflanzt zu haben. Hypnotisierte er sie sogar? Augenblicklich versagten ihnen die Kräfte, ihre Arme und Beine wollten ihnen nicht mehr gehorchen. Gleich näherten sie sich wieder der Mitte des Sees, wo sie der Strudel verschlingen musste.

Luzifers Lachen verstummte. Der Höllenfürst verfolgte den Todeskampf der tapferen jungen Menschen, wie es schien, mit neugierigem Interesse. So, wie ein leicht sadistisches Kind den vergeblichen Überlebenskampf einer hilflosen Mücke auf den Wellen eines Baches verfolgte.

„Ihr armen Jungen", höhnte der Teufel nach einer Weile, „ich kann es nicht mit ansehen, wie ihr euch so quält und abzappelt! Das zerreißt mir das Herz!" Damit richtete er seinen Stab auf die Schwimmer und im nächsten Augenblick zuckten weitere Blitze auf sie. Nun hatten sie vollends keine Chance mehr. Hilflos trieben sie in das durch Luzifers schwarze Magie entstandene Loch des Sees hinein. Mit einem grässlichen, fast nicht mehr menschlichen Schrei verschwanden sie in der Tiefe, begleitet von Luzifers brüllendem Lachen. „Seht ihr, ihr Menschengewürm, wie nett ich zu euch bin? Ich gebe euch so viel zu saufen, dass es für den größten Durst reicht!" Und er lachte grölend, bis er nach Luft schnappte.

Unvermittelt schrie er mit plötzlich wutverzerrtem Gesicht: „So wie diesen Dreikäsehochs, diesen Möchtegerns wird es euch allen ergehen, allen! Wen ich einmal zwischen den Fingern habe, der entkommt mir nicht mehr! Und eines könnt ihr mir glauben: In meinem Fegefeuer werdet ihr noch viel mehr Durst haben! Nur gibt's dort nichts zu trinken!" Unvermittelt lachte er wieder los, diesmal besonders böse und hämisch.

Längst war es Karl klar, warum ihn Kunigunde daran gehindert hatte, den jungen Leuten zu Hilfe zu eilen. Um ein Haar wäre auch er unweigerlich Luzifers Opfer geworden.

Begleitet von mächtigen Donnerschlägen erhob der Teufel abermals seine Stimme: „Falls ihr es in eurer bodenlosen Dummheit noch nicht gemerkt habt, ihr Ungeziefer, ihr Nichtsnutze: Ich bin Luzifer, der Herr der Unterwelt! Jawohl, Luzifer höchstpersönlich! Ihr habt mich verärgert und provoziert. Dafür müsst ihr büßen! Ihr werdet alle sterben! Ich, Luzifer, erkläre euch hiermit den Krieg! Bald werdet ihr alle tot sein! Und euren Jodaryon mitsamt seinem Wasgo und seine Regierung hole ich mir zuerst!"

Im nächsten Moment herrschte Totenstille. Glatt wie ein Leichentuch lag die Wasseroberfläche des Großen Bergsees da. Keine Spur mehr von Luzifer, keine Spur vom magischen Loch im See, vom Nebel, von Blitz und Donner. War denn alles nur Einbildung oder ein böser Traum gewesen? Nein, Karl sah, dass sich die Berghänge verändert hatten. Viele Steinlawinen waren abgegangen und hinterließen tiefe Wunden in den Bergwiesen, und wo sie herabgestürzt waren, bildeten sich immer noch große Staubwolken, die aussahen wie Nebelschwaden. Die Alm auf der Rückseite des Sees war verschwunden; große Geröllmassen hatten die bunten Wiesen und das Vieh unter sich begraben. Und von den vier Jungen fehlte jede Spur. Nein, das war kein Albtraum und keine Halluzination gewesen, sondern Wirklichkeit.

„Schnell!", sagte Karl zu seiner Freundin, „Wir müssen auf der Stelle in die Hauptstadt laufen und Jodaryon warnen!"

Die Höhle der Vampire

Wasgo war schockiert. Was er durch den Zeitzauber erfahren hatte, übertraf seine schlimmsten Befürchtungen. Immer wieder musste er an die armen Menschen denken, die von den Vampiren überfallen worden waren. Nun mussten sie ihr Dasein als untote Wesen fristen. Und nicht einmal vor Kindern machten diese Bestien Halt! Das Schicksal der Familie, die nach dem Überfall durch Sinclairs Bande freiwillig in den Tod gegangen war, machte ihn tieftraurig. Unendlichen Zorn verspürte er deshalb auf die Vampire und sein Mitleid mit den Bewohnern des nun ausgestorbenen Dorfes kannte keine Grenzen.

'Wenn ich das doch nur ungeschehen machen könnte', dachte er immer wieder.

Wasgo war gerade einmal neunzehn Jahre alt. Seitdem er sein Elternhaus verlassen musste, war erst etwas mehr als ein Jahr vergangen. Es kam ihm aber so vor, als liege seine Jugend schon viele Jahre zurück. Das war für ihn einfach zu erklären; in diesem einen Jahr hatte er mehr erlebt als die meisten Menschen und sogar Zauberer in einem ganzen Leben. Und was für Erlebnisse waren das gewesen! Mehr als einmal hatte ihm Jodaryon das Leben retten müssen. Und auch er hatte den weisen Magier mehrmals vor dem Tod bewahrt.

Bei diesen Erinnerungen wurde es Wasgo richtig warm ums Herz. Voller Achtung und Dankbarkeit dachte er an den alten, weisen, gütigen Jodaryon.

Doch nun sollte Wasgo eine neue Aufgabe lösen. Dieses Mal war er auf sich alleine gestellt, Jodaryon konnte ihn höchstens aus der Ferne, durch Telepathie, unterstützen und hatte zudem mit der gefährlichen Auseinandersetzung mit Luzifer mehr als genug eigene Probleme. Aber der junge Zauberer ***musste*** den Herrn der Fledermäuse dazu bringen, keine Menschen mehr zu überfallen. Etwas wie das, was der Familie widerfahren war, durfte sich nie, nie mehr wiederholen!

*****

Wasgo erreichte einen dichten, finsteren Wald. Dass er nach wie vor beobachtet wurde, bemerkte er immer noch nicht. Er war viel zu sehr mit sich und seiner Mission beschäftigt, um seinen Verfolger wahrnehmen zu können.

Der junge Zauberer versuchte jetzt, durch die Zeit zu dringen, und erfuhr auf diese Weise, wie er zur Höhle der verbrecherischen Vampire gelangen konnte, die das Dorf überfallen hatten. Viele unmissverständliche Anzeichen wiesen darauf hin, dass es bis dahin nicht mehr weit sein konnte. Und tatsächlich: Mitten im Wald, an einer Stelle, an der kein Sonnenstrahl das Dickicht und die Kronen der hohen Bäume durchdringen konnte, entdeckte er eher zufällig eine unscheinbare, durch Büsche getarnte Felsöffnung. Es war beinahe so dunkel wie in der Nacht.

'Sieh mal einer an, was haben wir denn hier gefunden?', dachte der Jüngling.

Er untersuchte den Höhleneingang und stellte fest, dass er tatsächlich einen Wohnort von Vampiren gefunden hatte. Denen wollte er jetzt doch einen kleinen Besuch abstatten. Ob sich sogar Sinclair, der Herr der Fledermäuse, hier aufhielt?

Mit gemischten Gefühlen betrat Wasgo die Höhle. Es roch entsetzlich nach Exkrementen. Der widerwärtige Geruch biss in seiner Nase und trieb ihm beinahe die Tränen in die Augen. Entstanden war dieser Gestank durch herabfallende Ausscheidungen der Fledermäuse, die im Schlaf von der Höhlendecke herabhingen. Davon war der Fußboden feucht und schmierig geworden, sodass sich eine gefährliche Glätte entwickelt hatte. Wachsam und äußerst vorsichtig schlich Wasgo weiter in die Höhle hinein. Stürzen und in diesem ekelhaften Fledermauskot landen – das war das Letzte, das er jetzt brauchen konnte. Wem das passierte, der musste kilometerweit gegen den Wind stinken.

In der Höhle sah man kaum die Hand vor den Augen. Doch dann entdeckte Wasgo sie. Schlafende Vampire! Auch diese hier besaßen eine Größe von fast zwei Metern, ein fledermausähnliches Gesicht und einen beinahe menschlichen Körper mit je zwei Armen und Beinen. Am Steiß wuchs ihnen ein langer, runder Schwanz heraus, der zum Ende hin immer dünner wurde. Erschrocken blieb er stehen, denn er wusste, dass Vampire mit ihren magischen Kräften immer eine große Gefahr darstellten.

Gut, diese hier schliefen, das erkannte er sofort, aber trotzdem musste er sehr vorsichtig sein. Wenn er sie aufweckte, konnte es zu einem Kampf auf Leben und Tod kommen. Er alleine gegen eine unbekannte Zahl von Vampiren! Das galt es zu verhindern.

Wasgo blickte sich um, weil er glaubte, ein leises Geräusch gehört zu haben. Was war denn das? Angestrengt spähte er in der Finsternis um sich. Wurde er etwa beobachtet? Aber wer sollte ihn hier schon beobachten? Nein, da war nichts. Nichts zu hören. Totale Stille. Wahrscheinlich hatte er sich nur etwas eingebildet. Vorsichtig drehte er sich wieder zu den schlafenden Vampiren um. Sonderbar, eine menschliche oder menschenähnliche Gestalt nahmen sie doch sonst nur dann an, wenn sie auf Menschenjagd waren! Warum hatten sie sich denn nicht in Fledermäuse zurückverwandelt?

Dafür konnte er nur zwei Erklärungen finden. Entweder waren diese untoten Wesen hier zu erschöpft gewesen, um die Umwandlung zu vollziehen, oder aber sie waren noch nicht lange Vampire, sondern erst vor kurzer Zeit gebissen worden. Im zweiten Fall waren sie sich vielleicht noch nicht ihrer magischen Kräfte bewusst oder nicht dazu fähig, sie anzuwenden.

Der junge Mann dachte an das ausgestorben wirkende Dorf, das er gesehen hatte. Er war sich sicher, dass er hier dessen ehemalige Bewohner vor sich hatte. Gestern waren sie noch Menschen. Und mit nur einem Biss eines Vampirs wurden sie selbst zu einem Wesen der Finsternis. Dem, der sie gebissen und ihr Blut aus ihren Körpern gesaugt hatte, mussten sie sogar außerdem noch dienen. Was für eine

Demütigung – erst zerstörte ein Vampir einem Menschen sein Leben, dann wurde dieser Mensch dafür, dass er gebissen worden war, auch noch zusätzlich bestraft, indem er sich seinem Peiniger unterzuordnen hatte! Und wehe, er gehorchte diesem nicht!

Diese Vampire hier waren also wohl noch recht unerfahren, aber gefährlich waren sie allemal, weil auch sie bereits alle magischen Kräfte eines Vampirs besaßen. Sollte Wasgo sie einfach töten? Oder war es besser, sie mit einem Zauber zu belegen, der sie nicht mehr aus dem Schlaf aufwachen ließ? Noch hatten sie ja nicht viel Schuld auf sich geladen! Sie taten ihm einfach nur leid.

Ein Rascheln riss Wasgo aus diesen Gedanken. Sofort war er mit all seinen Sinnen aufmerksam.

Ein Vampir war erwacht. Es dauerte nur einen Augenblick, dann entdeckte er den jungen Zauberer. Schnell wollte dieser ihn mit einem Stillstandszauber belegen, aber dafür war es schon zu spät. Der Vampir griff ihn an. Wasgo musste ausweichen und wäre beinahe im Fledermauskot gelandet. Nur mit größter Mühe konnte er sich auf den Beinen halten. In einem Sekundenbruchteil war der Vampir an ihm vorbeigesaust und hatte ihm den Ausweg aus der Höhle versperrt. Nun lachte das hässliche Wesen; wie es schien, kam dieses böse Lachen direkt aus der Hölle. Es war laut und sehr tief und erklang mit einer unmenschlich klingenden, verzerrten Stimme.

Wasgo erschauerte, alle Haare an seinem Körper richteten sich auf und ein kaltes, unangenehmes Kribbeln lief ihm über den Rücken. Er musste sich völlig auf den angreifenden Vampir konzentrieren, sonst war er verloren. Ein Strahl von gelb und golden wirkendem Licht löste sich aus seiner Hand und schoss dem Vampir entgegen. Es war der Strahl des Lebens und der Liebe. Doch das untote Ding konnte ihm ausweichen. Das böse Lachen des Vampirs wurde noch lauter. Im nächsten Augenblick stand der Vampir genau vor Wasgo. Schon schlang er seine kalten, aber starken Arme um ihn. Er stank grässlich nach Kot und Urin. Wasgo wäre beinahe in Ohnmacht gefallen, so stark war der Druck auf seine Brust, den das untote Wesen auf ihn ausübte. Schnell stieß der Jüngling einen Stillstandszauber aus. Dadurch konnte er sich zwar noch nicht aus dem Griff seines übel riechenden Gegners befreien, aber zumindest konnte dieser nicht mehr kämpfen. Der Zauber hatte ihn bewegungsunfähig gemacht.

Wie war das Problem zu lösen? Wasgo fiel ein, dass Jodaryon seine Größe verändert hatte, als sie sich kennenlernten. Erst war sein Lehrer und Meister nur sechzig Zentimeter groß, doch dann wuchs er auf die stattliche Größe eines ausgewachsenen Mannes heran. Die dazugehörige magische Formel kannte Wasgo, Jodaryon hatte sie ihm einmal beigebracht. So wendete er sie jetzt an.

Gleich schrumpfte er auf ein Mindestmaß zusammen. So konnte er dem Griff des erstarrten Wesens entkommen. Sofort sprach er den Gegenzauber. Wieder zu seiner normalen Größe zurückgekehrt, beschloss er, unverzüglich zu handeln, bevor er noch mehr solch unliebsamer Überraschungen erleben sollte.

Zunächst belegte er alle Vampire mit einem weiteren Stillstandszauber. Leise sprach er die dafür vorgesehene Formel aus: „Torres, torres, nichtus stillius ewiches wechus, torres, torres!“

Zu diesen Worten zog er mit seinem rechten Arm einen Halbkreis, der sämtliche Vampire umschloss. Sie waren nun alle dazu verurteilt, so lange unbeweglich zu bleiben, bis ein Zauberer sie fand und die Magie des jungen Mannes aufhob. Um ganz sicher zu gehen, belegte er die Wesen der Finsternis zusätzlich mit einem zweiten Zauber, der sie nicht mehr aus dem Schlaf erwachen ließ.

'Diese Dinger werden niemandem mehr gefährlich', dachte Wasgo. Er verließ die Höhle und verschloss aus Sicherheitsgründen deren Eingang mit einer unsichtbaren magischen Mauer.

Jetzt auf zu Sinclair, wo auch immer der steckte! Wasgo hatte seinerzeit, als er noch ganz unerfahren war, Jodaryon gefunden, da sollte er nun doch auch den Herrn der Vampire finden!

Der junge Mann ahnte zwar, dass er gegen einen unerfahrenen Vampir gekämpft hatte, aber er ahnte nicht, dass er soeben hätte sterben können, wenn der gegen ihn kämpfende Vampir Unterstützung von einem anderen bekommen hätte.

Aber nichts dergleichen geschah, das war sein Glück. Jedoch wurde er nach wie vor beobachtet. Und er bemerkte es immer noch nicht.

Telepathie

Ohne weitere Zwischenfälle erreichten Karl und Kunigunde die Hauptstadt. Dort sagten sie dem Hauptmann der Torwachen, dass sie unverzüglich den Herrn der Welt sprechen mussten, und zwar in einer äußerst wichtigen Angelegenheit. Sofort beauftragte er einen Soldaten, sie zu Jodaryon zu bringen, und der empfing sie ohne Verzögerung. So konnten ihn die beiden von ihren Erlebnissen am Großen Bergsee unterrichten.

Erschüttert saß der Magier vor seinen Gästen. „Schon wieder Tote! Schon wieder Krieg! Haben wir es denn nicht verdient, in Frieden zu leben?", fragte Jodaryon mehr sich selbst als das Paar. Nach kurzem Schweigen murmelte er: „Jetzt darf ich keinen Fehler machen! Den hätten sonst viele Menschen zu büßen."

Karl und Kunigunde sahen Jodaryon teilweise überrascht und teilweise fragend an. „Können wir dir helfen, Herr?", fragte Kunigunde.

„Ich muss mich Luzifer selbst stellen", antwortete der Herrscher der Welt, „dabei könnt ihr mir nicht helfen. Ich muss jetzt erst einmal in Erfahrung bringen, ob an anderen Orten ähnliche Dinge geschehen sind. Und ich muss mich mit meinen Ministern beraten. Vielleicht kann ich auch Wasgo erreichen, der ist in Transsilvanien unterwegs." Mit diesen Worten entließ er Karl und Kunigunde und dankte ihnen herzlich.

Als der weise Magier wieder alleine war, nahm er mithilfe von telepathischen Kräften Kontakt mit Wasgo auf. Dabei drang jeder in die Gedanken des anderen ein. So konnten sie sich gegenseitig über alle auftretenden Probleme informieren.

Nachdem sie sich gegenseitig über die entsetzlichen Dinge, die in den letzten Stunden geschehen waren, in Kenntnis gesetzt hatten, sank Wasgo müde und erschöpft auf einen großen Stein am Wegesrand nieder. Sein noch junger Verstand weigerte sich, diese schrecklichen Informationen und das eben Erlebte zu verarbeiten. Eine tiefe Traurigkeit überfiel ihn. Er fühlte sich ausgelaugt und wie gelähmt und war am Ende seiner Kräfte. Doch aufgeben konnte und wollte er nicht. Unterkriegen lassen wollte er sich nicht, von nichts und niemandem. Er, Wasgo, war ein Kämpfer! Das, was Luzifer angestellt hatte, löste in ihm tiefe Betroffenheit aus. Im Geheimen hatte der junge Mann immer noch familiäre Gefühle für seinen Großvater gehegt, doch die waren jetzt endgültig erloschen.

Was hatte der Herr der Unterwelt nur getan? Dabei war der Teufel sein Großvater! Sogar ihr Verbündeter, als Wasgo mit Jodaryon gegen Bossus gekämpft hatte! Luzifer hatte ihm und seinem älteren Gefährten einmal das Leben gerettet! Und jetzt?

Jetzt wollte der Höllenfürst Jodaryon und ihn auf einmal umbringen! Er überzog die Welt mit Krieg, er zerstörte die Landschaft, tötete Menschen und zerstörte Dörfer und Städte. War er auch dafür verantwortlich, dass die Vampire in Transsilvanien plötzlich so aktiv waren und ganze Dörfer überfielen und sie praktisch ausrotteten? Wasgo konnte sich nicht daran erinnern, je davon gehört zu haben, dass Vampire so grausam vorgingen. War es denn möglich, dass ausgerechnet Sinclair so viele Menschen in Angst und Schrecken versetzte und deren Leben vernichtete? Wasgos Weltbild war erschüttert, zumindest das Bild, welches er von den Vampiren und Luzifer hatte. Hatte er doch stets nur an das Gute in den Vampiren geglaubt! Und sein Großvater war zwar der Teufel, der die Unterwelt mit all ihren bösen Geistern und Monstern beherrschte, aber dass der nun auf der Erde viel Leid über die Menschen und Zauberer brachte, das konnte Wasgo kaum glauben.

Der junge Mann war eben manchmal noch etwas naiv in seinem Denken, aber das sollte er nun ablegen. Zuviel Böses hatte er schon in seinem Leben erfahren müssen. Das verkraftete sein Verstand nicht so einfach. Kein Wunder, dass sich der junge Magier elend und am Ende seiner Kräfte fühlte. Aber er hatte einen eisernen Willen, der ihm half, sich schnell wieder zu erholen.

War es denn tatsächlich möglich, dass für all dieses Elend wirklich sein Großvater verantwortlich war? Und doch gab es keinen Zweifel! Wasgo konnte sich überdies gut vorstellen, was Luzifer Sinclair, dem Herrn der Fledermäuse, versprochen hatte, damit dieser seinen Krieg gegen die Menschen unterstützte. Die Rückkehr in die Unterwelt! Das lag für den jungen Zauberer auf der Hand.

„Ich komme sofort zu dir zurück, gemeinsam werden wir Luzifer bezwingen!“, war Wasgos erster Gedanke, den er Jodaryon schickte.

Jodaryon musste wieder an ihren gemeinsamen Aufenthalt in der Hölle denken. Er befürchtete, dass sein junger Freund dieses Mal dem Höllenfürsten nicht gewachsen war. Er, Jodaryon, hatte ja selbst Angst, sich diesem mächtigen Gegner zu stellen. Er war nur ein Magier, doch Luzifer war der Teufel höchstpersönlich. Diesmal ging es nicht nur gegen ein Monster des Teufels, sondern gegen den Teufel selbst.

Der junge Wasgo wäre in höchste Gefahr geraten, wenn Jodaryon es zuließe, dass sich sein junger Freund in die Hölle begab. Das wollte er nicht verantworten. Deshalb befahl er in einem harten, bestimmten Ton, wie ihn Wasgo nur ganz selten bei ihm erlebt hatte: „Nein, du bleibst in Transsilvanien und suchst Sinclair! Du bist dafür verantwortlich, dass die Vampire entweder vernichtet oder aber gezwungen werden, ihre Angriffe auf die Menschen einzustellen! Damit du dieses Ziel erreichen kannst, bekommst du von mir alle Vollmachten und Freiheiten zum Handeln! Töte sie oder mache sie auf eine andere Art und Weise unschädlich!“

„Aber ich will dir helfen, Jodaryon!“, rief Wasgo in Gedanken aus.

„Nein, du tust, was ich dir befehle! Mit Luzifer muss ich alleine fertig werden. Du bleibst in Transsilvanien und schaltest Sinclair aus!“ Der Herrscher der Welt wollte keine Widerrede dulden.

Sein Schüler bemerkte das und war zutiefst enttäuscht, ja, sogar wütend. Immerhin handelte es sich um seinen Großvater, der einen Krieg gegen die Menschen entfacht hatte! Wobei – was hieß hier schon „Großvater“? Luzifer war böse und brachte nichts als Krieg und Leid über die Menschen. Er musste vernichtet werden. Wenn es nur so einfach gewesen wäre, den Teufel zu vernichten!

Nun, gut, was sollte Wasgo machen! 'Dann soll der Alte doch zusehen, wie er fertig wird!', dachte Wasgo zornig, 'dann muss er eben auf meine Hilfe verzichten! Soll er sich doch alleine mit Luzifer herumschlagen! Ich werde es nicht mehr tun, er will mich ja nicht dabei haben!'

„Wie du willst!", beschied er den Herrscher der Welt und unterbrach die telepathische Verbindung mit großer Enttäuschung und Wut im Bauch.

Immer noch bemerkte der junge Zauberer nicht, dass er beobachtet wurde und sein Leben in immer größerer Gefahr war.

Eine wichtige Entscheidung

Jodaryon war überrascht. Wasgo hatte die Verbindung zu ihm getrennt. Das hatte er noch nie getan. Aber was in seinem jungen Freund vorging, war nicht schwer zu erraten. Dass Wasgo enttäuscht, verletzt, gar wütend war, verstand er nur zu gut. Er hatte ihn, wenn auch auf einen wichtigen, so doch auf einen Nebenschauplatz des Weltgeschehens geschickt. Aber er wollte seinen Berater, Freund und ehemaligen Gefährten doch nur schützen! Na, eines Tages sollte Wasgo das schon verstehen – wenn sie erst einmal in Ruhe reden konnten …

Hätte Jodaryon nur die leiseste Ahnung gehabt, was ihm bevorstand, dann hätte er mit Sicherheit anders gehandelt. So aber war sein Tod gewiss. Jedenfalls, wenn es nach Luzifer ging.

Als Nächstes informierte er seine Minister über die aktuelle Lage. Danach forderte er sie auf, eine Stellungnahme abzugeben. Er wollte wissen, was seine Berater unternehmen wollten, um Luzifer zu besänftigen oder gar den Krieg gegen ihn zu beenden.

Für den Finanzminister war die Sache klar und ganz einfach: Das Problem musste mit Geld gelöst werden, damit ließ sich doch alles regeln! Wenn man dem Herrn der Unterwelt nur genug Geld und kostbaren Schmuck anbiete …In diesem Augenblick explodierte der Kriegsminister. Man müsse eben, polterte er los, in solchen Fällen den Kampf aufnehmen und alle Reserven mobilisieren, deren man habhaft werden könne. Alle Männer von sechzehn bis sechzig sollten zu den Waffen gerufen werden. Außerdem wollte er alle Geräte und Werkzeuge oder Instrumente beschlagnahmen, die man als Waffe einsetzen oder in einem Krieg gebrauchen konnte. Luzifer müsse gezeigt werden, dass die Menschen nicht mit sich spaßen ließen! Kurz, der Kriegsminister wollte die totale Mobilisierung der Welt.

Warum denn immer gleich mit Gewalt reagieren?, fragte der Gesundheitsminister. Sei es denn nicht ungleich wirksamer, den Teufel einfach zu ignorieren und sich den Göttern zuzuwenden? Wenn das gelingen sollte, so glaubte er, müsste der Teufel und seine Hölle aus den Köpfen der Menschen verschwinden. Wenn niemand mehr an den Teufel und seine Unterwelt dachte oder glaubte, konnte Luzifer nicht mehr existieren.

Eine vorzügliche Idee!, rief der höchste Druidenpriester der Welt. Sie verdiene unbedingt Unterstützung. Eine neue Religion müsse eingeführt werden, in der nur noch ein einziger Gott angebetet werden dürfe. Weil es zu viele Menschen gebe, die zu viele verschiedene Götter anbeteten, habe der Höllenfürst leichtes Spiel. Der Glaube an eine Vielzahl verschiedener Götter schwäche deren Kraft und Einfluss, weil der Glaube an sie eben auch vielfach aufgeteilt werde. Dagegen besitze der Herr der Unterwelt deshalb eine so große und unerschütterliche Macht, weil alle Menschen nur an den einen Teufel glaubten.

Es kamen noch viele andere Vorschläge, die sich Jodaryon geduldig anhörte. Nachdem alle Versammelten ihre Meinung vertreten hatten, ergriff der Herrscher der Welt das Wort. Zuerst wandte er sich an den ersten Redner: „Der Höllenfürst, mein lieber Finanzminister, wird auf unsere irdischen Reichtümer nicht angewiesen sein. Er hat genug andere und schätzt sicherlich schwarze Seelen mehr als alles Geld und Gold der Welt. Und Edelsteine hat er in seiner Unterwelt bestimmt ebenso zur Genüge wie andere Reichtümer auch. So beenden wir den Krieg nicht!"

Jodaryon sah den Kriegsminister an und fuhr fort: „Die gesamte Welt zu mobilisieren und mit Schwertern gegen den Teufel zu ziehen, ist auch keine Lösung. Auf diese Art und Weise verbreiten wir nur den Krieg auf den ganzen Planeten. Der Krieg wird eskalieren. Aber das wollen wir bestimmt nicht, im Gegenteil wollen wir den Frieden wieder herstellen."

Nun wendete er sich dem Gesundheitsminister zu: „Sich an die Götter zu wenden und an sie zu glauben, scheint mir eine gute Idee zu sein. Aber wie lange soll es dauern, bis die Menschen den Teufel vergessen haben? Es werden viele, viele Jahre, was sage ich, es wird mindestens die Zeit mehrerer Menschenleben vergehen, bis es vielleicht, ich sage, ***vielleicht*** soweit kommen könnte. Wir brauchen eine sofortige Lösung!"

Danach antwortete Jodaryon dem Druidenpriester: „Was ich schon zum Gesundheitsminister sagte, trifft auch auf deinen Vorschlag zu. Außerdem glaube ich nicht, dass es nur noch eine einzige Religion auf der Welt mit nur einem einzigen Gott geben kann. Irgendwann wird es bestimmt mächtigere Religionen geben als die, die wir heute kennen, und es wird sicherlich auch eines Tages weniger Götter als heute geben. Aber diese neuen Gottheiten können wir nicht von oben, mit einem Regierungsbeschluss verordnen, sie werden sich territorial von alleine bilden. Religion kommt immer aus den Herzen der Menschen, nicht auf Befehl. Ich sehe nur eine Möglichkeit. Ich selbst gehe zu Luzifer und werde mich entweder mit ihm streiten oder verständigen. Nur so können wir den Frieden und unser Leben bewahren."

Jodaryon beendete die Beratung mit seinen Ministern und bereitete sich unverzüglich auf seinen Ausflug in die Hölle vor.

Luzifers Sorgen

Krieg! Luzifer war grimmig entschlossen. Wenn er Jodaryons Reich führungslos machte, so glaubte er, sollte es für ihn ein Leichtes sein, die Menschheit unterjochen zu können. Immerhin war er der Herr der Unterwelt, der Höllenfürst, der Teufel höchstpersönlich! Niemand konnte seinen magischen Kräften widerstehen, er, Luzifer, war unschlagbar. Kein Gott und erst recht kein Zauberer konnte ihm Paroli bieten.

Nur gab es ein kleines Problem, und das hatte den Namen Wasgo. Dieser junge Magier nämlich wurde nicht nur mit jedem Tag gefährlicher, sondern er war auch noch sein Enkelsohn.

Nun hatte der Höllenfürst wahrlich keine Skrupel, alles töten zu lassen oder selbst zu töten, was ihm in die Quere kam. Aber Wasgo war doch immerhin ein Familienmitglied, der Sohn seiner einzigen Tochter.

Tochter? Blöde Sentimentalität! Eines Luzifer ganz und gar unwürdig! Seine Tochter? Das war sie einmal, solange sie folgsam war und die Wünsche des Teufels erfüllte. Ach, was für ein niedliches Höllenkind sie doch einmal war! Wie schön sie mit den Spinnen und Krebsen und anderem Getier spielen konnte! Wie putzig sie denen die Beinchen ausreißen konnte! Jedes einzeln. Oder den Fliegen die Flügel herauszupfte! Als dieses nutzlose Insektenzeug bewegungsunfähig war, warf sie die Viecher einfach in ein kleines Feuerchen und klatschte vor Freude in die Hände, wenn die kleinen Körperchen verbrannten oder zischend zersprangen. Frösche blies sie auf, bis sie platzten wie Luftballons.

Ach, was war die kleine Luziferine doch nur für ein hässliches und böses kleines Mädchen gewesen, als sie noch über den Bauch ihres Erzeugers krabbelte! Dabei hatte sie ihm sogar ganz frech ein Häufchen direkt über den Bauchnabel gesetzt und ihn angepullert. Und dabei lachte sie auch noch schelmisch und gemein. Ja, Luziferine war Luzifers ganzer Stolz. Er war der Vater des gemeinsten und fiesesten Mädchens im ganzen Universum. Alles andere wäre für ihn, den Teufel höchstpersönlich, ja auch eine handfeste Blamage gewesen.

Doch eines Tages veränderte sich seine Tochter auf höchst beängstigende Weise. Irgendwo, kaum hatte er sie einmal aus den Augen gelassen, hatte sie so einen Menschen kennen gelernt. Sie machte – Frauen eben! – eine Riesenszene, weil sie das Schicksal dieses Menschen ungerecht fand! Und sie wollte ihm helfen! Das ging nun natürlich überhaupt nicht. Luzifer versuchte alles Erdenkliche, um die junge Dame zur Vernunft zu bringen, um ihr zu erklären, dass sie böse zu sein hatte, immerhin war sie seine und damit des Teufels Tochter.

Aber alle seine erzieherischen Maßnahmen fruchteten nichts, da mochte er toben, wie er wollte. Unverbesserlich half sie diesem Menschen und danach noch vielen anderen. Immer heftiger wurden die Auseinandersetzungen zwischen Vater und Tochter. Luzifer drohte ihr mit der Verbannung aus der Hölle, also der schrecklichsten Strafe für jedes auch nur halbwegs vernünftige Höllenwesen. Nichts zu machen! Sie missachtete sämtliche wohlgemeinte Ratschläge und Hinweise ihres Vaters und trieb ihr Unwesen einfach weiter. Als ob der alte Poltergeist in seiner Unterwelt gar keine Rolle mehr spielte! Nicht zu glauben, wie weit es mit der Hölle gekommen war! So eine Frechheit musste Konsequenzen haben! Bitte, bitte, wenn sie es nicht anders wollte! Er hatte es ihr oft genug angedroht, nun musste er handeln. Sonst nahm ihn womöglich gar niemand mehr ernst.

Und dann kam noch etwas hinzu, das dem Fass nun wirklich den Boden ausschlug! Sie lernte diesen untalentierten und total verblödeten Zauberer Antares kennen und verliebte sich in den. Ausgerechnet in diesen vertrottelten Kerl, der nichts konnte, nichts taugte und einfach nur dumm wie ein Brot war.

Während der Ewigen Nacht wollte dieser Dummkopf doch tatsächlich an einen Baum grüne Blätter zaubern! So ein hirnverbrannter Unsinn! Und zu allem Überfluss brach der Baum kurz über der Erde einfach ab. Zurück blieb ein mächtiger Baumstumpf, der langsam verfaulte. Dieser Versager! Und wegen dem rannte seine Tochter – Dummheit war offenbar ansteckend – Knall auf Fall aus der Hölle davon und alle Welt lachte sich über den dämlichen Holter-Dipolter da unten kringelig!

Und nun kam wirklich eines zum anderen. Nachwuchs kündigte sich an! „Zeig mir doch mein Enkelkind!", hatte Luzifer sie kurz nach der Geburt gebeten, im allerfreundlichsten Ton und fast ohne Hintergedanken. Und was geschah! Sie keifte, sie fauchte, sie brüllte ihren eigenen Vater an und versteckte sein Enkelkind vor ihm! Als ob er ein gemeingefährliches Monster sei!

Ja – und eines Tages hatte er die Faxen endgültig dicke und wollte den Bengel dahin entführen lassen, wohin er gehörte. Und ganz plötzlich konnte dieser Nichtskönner Antares alles! Plötzlich konnte der zaubern wie ein Großer und vernichtete Luzifers schlimmste drei Monster aus der Hölle. Er zog sie einfach in ein magisches Feuer und sie mussten jämmerlich verbrennen. Weg waren sie, auf Nimmerwiedersehen, diese armen Kreaturen!

Gut, gut, wenn dieses Menschengeschmeiß es nicht anders wollte. Wenn er den Bengel Wasgo nicht einmal sehen durfte, dann konnte sein sogenannter Enkel ja ruhig sterben. Aber nichts war mehr wie früher, diesmal machte ihm der alte Jodaryon einen Strich durch die Rechnung. Jodaryon hatte den Grünschnabel einfach nach Transsilvanien geschickt.

Luzifer hätte rasend werden können – alle tanzten ihm auf der Nase herum! Wer war er denn? Eine Figur aus dem Kasperletheater?

Aber noch war nicht aller Tage Abend! Der alte Jodaryon hatte wohl vergessen, dass ein Zauberer auch in Transsilvanien sterben konnte! Und dass der Arm des großen Höllenfürsten auch nach Transsilvanien reichte! Na, für den sauberen Wasgo wollte sich Luzifer etwas ganz Besonderes ausdenken. Er schickte ihm seinen fähigsten Vampir auf den Hals. Seinen fiesesten Vampir, seinen stinkendsten Vampir, seinen blutgierigsten Vampir! Der sollte ihn nicht mehr aus den Augen lassen, seinem Herrn und Gebieter täglich Bericht erstatten und dem halbstarken Rotzlöffel dann im passenden Augenblick das Lebenslicht ausblasen. Hach, musste das ein Fest werden – die Rückkehr des verlorenen Enkels zu seinem Großvater!

Zum ersten Mal seit langer, langer Zeit war der Höllenfürst wieder rundum zufrieden. Wasgo stand unter Beobachtung und stellte keine Gefahr für ihn dar, Jodaryon glaubte, gegen den Teufel alleine antreten zu können. Alleine gegen die gesamte Hölle!

Und vorsichtshalber wollte Luzifer noch mehr tun. Falls Jodaryon tatsächlich noch einmal auf die Idee kommen sollte, ihn, den großen Höllenfürsten, in seinem Reich besuchen zu wollen, dann sollte ihm ein würdiger Empfang bereitet werden!

In seinem Audienzsaal richtete sich Luzifer einen See ein, der genau neben seinem Thron lag. Einen ganz besonderen See, einen See mit magischen Kräften. In ihm wollte er Jodaryon auf Schritt und Tritt beobachten.

Sorgen um Wasgo und Jodaryon

Gut gelaunt schlenderte Luziferine zum Markt ihres Dorfes und kaufte ein. Einkaufen machte ihr Spaß, da konnte sie leckere Sachen erwerben, um ihren Antares zu verwöhnen, und traf Nachbarn und Bekannte, und für jeden hatte sie ein freundliches Wort und ein Lächeln. Aber gleich, als sie den Marktplatz erreichte, merkte sie, dass heute alles anders als sonst war. Mit bedenklichen oder gar ängstlichen Gesichtern standen die Dorfbewohner in kleinen Gruppen zusammen und unterhielten sich halblaut, und was Luziferine von ihnen erfuhr, verdarb auch ihr die heitere Stimmung. Und zwar gründlich.

Als sie sich wenig später ihrem Haus näherte, bemerkte Antares sofort, dass ihr etwas über die Leber gelaufen sein musste. Mit finsterem Blick, verkniffenem Mund und schmalen Lippen eilte sie heimwärts, ohne nach rechts oder links zu schauen. In ihr kochte und brodelte es. Noch nie in ihrem Leben war sie so wütend gewesen wie in diesem Augenblick. Fast schon mehr laufend als gehend betrat sie das Haus.

Natürlich bemerkte Antares sofort, dass seine Frau etwas auf dem Herzen hatte. Wie immer in solchen Situationen ging er zu ihr, und nachdem sie ihre Einkäufe abgestellt hatte, nahm er sie in seine Arme. Er streichelte ihr über ihren Rücken und über ihr Haar. Lang und schwarz fiel es in leichten Wellen von ihrem Kopf herab und betonte so die Harmonie ihres Gesichtes.

Als sich Luziferine etwas beruhigt hatte, fragte er: „Was ist denn passiert, mein liebes Frauchen? Willst du mit mir darüber reden?"

Sie löste sich aus der Umarmung ihres Mannes und begann die Einkäufe in die Speisekammer ihrer Hütte einzuräumen. Währenddessen erzählte sie Antares von all den schrecklichen Ereignissen, die auf Luzifers Konto gingen. Dabei redete sie sich sofort wieder in Rage. Sie konnte nicht nur über die Brände und Luzifers Auftritt am großen Bergsee berichten, sondern auch von dem Angriff der Vampire auf das Dorf in Transsilvanien, und dass Wasgo, ihr Sohn, sich jetzt dort aufhielt, um den Vampiren Einhalt zu gebieten.

„Bestimmt gehen auch diese Aktionen der Vampire auf das Konto Luzifers. Und überhaupt, hat der denn etwa vergessen, ***wen*** er bedroht? Er will Jodaryon und Wasgo in die Hölle holen! Weißt du, was das heißt? Er will sie töten! Hat dieser blöde Teufel denn immer noch nicht begriffen, dass Wasgo sein Enkelsohn ist? Und den will er töten? Das ist ja wohl das Allerletzte! Mit dem bin ich fertig, der ***war*** einmal mein Vater! Mich hat er verbannt und nun will er auch noch ***mein Kind*** umbringen? Er will Krieg? Den kann er haben! Jetzt erkläre ich ihm den Krieg!

Der soll mich kennenlernen, mich, sein kleines, böses Höllenmädchen! Antares, du musst mir das Zaubern beibringen! Ich muss Wasgo beschützen, unser kleiner Junge kann gegen den Teufel nicht alleine bestehen!"

Antares versuchte, sie erneut zu beruhigen, indem er seine Frau noch einmal in seine Arme nahm. Er drückte sie sanft an sich und machte: „Scht, mein Schatz, selbstverständlich werden wir Wasgo beschützen, aber so einfach, wie du es dir vorstellst, ist das nicht. Wasgo ist kein kleiner Junge mehr, sondern ein erwachsener Mann. Er kann und muss auf sich alleine aufpassen. Außerdem weißt du genau, dass ich dir das Zaubern nicht beibringen kann. Du bist keine Zauberin, sondern die verstoßene Tochter des Höllenfürsten, der ihr fast alle magischen Kräfte genommen hat. Aber vergiss bitte nicht, dass du immerhin noch magische Kräfte ***zum Schutz deiner Familie*** einsetzen darfst. Also nutze das aus!"

Stumm sahen sie sich an. Das Paar führte eine vorbildliche Ehe. Ständig waren sie füreinander da. Sie liebten und verstanden sich. Gemeinsam hatten sie für ihren Sohn Wasgo gesorgt, alles für ihn getan, was in ihrer Macht und in ihren Kräften stand, damit der Junge alles bekommen konnte, was er brauchte. Selbstverständlich hatten Luziferine und Antares auch maßgeblichen Anteil daran, dass Wasgo die Prophezeiung hatte erfüllen können.

Immer noch stumm sahen sie sich gegenseitig in die Augen. Luziferine hatte sich endlich in Antares' Armen beruhigt. Sie machte ein nachdenkliches Gesicht. „Denkst du das Gleiche wie ich?“, fragte er.

Sie antwortete: „Wenn ich dich das fragen höre, weiß ich schon jetzt, was du willst.“

Er nickte gutmütig, aber mit einem besorgten Gesichtsausdruck. Natürlich machte auch Antares sich Gedanken um Wasgo und um das Schicksal der Welt. Wenn es schon wieder einen Krieg geben sollte, dann wollte er seinen Beitrag leisten, um diesen siegreich für die Menschen zu gestalten.

„Also gut“, sagte Luziferine, „ich packe unsere Siebensachen zusammen und dann brechen wir in die Hauptstadt auf, um Jodaryon unsere Hilfe anzubieten. Er wird sicherlich am besten wissen, was wir tun können.“

*****

Schon eine Stunde später befanden sich Wasgos Eltern erneut auf Wanderschaft.

Seit die Sonne wieder auf die Erde schien, wurde alles Leben durch die vier Jahreszeiten bestimmt. Jetzt, im Sommer, waren die Almwiesen eine Augenweide. Überall blühten die schönsten Blumen, es war eine Farbenpracht ohnegleichen.

Das Paar erfreute sich an den Bäumen, die stolz ihre saftigen grünen Blätter im Wind hin und her schwenkten. Ein Eichhörnchen sprang von einem Ast zum anderen. Die Vögel saßen in den Kronen der Bäume und in den Sträuchern, dort hielten sie sich vor den Augen der Menschen versteckt, zwitscherten aber um die Wette. Die Drosseln sangen ihre Lieder, genauso wie die Amseln, ab und zu krächzte eine Krähe dazwischen. Marienkäfer flatterten durch die Luft und setzten sich auf Antares' und Luziferines Kleidung nieder. Zahllose Schmetterlinge tanzten um die Blüten der Blumen herum. Eine große Libelle, die in den schönsten Farben schillerte, ließ sich auf einem Zweig nieder, der etwas zu schwach für sie war und hin und her schwankte. Nach ein paar Sekunden war sie das leid und flog weiter.

Für alles das hatten Antares und Luziferine, als sie durch den grünen, blühenden Wald gingen, offene Augen. Sie erfreuten sich an der Natur und konnten nicht glauben, dass diese friedliche und idyllische Welt von Luzifer mit einem Krieg überzogen werden sollte. Wie auch immer der aussehen sollte, ob er mit magischen Kräften oder mit militärischen Waffen geführt wurde, die Landschaft war es, die immer unter einen Krieg zu leiden hatte. Und die Menschen. Die litten darunter erst recht!

Luzifer hatte den Menschen den Krieg erklärt. Dabei hatte er die Landschaft um den großen Bergsee teilweise zerstört. Noch schlimmer war aber, dass dabei junge Menschen ihr Leben lassen mussten. Aber er hatte auch sein Monster, das das Fegefeuer bewachte, auf die Erde geschickt und war somit für die Zerstörung einiger Dörfer, Städte sowie mehrerer Wälder und Wiesen verantwortlich.

Und so etwas nannte, nein, schimpfte sich ihr Vater? Den sie obendrein auch noch ehren und respektieren sollte! Die Augen hätte sie ihm in diesem Augenblick auskratzen können! Der Alte sollte ihr nur nicht zu nahe kommen!

Als das Paar die Tore der Hauptstadt erreichte, verlangte es vom Hauptmann der Wache, zu Jodaryon gebracht zu werden. Aber der hatte bereits die Stadt verlassen. Auf ihre Frage, wohin er denn gegangen sei, antwortete der Hauptmann:

„Der Herrscher der Welt ist auf dem Weg in die Hölle."

Luzifers Machenschaften

Voller Tatendrang saß Luzifer auf seinem Thron und tüftelte seinen Schlachtplan aus.

Von seinem magischen See im Audienzsaal hatte er alles erfahren, was er wissen musste. Er kannte die Absichten seiner missratenen Tochter und ihres gar so dummen und einfältigen Ehemannes. Sollten sie nur Jodaryon folgen! Er wollte ihnen schon einen gebührenden Empfang bereiten. Auch von Wasgos Erfolgen in Transsilvanien hatte er gehört und gesehen. Luzifer ließ seinen Enkel durch einen Vampir beobachten. Bisher hatte der aber nur die Aufgabe, Wasgo nicht aus den Augen zu lassen. Doch so langsam wurde es Zeit, die Sache zu Ende zu bringen.

Manchmal hatte die schwarze Seele des Bossus gar keine so üblen Ideen, das musste der Teufel zugeben. Beispielsweise hatte sein Einfall, gegen die Menschen Krieg zu führen, wirklich etwas für sich. Die Maßnahmen, die Luzifer dafür einleitete, machten ihm schon im Voraus Spaß und hoben seine Stimmung. Luzifer war ohnedies trotz seines Jähzorns von Natur aus ein lustiger, humorvoller Zeitgenosse und lachte ausgesprochen gerne, am liebsten auf Kosten seiner Opfer, und wenn es so richtig zur Sache ging, wurde er geradezu übermütig. Zumal sich dann auch seine Eitelkeit regte.

War er nicht allgewaltig? War er nicht großartig? Unwiderstehlich, unüberwindlich? In solchen Situationen wurde er geradezu leutselig und bekam Lust auf ein Schwätzchen mit Gleichgesinnten. Warum nicht mit Bossus? Wo der doch so herrlich böse und so herrlich dumm war!

Also befahl er dem Hüter des Fegefeuers, Bossus' Seele zu ihm zu schicken. Kurze Zeit später traf diese bei Luzifer im Audienzsaal ein. Mit allem notwendigen Respekt begrüßte der böse Magier den

Höllenfürsten, der ihn gleich mit stolzgeschwellter Brust über alle Einzelheiten des Krieges gegen die Menschen informierte. Danach bat er um Bossus' Meinung. Genauer: Er fragte Bossus triumphierend: „Na, was meinst du jetzt?"

„Ich kann nicht sehr viel darüber sagen. Was ich weiß, weiß ich doch von dir, edler Luzifer", wand sich Bossus geschickt. „Wie sollte ich mir ein genaues Bild von der Lage machen, ohne gesehen zu haben, wie es jetzt auf der Erde aussieht? Ich kann dir keinen weiteren Rat geben."

„Du willst nur auf die Erde zurückkehren, aber daraus wird nichts!", schnauzte ihn der Teufel an, dessen gute Laune fast schon wieder verflog, „du hattest deine Möglichkeit, die Welt zu verändern. Das ist dir sogar gelungen, aber nicht gut genug. Jodaryon und Wasgo haben dich vertrieben und getötet!"

„Ich weiß, edler Luzifer, aber du musst mir eine zweite Chance geben, die hat jeder verdient!", schleimte Bossus.

„Du meinst also, du hast eine zweite Chance verdient?", fragte Luzifer gefährlich leise.

„Aber ja, Herr, die werde ich dir zum Ruhme nutzen!", antwortete Bossus im Brustton der Überzeugung.

„Dann sage mir, wie es weitergehen soll!", befahl der Teufel.

Bossus meinte: „Das ist doch ganz einfach und liegt auf der Hand. Töte Jodaryon und Wasgo, so schnell es dir möglich ist. Sonst bekommst du keine Ruhe vor ihnen."

„Das ist dein Rat an mich?", fragte Luzifer.

„Ja, töte sie und lass mich zurück auf die Erde, ich will für dich die Ewige Nacht wieder herstellen!", versicherte Bossus.

„Gar keine üble Idee, die könnte von mir sein!" Der Höllenfürst schien nachdenklich geworden zu sein und Bossus witterte seine Chance. Auch wenn ihn die Schleimerei große Überwindung kostete.

„Alle guten Ideen stammen letzten Endes von dir, edler Luzifer!"

„Und Wasgos Eltern? Antares und Luziferine? Meinst du, die sollen auch sterben?", fragte der Teufel im gleichen Ton.

„Aber natürlich, edler Luzifer! Töte sie, töte sie alle!"

Da donnerte Luzifer den bösen Zauberer an: „Du hattest deine Chance! Eine zweite bekommst du nicht! Dein Körper ist hinüber, den gibt es nicht mehr. Also bleibst du hier im Fegefeuer! Du dienst mir hier in der Hölle und nicht da oben auf der Erde. Und nun verschwinde aus meinen Augen."

Als Bossus' Seele zurück im Fegfeuer war, dachte Luzifer: 'Eigentlich wäre es schade, wenn ich Jodaryon und Wasgo gleich töte. Da wäre der Spaß viel zu schnell vorbei. Wie wäre es, wenn ich vorher noch ein bisschen mit ihnen spiele, wie eine Katze mit der Maus? Hm, Katze – Katze, diese Idee ist vielleicht gar nicht so übel. Rasch kehrte seine gute Laune zurück.

Doch auch Bossus war nicht ganz unzufrieden. Natürlich brauchte er einen zweiten Körper, der seine Seele aufnehmen konnte, um auf die Erde zurückkehren zu können. Aber das sollte nicht das Problem sein! Er war sich sicher, dass er bald eine Gelegenheit dafür bekommen sollte. Es waren genug Menschen unterwegs in die Hölle, Luzifer hatte es ihm ja erzählt und sich in seiner Dummheit und Überheblichkeit nichts dabei gedacht! Aber genau das war Bossus' Chance! Und Bossus war fest entschlossen, sie zu nutzen, sobald sie sich ihm bot.

Luzifers Spiel mit Jodaryon

Als Jodaryon reisebereit war, brach er ohne zu zögern auf. In seinem Rucksack hatte er alles verstaut, was er vielleicht brauchen konnte.

Wieder einmal war er auf der Suche nach einem Bösewicht. Doch diese Wanderung musste er alleine angehen, genauso wie Wasgo seine in Transsilvanien.

Die ganze Zeit wurde Jodaryon ein ungutes Gefühl nicht los. Hätte er nicht doch Wasgo mitnehmen sollen? Der hatte doch schon während der Suche nach Bossus bewiesen, dass er ein zuverlässiger Gefährte war! Aber nein, Luzifer war viel zu gefährlich. Dem musste er sich alleine stellen, Wasgo durfte nicht in eine solche Gefahr gebracht werden. Noch nicht. Außerdem war Wasgos Aufgabe in Transsilvanien auch schon heikel genug.

Allerdings bei Weitem nicht so heikel wie seine eigene. War seine Mission nicht die allerschwierigste, die es überhaupt geben konnte? Als er damals mit Wasgo gemeinsam gegen Bossus gekämpft hatte, war ihr Gegner ein Zauberer. Gewiss ein äußerst bösartiger und gefährlicher schwarzer Magier, der in der Zauberkunst optimal ausgebildet war, aber eben doch nur ein Zauberer – nicht anders als er selbst auch.

Luzifer aber war kein Zauberer, er war der Höllenfürst, der die Schwarze Magie in Vollendung beherrschte, ja, der selber der Hüter der Schwarzen Magie war. Der Höllenfürst alleine entschied darüber, wer die Schwarze Magie anwenden durfte, und das waren ausschließlich sehr böse Männer und Frauen, die sehr viel Unheil über die Welt brachten. Vor allem gab er den von ihm selbst geschaffenen Monstern dieses Recht. Somit waren diese mit magischen Kräften ausgestattet, die denen Jodaryons fraglos haushoch überlegen waren.

Und er, der Zauberer, wollte alleine gegen den Höllenfürsten antreten! Ein solches Vorhaben grenzte doch schon an Wahnsinn, so einen Kampf konnte er nie gewinnen! Vielmehr rechnete er damit, sterben zu müssen.

Aber dann sollte wenigstens Wasgo weiterleben.

Nur noch einen Kilometer hatte Jodaryon bis zum Wald vor sich. Ein Spaziergang, so glaubte er. Doch plötzlich kam ein Wind auf, der sich schnell zu einem Orkan entwickelte. Jodaryon war sofort klar, dass ein Sturm von dieser enormen Stärke unnatürlich sein musste. Im Sommer gab es normalerweise keine solchen Orkane. Nein, dieses Unwetter hatte einen künstlichen Ursprung. Und nur einer war in der Lage, es zu entfachen: Luzifer!

Was bezweckte der Höllenfürst damit nur? Wollte er Jodaryon von der Unterwelt fernhalten? Aber Luzifer hatte doch angekündigt, dass er zuerst Wasgo und Jodaryon in die Hölle holen wollte! Warum sollte er also Jodaryons Besuch verhindern, wenn der schon freiwillig zu ihm kommen wollte? Nein, für Luzifers Verhalten gab es nur eine Erklärung. Er spielte mit seinem Opfer.

Eine dicke Eiche ächzte und knarrte gefährlich in ihren Wurzeln und ihrer Krone. Viele Blätter und kleinere Zweige riss der Wind einfach von den knorrigen Ästen ab. Mit einem lauten Knall brach plötzlich ein dicker Ast aus der Krone der Eiche heraus. Der Sturm trieb ihn direkt auf Jodaryon zu. Der Ast wurde durch die Luft gewirbelt und drehte sich mehrmals um seine eigene Achse. Bald schon musste er Jodaryon treffen und ihn zu Boden reißen. Aufhalten konnte ihn der Magier nicht. Mit einem Bewegungszauber versuchte der alte Mann, den Ast in eine andere Richtung zu lenken. Doch der Zauber blieb wirkungslos, in atemberaubendem Tempo sauste das Geschoss weiter auf Jodaryon zu. In Sekundenbruchteilen musste er ihn erreicht haben.

Was tun? Jodaryon schickte dem Ast mit all seinen ihm zur Verfügung stehenden Kräften die Strahlen des Lebens und der Liebe entgegen. Wenn diese Strahlen auf den Ast der Eiche aufprallten, sollte er zu Boden gehen und Wurzeln bilden, die sich in das Erdreich bohrten. So sollte ein neuer Baum entstehen, der viele hundert Jahre leben konnte.

Tatsächlich schien Jodaryons Zauber zu wirken. Der Ast senkte sich zur Erde hin und berührte diese beinahe. Doch plötzlich, wie von einer unsichtbaren Hand wieder emporgeschleudert, flog er erneut auf Jodaryon zu. Diesem blieb nichts anderes übrig, als sich augenblicklich nieder-zuwerfen. Kaum prallte sein Körper hart auf einen Stein auf, hörte Jodaryon Luzifer lachen. Damit hatte der Zauberer den endgültigen Beweis für seine Annahme, dass Luzifer der Auslöser dieses Sturms war. Der wollte ihm seine Macht demonstrieren, vielleicht auch tatsächlich nur mit ihm spielen. Wie eine Katze mit der Maus.

In allerletzter Sekunde flog der Ast über den alten Magier hinweg. Aber gleich darauf erschien Luzifer als verzerrtes Bild in der sich bewegenden Luft. Er lachte und rief: „Du glaubst doch nicht etwa, dass du mich besiegen kannst? Du wirst sterben! Deine Seele gehört mir. Im ewigen Fegefeuer wird sie schmoren!" Kaum hatte Luzifer seine Worte ausgesprochen, schallte erneut sein hässliches, böses Lachen an Jodaryons Ohr. Allmählich verschwand zuerst das Zerrbild des Höllenfürsten aus der Luft, danach verebbte auch langsam sein Lachen.

Doch der Sturm dauerte an. Ob Farnkraut oder Gräser, ob Blumen oder kleines Strauchwerk, zahllose Pflanzen knickten kurz über den Erdboden ein. Teilweise wurden sie von ihrem Stängel oder Halm abgerissen und flogen ebenso wie vorher der Ast der Eiche durch die Luft. Gegen diesen Zauber Luzifers konnte Jodaryon nichts ausrichten. Tatenlos musste er zusehen, wie die Natur verwüstet wurde. Pflanzen starben, Bäume wurden entwurzelt und fielen ächzend und laut krachend zu Boden. Jodaryon musste sich beeilen, seinen Platz zu verlassen. Der neben ihm stehende Baum, eine große, schlanke Buche, bog sich in den wild gewordenen Luftmassen wie ein Strohhalm. Mit einem gewaltigen Krachen brach der Stamm in einer Höhe von etwa drei Metern über den Erdboden ab und fiel genau in die Richtung, in der Jodaryon sich Schutz suchend vor dem Ast der Eiche niedergeworfen hatte.

Erst langsam, aber dann immer schneller werdend, sah Jodaryon die Buche auf sich zu stürzen. Mit den Händen stieß er sich vom Boden ab. Seine Beine zog er an und stellte seine Füße auf die Erde. Die Buche war nur noch einen Meter von ihm entfernt. Jodaryon fühlte schon die Äste. Er sah seinem sicheren Tod ins Gesicht. Mit einer letzten gewaltigen Kraftanstrengung gelang es ihm, vom Wiesenboden wegzuspringen. Krachend prallte der Stamm genau dort auf die Erde, wo noch vor einer Sekunde Jodaryon gelegen hatte. Das blanke Entsetzen stand dem Herrscher der Welt im Gesicht. Er musste seinen ganzen starken Willen aufbieten, um der Todesangst, die er soeben verspürt hatte, Herr zu werden. Aus allen seinen Poren trat ihm der Schweiß heraus, wie ihm schien, literweise.

Verzweifelt stemmte sich Jodaryon gegen die pfeifenden und tosenden Luftmassen. Nur unter Aufbietung aller Kräfte gelang es ihm, sich Schritt für Schritt vorzukämpfen. Er wollte die alte dicke Eiche erreichen und bei ihr Schutz suchen. Sie war so kräftig mit der Erde verwurzelt, dass zwar ihre Äste brechen konnten, aber der Stamm des Baumes von keinem Sturm zu entwurzeln war. Mit größter Mühe arbeitete er sich Zentimeter um Zentimeter seinem Ziel näher. Dabei wurde er immer wieder von durch den Sturm aufgewirbelten Sträuchern und kleinen Gehölzen schmerzhaft getroffen.

Endlich konnte er hinter der Eiche notdürftig Schutz vor dem Sturm finden und sich etwas erholen. Er atmete ein paar Male tief durch. Seine Lungen füllten sich wieder mit Sauerstoff. Langsam kehrten seine Kräfte zurück.

Aber plötzlich drang ein panisches Kreischen und Zwitschern an seine Ohren. Zwei Amseln wurden von den entfesselten Luftmassen durch die Luft gewirbelt. Die armen Vögel hatten keine Chance, sich dagegen zu wehren. Unkontrolliert wurden sie von den Luftmassen hin und her geschleudert, mal aufrecht, mal mit dem Kopf nach unten. Der Sturm spielte mit den Vögeln, als wären sie Bälle.

Jodaryon wollte ihnen helfen. Noch einmal versuchte er es mit einem Zauber. Mit seinen magischen Kräften veränderte er die Windrichtung und so geschah es, dass die Amseln in seine Richtung geschleudert wurden. Schnell fing er die Vögel auf. Er spürte ihre Herzen schlagen. Wie rasend klopften sie in ihren kleinen Körpern gegen die Rippen. Die armen Tierchen zitterten wie Espenlaub. Ruhig sprach Jodaryon zu ihnen: „Na, meine gefiederten Freunde, beruhigt euch, ihr seid nun in Sicherheit! Habt keine Angst mehr, dieses Unwetter wird bald vorbei sein! Dann könnt ihr zu eurer Familie zurückfliegen oder wo ihr immer auch hinwollt."

Verängstigt saßen die Amseln in Jodaryons Hand. Mit schiefen Köpfchen sahen sie ihn an. Aber tatsächlich beruhigten sie sich rasch und einer der beiden schwarzen Vögel öffnete seinen gelben spitzen Schnabel und begann zu zwitschern. Darüber freute sich der alte Magier, erst recht, als die zweite Amsel in den Gesang ihrer Artgenossin einfiel. Fröhlich zwitscherten die beiden Vögelchen in Jodaryons Hand, als ob sie einen Sängerwettstreit austragen wollten, ein wunderschönes Vogelliedchen.

Allmählich ließ der Sturm nach, während die Amseln weiterhin mit ihrem Gesang Jodaryons Herz erfreuten. Endlich flogen sie davon. Da registrierte Jodaryon erst, dass das Unwetter vorbei war. Überall ließen sich wieder die Vögel vernehmen. Die Wolken, die der Sturm herbeigeweht hatte, lösten sich in Minutenschnelle auf, die Sonne schien wieder und zog ihre Bahn über den Himmel, als wenn nichts geschehen wäre. Auch für Jodaryon war es an der Zeit, seinen Weg fortzusetzen.

Wo konnte er den Eingang zur Unterwelt nur finden? Musste er bis zu der Höhle gehen, in der er damals zusammen mit Wasgo einen Zugang gefunden hatte? Oder war es besser, sein Glück auf einem Gletscher zu suchen? Jodaryon entschied sich für den Gletscher. Er wollte den kürzesten Weg nehmen, um sich Luzifer zu stellen. Mit neuer Zuversicht wanderte er weiter, einem Kampf auf Leben und Tod entgegen.

Trübe Gedanken

Wasgo war tief enttäuscht. Er hatte gehofft, in die Hauptstadt zurückkehren zu dürfen, um Jodaryon helfen zu können. Warum nur bestand dieser so entschieden darauf, dass er in Transsilvanien blieb?

Bisher hatte Wasgo geglaubt, Jodaryon sehr gut zu kennen, aber jetzt kamen ihm Zweifel. Hatte er sich in dem alten Zauberer doch geirrt? Warum nur durfte er nicht bei ihm sein, um ihm im Notfall helfen zu können? Dass Jodaryon gegen Luzifer etwas erreichen konnte, daran zweifelte der junge Mann sehr. Schon gegen Bossus hatten sie zu zweit antreten müssen und am Ende war auch noch die Hilfe von Wasgos Eltern erforderlich gewesen, um den bösen Herrscher der Welt zu besiegen. Nun ging es gegen den Teufel höchstpersönlich. Wie sollte ein einzelner Zauberer da etwas ausrichten können! Aber wenn Jodaryon glaubte, alleine in den Tod gehen zu müssen, dann sollte er das doch tun! Mit ihm, Wasgo, hätte Jodaryon vielleicht eine Chance gegen Luzifer gehabt, wenn auch nur eine ganz kleine.

Aber nun? Was, wenn seinem väterlichen Freund wirklich etwas widerfuhr? Wasgo wurde mit einem Mal tieftraurig und dieses Gefühl wog noch viel schwerer als seine Enttäuschung. Mit Jodaryon in Verbindung treten und sich noch einmal anbieten, aufdrängen? Dazu war er denn doch zu stolz. Sollte Jodaryon eben alleine klarkommen, er, Wasgo, sollte ja in Transsilvanien bleiben und Sinclair finden. Bitte, wenn es dem alten Herrn gefiel!

Nun, gut. Also zu Sinclair. Aber wo konnte er den einstigen Freund überhaupt finden? Und wenn er ihn finden sollte – was dann? Sollte er sich mit Sinclair auf einen Kampf einlassen? Konnte er überhaupt in einem Kampf gegen den Herrn der Vampire bestehen? Immerhin verfügten Vampire über enorme magische Fähigkeiten, denen er nicht gewachsen war. Allerdings konnte Wasgo auch Zauber einsetzen, gegen die vielleicht sogar ein so erfahrener Vampir wie Sinclair machtlos war.

Im Gegensatz zu Jodaryon, der seinen Kampf gegen Luzifer unweigerlich verlieren musste, hatte Wasgo somit wenigstens eine kleine reelle Chance, seine Aufgabe zu einem guten Ende zu bringen. Nur eine kleine Chance? Keine große? Hatte er nicht gerade eine Höhle voller schlafender Vampire verriegelt und diese zu ewiger Dunkelheit und Bewegungsunfähigkeit verdammt? Hatte er nicht gerade einen Vampir im Handgemenge bezwungen?

Sollte Jodaryon eben sein eigenes Ding durchziehen! Er, Wasgo, wollte seine Aufgabe erfüllen. Er wollte Sinclair finden und zunächst einmal mit ihm verhandeln. Gegen ihn kämpfen konnte er immer noch früh genug, wenn das unbedingt sein musste. Um Jodaryon wollte sich der junge Mann nicht weiter sorgen. Der selbst hatte ihm ja den Weg vorgegeben, den er nun beschreiten sollte und nun auch musste, wenn er nicht ungehorsam sein wollte.

Während Wasgo seinen Gedanken nachhing, erreichte Luzifers Vampir der Befehl seines Herrn, auf den er schon lange wartete:

„Es ist genug! Töte Wasgo!"

Jodaryons Weg

Vergeblich hatten Antares und Luziferine gehofft, Jodaryon in der Hauptstadt anzutreffen. Nun überlegten sie, was sie am besten tun konnten. Jodaryon folgen? Der Hauptmann der Torwache hatte keine Ahnung, welchen Weg der Herrscher der Welt eingeschlagen hatte, um sein Ziel, die Hölle, zu erreichen.

Luziferine kam auf die Idee, mit einem Vertreter des Ministerrates zu sprechen. Der Druidenpriester war der einzige, der für Wasgos Eltern ein wenig Zeit erübrigen konnte.

Antares und Luziferine wurden von einem Wachsoldaten in eine große Halle des Palasts geführt. Dort sollten sie Platz nehmen, in wenigen Augenblicken werde der Druidenpriester zu ihnen kommen. Ohne eine Antwort abzuwarten, entfernte sich der Wachmann wieder.

Das Ehepaar sah sich um. Sie befanden sich in einer mehr oder weniger weiten offenen Halle, die von hohen Säulen in zwei Räume unterteilt wurde. Hinter den Säulen befand sich ein großer Saal, in dem, das war allgemein bekannt, die hohen Feste der Druiden gefeiert wurden. Entsprechend war er ausgestattet. An den Wänden standen Bänke für die Gäste, in der Mitte waren in einem Kreis die Statuen von sieben verschiedenen Gottheiten aufgestellt. In eine Ecke befand sich eine riesige Feuerstätte, die den Saal im Winter heizte. Die Außenwände waren ebenso mit mehreren Säulen verziert. Zwischen diesen befanden sich große rechteckige Öffnungen, durch die der Rauch der Feuerstätte abgeleitet werden konnte. Jetzt, im Sommer, war es warm genug, sodass kein Feuer benötigt wurde.

Doch das Ehepaar wartete jetzt in dem kleineren Raum, der eine ebenso hohe Decke hatte wie der große Saal nebenan. Auch hier konnte die warme Sommerluft durch Öffnungen in den Außenwänden hereinströmen. Vor Wasgos Eltern stand ein großer Marmortisch, hinter dem der Druidenpriester Platz nahm, wenn er Gäste zu Gesprächen empfing. Hinter dem Sitzplatz des Druiden befand sich ein großer offener Kamin. Im Winter loderte darin ein fröhliches, großes Feuer, das den Raum heizte.

Nach einigen Minuten stürmte der Druidenpriester eilig in die Halle, begrüßte das Paar und wollte wissen, was er für sie tun könne.

„Vielen Dank dafür, dass du uns empfängst und uns deine kostbare Zeit opferst", sagte Antares, nachdem sie auf eine Geste des Priesters Platz auf einer Bank genommen hatten. „Kannst du uns bitte über die Ereignisse der letzten Tage kurz informieren? Wir wollen keine Staatsgeheimnisse hören, sondern nur auf dem Laufenden sein. Gerne wollen wir Jodaryon unterstützen, denn wir wissen, dass er unterwegs zu Luzifer ist. Wir machen uns große Sorgen um ihn. Meine Frau ist die Tochter des Höllenfürsten und vielleicht gelingt es uns, Luzifer zu besänftigen und ihn davon zu überzeugen, dass es auch für die Hölle das Beste ist, wenn Luzifer seinen Krieg gegen uns beendet."

Nachdenklich betrachtete der Priester Wasgos Eltern. Dann begann er zu erzählen. Er sprach über die Angriffe der Vampire und auch über Wasgos ersten Erfolg, eine Höhle voller Vampire verschlossen zu haben. Des Weiteren berichtete er über Luzifers Angriffe und die seines Monsters, des Hüters des Fegefeuers. Er gab sogar die Ergebnisse der Beratung mit den Ministern preis. Und er wusste auch, welchen Weg Jodaryon zur Unterwelt einschlagen wollte.

Antares und Luziferine verabschiedeten sich von dem Druidenpriester und brachen unverzüglich auf. Sie hofften, dass sie den Herrscher der Welt noch einholen konnten, bevor er auf den Höllenfürsten traf.

Unerwartete Unterstützung

Der Weg führte Jodaryon immer weiter bergauf. Trotzdem war er gut zu gehen. Von weiteren unliebsamen Überraschungen blieb der alte Zauberer verschont. Es war beinahe so, als wenn der Teufel ihn vergessen hätte. Aber natürlich wusste Jodaryon, dass Luzifer ihn keine Sekunde aus den Augen ließ.

Den Wald hatte er schon längst hinter sich gelassen, der Pfad schlängelte sich über Bergwiesen, auf denen vereinzelte Schafe weideten, einem Gletscher entgegen. Ab und zu stieg etwas Rauch vom Gipfel auf. Ein atemberaubender Anblick bot sich dem Wanderer. Noch befand sich Jodaryon auf grünen Almwiesen, doch bald musste er eine Höhe erreicht haben, in der es nur noch nackten Fels gab. Noch weiter oben wurde das Gestein von ausgedehnten Schneeflächen abgelöst, die schließlich in Eis übergingen. Es war alles so schön anzusehen und normalerweise wäre ein Wanderer von der sich ihm darbietenden Landschaft schlichtweg überwältigt gewesen.

Selbstverständlich war auch Jodaryon von dieser bezaubernden Bergwelt begeistert und sein Herz sprang freudig in seiner Brust im Takt. Doch wusste der Magier, was ihn am Ende seines Aufstiegs erwartete. Auf dem Gipfel befand sich das Tor zur Hölle. Dieses Tor wollte er finden und sich Luzifer stellen. Er wollte seine Haut so teuer wie möglich verkaufen. Der Teufel sollte sich noch wundern. Aber Jodaryon wusste auch, dass dieses sein letzter Kampf sein werde. Eigenartig – schon mehrmals hatte er dem Tod ins Antlitz sehen müssen, aber eigentlich war es jetzt das erste Mal, dass er das Gefühl hatte, gleich sterben zu müssen. Etwas wehmütig setzte er seinen Aufstieg fort.

Immer wieder musste er an Wasgo denken. Der junge Mann fehlte ihm. Mehr, viel mehr, als er zugeben wollte. Es tat ihm leid, dass er ihn nach Transsilvanien hatte schicken müssen. Im Kampf gegen Bossus hatte er sich so sehr an den Jungen gewöhnt, dass er ihn wie einen Sohn zu lieben begann. Wasgo hatte ihm das Leben gerettet, und wenn er jemals einem Menschen sein Leben anvertrauen sollte, dann diesem jungen Magier. Aber er musste ihn schützen, deshalb schickte er ihn so weit wie möglich weg. Das war nun einmal Transsilvanien.

Wie fröhlich und unbekümmert konnte Wasgo sein! Wie neugierig und albern war er, als er begann, die Welt nach Bossus' Herrschaft neu zu entdecken! So ausgelassen und unbeschwert, beinahe wie ein Kind! Und der alte Mann hatte das dem Jungen nach dem mörderischen Kampf gegen Bossus ja auch von Herzen gegönnt. Sollte Wasgo doch seine Freude haben und seine Jugend genießen!

Wem er aber noch sein Leben anvertrauen konnte, das waren Luziferine und Antares. Sie hatten ihren Sohn zu dem erzogen, der er heute war. Antares war es, der Wasgo mit ersten magischen Formeln konfrontiert hatte. Bei ihm hatte Wasgo begonnen, das Zaubern zu erlernen.

Auf Luziferine ließ Jodaryon sowieso nichts kommen. Sie war ganz einfach eine kluge und liebevolle Frau und eine ideale Mutter. Sie war es, die Antares zu Höchstleistungen antrieb und Wasgo mit ihrer Liebe und Fürsorge zu einem zu aller Welt freundlichen und stets hilfsbereiten jungen Mann erzogen hatte. Und als es gegen Bossus darauf ankam, war beiden keine Gefahr zu groß gewesen und sie hatten ganz selbstverständlich ihren Mann gestanden.

Und dann musste der alte Magier an seinen Jugendfreund denken. 'Ach, Deneb, wenn wenigstens du bei mir sein könntest!', ging es dem Herrscher der Welt durch den Kopf. Er erinnerte sich an die vielen kleinen und großen Abenteuer, die er in seiner Jugend gemeinsam mit Deneb erlebt hatte. Auf welch grausame Weise hatte Bossus seinen Freund getötet! Und auf welche wahrhaft schon wundersame Weise war es gelungen, Deneb zurück ins Leben zu holen!

Mit zunehmender Höhe wurde der Pflanzenwuchs immer spärlicher und lückenhafter. Überall trat zwischen dem Grün der Vegetation das graue Gestein zutage. Jodaryon hatte das Gefühl, als ergreife der Fels langsam, aber sicher vom Berg Besitz. 'Wie hoch ich bereits gestiegen bin!', dachte er. Schon war es nicht mehr weit bis zu den ersten Schneefeldern. Die letzten winzigen Pflänzchen, oft mit noch winzigeren bunten Blüten, machten ihn wehmütig – so lange war ihm diese Pracht durch die Ewige Nacht vorenthalten worden und nun, nur wenige Wochen nach dem Ende des immerwährenden Dunkels, sah er all das womöglich zum letzten Mal! Aber es half ja nichts, er musste weiter.

Nun dauerte es nicht mehr lange, bis er den Schnee erreicht hatte. Das Steinmassiv des Berges wurde anfangs von einer noch unvollständigen dünnen Schneeschicht abgedeckt. Je höher der Wanderer kam, desto dicker wurde die Schneedecke und desto dichter wurde auch das Schneefeld. Und später ging der Schnee in Eis über. Die Luft wurde spürbar dünner.

Schwer atmend blieb der einsame alte Mann stehen, stützte sich auf seinen Wanderstock und blickte hinauf zum Gipfel. Dort oben stiegen kleine und größere Rauchsäulen in den Himmel auf. Jodaryons Gedanken überschlugen sich. 'Da oben also ist das Tor zur Hölle, und wenn ich es bezwungen habe, werde ich sterben.' Gleich darauf: 'Das sind die Vorboten des Teufels!' Gedanken wie diese rasten förmlich durch seinen Kopf, er konnte nichts dagegen tun.

Währenddessen ließ er seinen Blick über den Gipfel und über die weite Eisfläche schweifen. Plötzlich bemerkte er halb unbewusst, dass mit einem nahen Felsblock etwas nicht stimmte. Er sah genauer hin. Das konnte doch nicht sein, das war ganz sicher eine Sinnestäuschung! Oder ein neues Spielchen, das Luzifer mit ihm trieb? Auf dem Stein saß ein Mann und lachte freundlich zu ihm herüber. Als Jodaryon nicht gleich reagierte, lachte der andere noch lauter und rief fröhlich: „Was ist mit dir los? Was stehst du da und gaffst mich blöde an? Hast du etwa schon vergessen, wer ich bin?“ Das Lachen verlor sich langsam und machte einem Lächeln im Gesicht des Mannes Platz. Dann sprach er weiter: „Du hast es wohl tatsächlich vergessen. Ich bin es, der Meister der Telepathie, der Meister der Gedanken. Ich bin es, dein Freund Deneb!“

„So, so. Bist du es also wirklich?“, fragte nun Jodaryon immer noch voller Misstrauen.

„Aber ja, du selbst hast mich doch gefragt, wo ich stecke. Nun, ich stecke hier und werde dir helfen. Und zwar nicht nur beim Aufstieg zum Gletscher. Sondern auch, wenn du gegen Luzifer antrittst“, antwortete der Mann auf dem Felsblock.

„Ja, ich habe an dich gedacht“, gab Jodaryon zu, „aber gib mir einen Beweis dafür, dass du der bist, als der du mir hier erscheinst!“

Der Mann drang in Jodaryons Gedanken ein. So entstand folgendes Gespräch:

„Du bist Jodaryon, mein Freund. Du hast mir zweimal das Leben gerettet!“

Jodaryon fragte ebenso, ohne ein Wort auszusprechen: „Und wann war das zweite Mal?“

Darauf antwortete der Mann: „Das war, nachdem du gemeinsam mit Wasgo und seinen Eltern Bossus vernichtet hattest. Du hast mich aus dem Reich der Toten geholt und in die Sonne gelegt. Danach riefst du den Adler des Lebens und der Weisheit an, der mir und auch vielen anderen, die euch ihr Leben zu verdanken haben, seinen Atem schenkte und uns damit ins Leben zurückholte.“

„Und wann habe ich dir das erste Mal dein Leben gerettet.“

„Wir waren damals noch Kinder. Einmal war ich im Winter auf dem Eis unseres Dorfsees und wollte den Weg zu Meister Dariusus Jolly abkürzen. Das Eis brach und ich versank im See. Du hast etwas gerufen und ich tauchte aus dem Wasser auf und schwebte danach in der Luft. Ein Windhauch brachte mich zu dir. Und anstatt dir zu danken, fragte ich dich, ob du ein Zauberer seist. Du sagtest darauf, dass ich selbst einer sei. Ich fragte dich, warum du das glaubst, und du sagtest zu mir, dass ich nicht mit dir spreche, sondern in deine Gedanken einbreche.“

„Das ist richtig“, sagte Jodaryon. Fast war er nun überzeugt, tatsächlich Deneb vor sich zu sehen. Aber vorsichtshalber wollte er ganz sicher gehen. So fragte er: „Weißt du denn auch noch, was ich damals gerufen habe?“

„Farareudedes de sedes airimedes torres torres! Ladedendus torres, tredasch, lebetus!"

Jetzt löste sich in Jodaryon alle Anspannung.

„Das kannst nur du wissen, nicht einmal der Teufel kann von den damaligen Ereignissen etwas geahnt haben!", rief er aus und rannte wie ein junger Mann auf seinen Freund Deneb zu.

Auch Deneb erhob sich von seinem Felsblock und ging Jodaryon langsam entgegen. Als sie sich trafen, fielen sie sich in die Arme und beklopften sich gegenseitig voller Freude den Rücken.

„Dem Himmel sei Dank", sagte Jodaryon mit seiner tiefen Bassstimme, die aus einem großen Fass zu kommen schien, „nun muss ich nicht ganz alleine gegen Luzifer antreten. Ich danke dir, Deneb, mein Freund, dass du mich gehört hast und zu mir geeilt bist!"

„Mache dir keine Sorgen, wir stehen das beide gemeinsam durch", war Denebs Antwort.

Der Kampf mit dem Vampir

Wasgo saß immer noch auf einem Stein vor der Höhle, in der er gerade einige Vampire eingesperrt hatte. Nie mehr konnten sie Menschen jagen und sie zu Ihresgleichen machen, es sei denn, sein Zauber wurde von einem anderen Magier aufgehoben. Eigentlich gab es hier für ihn nichts mehr zu tun. So beschloss er, der Höhle den Rücken zu kehren und weiter nach Sinclair zu suchen.

Der junge Mann machte sich auf den Weg. Immer noch war er enttäuscht darüber, dass er Jodaryon nicht begleiten durfte. Ständig kreisten seine Gedanken nur darum, warum Jodaryon ihn hierher nach Transsilvanien geschickt hatte und nicht etwa seine Eltern oder vielleicht auch Deneb. Gemeinsam hatte er mit Jodaryon Bossus besiegt, warum nur durfte er jetzt nicht bei seinem väterlichen Freund sein, um ihn auch beim Kampf gegen Luzifer zu unterstützen? Deneb wäre wahrscheinlich ein guter Begleiter für Jodaryon, aber war auch er in der Kunst der Magie so vielseitig wie er selbst? Auf jeden Fall wäre Jodaryons guter, alter Jugendfreund ebenso mit den Vampiren fertig geworden, wie er, Wasgo, das konnte. Sogar sein Vater Antares sollte das hinbekommen, auch wenn er nur ein mäßiger Zauberer war, aber dafür kannte er Sinclair sehr gut. Den hätte er schon zur Vernunft gebracht.

Während Wasgo so seinen Gedanken nachhing, drang er immer tiefer in den Wald ein. Nicht einen Blick hatte er für die Natur übrig. Er sah keine Butterblume und keinen Löwenzahn, die so zahlreich am Wegesrand standen. Er beachtete nicht die saftigen grünen Grashalme, auch nahm er keine Notiz von den Bienen, die in großer Zahl um die Blütenblätter der Blumen herumsummten. Nicht einmal den Stich einer Mücke in seinem rechten Unterarm registrierte er.

Es war stockdunkel. Das Sonnenlicht drang nicht durch die dichten Kronen der hohen Bäume bis auf die Erde herunter. Kurzzeitig wurde es über Wasgo noch finsterer, aber schon war diese Dunkelheit auch wieder einem diffusen Licht gewichen. Da hatte wohl ein großer Vogel einen Schatten geworfen.

Was kümmerte das unseren jungen Helden! Er trottete einfach weiter, mit gesenktem Kopf, und starrte missmutig auf seinen Trampelpfad. Seine Gedanken waren jetzt zunächst bei seinen Eltern und danach wieder bei Jodaryon. Doch endlich dachte er auch einmal darüber nach, warum er überhaupt von Jodaryon nach Transsilvanien geschickt worden war. Er sollte die Vampire stoppen, damit die Menschen dort wieder ihren Frieden fanden. So weit, so gut. Aber hier kam er ins Grübeln. Was, wenn seine Mission doch nicht ganz so einfach war? Was geschah eigentlich, wenn Menschen und auch Magier gegen einen Vampir kämpfen mussten?

Dass gerade ein Vampir über ihn hinweggeflogen war, hatte er dabei gar nicht bemerkt, er hatte ihn für einen großen Vogel gehalten. Und dazu war es nicht irgendein Vampir. Es war Luzifers Vampir, der gerade den Auftrag erhalten hatte, ihn zu töten.

Eigentlich seltsam – noch nie wurde ein Zauberer von einem Vampir gebissen, überlegte Wasgo weiter. Ein Zauberer war aber auch kein gewöhnlicher Mensch. Zwischen Zauberern und Menschen gab es schon einige kleine Unterschiede. So konnte ein Zauberer viel älter als ein Mensch werden. Ein Mensch hatte eine Lebenserwartung von etwa sechzig, siebzig, vielleicht sogar achtzig oder neunzig Jahren. Ein Zauberer dagegen konnte eine Lebensspanne von bis zu dreizehn Menschenaltern erreichen. Hinzu kam, dass ein Mensch über keine magischen Kräfte verfügte. Ein Magier aber hatte seine ersten Visionen schon in einem Alter von vier bis sechs Jahren. Die magischen Fähigkeiten waren ihm gegeben, nur musste er lernen, sie anzuwenden.

'Was könnte passieren, wenn ein Vampir mich beißen sollte?', fragte sich der junge Mann. 'Ich bin kein Mensch, sondern ein Zauberer. Vielleicht werde ich ja gar nicht zum Vampir, sondern bekomme auch noch seine magischen Kräfte zu meinen dazu. Dann kann ich jeden Vampir überwinden und bin so gut wie unbesiegbar. Dann wäre ich mächtiger als Bossus zu seinen Lebzeiten und auch mächtiger als Jodaryon. Nur die Götter im Himmel wären noch mächtiger als ich. Und Luzifer, der Höllenfürst, der natürlich auch. Obwohl – ich bin mir nicht ganz sicher. Aber egal, Jodaryon lässt mich ja nicht an Luzifer ran!'

Hatte nicht einmal Jodaryon erzählt, wie er einen Zeitzauber gebrauchte, um Wasgo aus den Klauen des Bossus zu entreißen? Und dass er sich selbst vorher mit einem anderen Zauber belegte, damit das Wissen, das er vor dem Zeitzauber hatte, nicht verloren ging? Es war beinahe so, als wenn Jodaryon damals einen kurzen Blick in die nähere Zukunft hätte werfen können.

Plötzlich prallte er gegen etwas. Er sah auf und erblickte einen Vampir, der ihn aus seinem hässlichen fledermausähnlichen Gesicht angrinste. Der Schock fuhr Wasgo in die Glieder. Plötzliche Angst überfiel ihn. ‚Oh, oh, wenn der mich jetzt sofort angegriffen hätte, wäre ich verloren gewesen', dachte der junge Mann. Seine Nackenhaare stellten sich auf, an den Armen bekam er eine Gänsehaut. Seine Nerven waren bis zum Zerreißen angespannt. Alle seine Sinne schärften sich und er konzentrierte sich auf den Vampir. Er wusste, dass ihm ein unvermeidlicher Kampf mit diesem mordlüsternen Wesen bevorstand.

Zur gleichen Zeit dachte er aber auch an seinen Meister und Lehrer Jodaryon, der ihm immer wieder eingeschärft hatte: „Wasgo, du vergisst immer noch zu oft, dass du ein Zauberer bist! Denke immer daran: Für alle Probleme gibt es eine Lösung!"

Schnell wich Wasgo drei Schritte zurück, um eine kleine Distanz zwischen sich und den Vampir zu bringen. So wollte er verhindern, dass das Wesen der Finsternis ihn mit seinen starken Armen umfassen konnte, um anschließend aus Wasgos Halsvene sein Blut zu trinken. Plötzlich war sich der junge Zauberer gar nicht mehr so sicher, dass er durch dessen Biss die magischen Kräfte eines Vampirs bekommen konnte. Die Folge eines Vampirbisses konnte doch auch sein, dass der junge Mann selbst zum Vampir wurde, zumal wenn der Vampir das Blut seines Opfers vollständig aussaugte. Und dass sich ausgerechnet das untote Wesen, das ihm da aufgelauert hatte, mit einem winzigen Schlückchen Blut bescheiden wollte, war nun wirklich nicht zu erwarten.

Nein, das laute Rülpsen des Vampirs war doch Anzeichen genug, dass er großen Hunger hatte. Dass er zudem auch noch einen Spezialauftrag von Luzifer ausführen wollte, konnte Wasgo nicht wissen, aber auch so war unübersehbar, dass er zum Kampf entschlossen war.

Wasgo jedoch kämpfte mit eisernem Willen gegen seine Angst an. Sollte er sich von diesem ekelhaften, stinkenden, rülpsenden, furzenden Wesen da wirklich beißen lassen? Wie groß war denn nun das Risiko? Schon wollte sich in Wasgo die Angst erneut ausbreiten. Feixend stand der Vampir vor ihm und leckte sich gierig mit seiner Zunge über die Lippen und das Kinn. Seine Eckzähne waren gewachsen, sie standen jetzt spitz und gefährlich einige Zentimeter aus seinem Maul heraus. Sein fauliger Atem war kaum auszuhalten.

‚Ich bin kein Mensch! Ich bin ein Zauberer! Für jedes Problem gibt es eine Lösung!', hämmerte sich der Jüngling immer wieder ein.

Mit einem Mal stand Wasgo nun völlig entspannt vor dem Vampir. Seine Angst war wie weggeblasen. Das Ungetüm vor ihm verschwand und stand praktisch im selben Augenblick hinter ihm. Wasgo fühlte die nackten, starken Arme des Wesens der Finsternis um seinen Körper geschlungen und dessen Zähne an seinem Hals. Wie feine Nadeln empfand er sie. Als wenn eine Mücke ihn stach, so kam es ihm vor, als die vier Eckzähne in seinen Hals eindrangen. Langsam entwickelte sich ein Unterdruck in seiner Halsvene.

Wasgo fühlte nicht nur, dass ihm sein Blut am Hals ausgesaugt wurde. Gleichzeitig stellte er fest, dass sein Selbstbewusstsein wuchs. Ungekannte Kräfte stiegen in ihm auf. Sie wurden von Sekunde zu Sekunde mächtiger, seine körperlichen Kräfte vermehrten sich um ein Vielfaches. Seine Muskeln veränderten sich, sie wurden hart und doch blieben sie geschmeidig. Noch nie in seinem Leben hatte sich der junge Mann so rundum wohlgefühlt wie in diesem Augenblick. Ja, gewaltige magische Kräfte wuchsen in ihm heran! Er musste sie nur noch analysieren und ausprobieren beziehungsweise testen. Was konnte er dann alles bewirken!

Mit eisernem Griff hielt der Vampir Wasgo fest. Genüsslich schlürfte er vom Blut seines Opfers. Wann trat denn endlich dessen Metamorphose ein? So langsam musste sich dieser Mensch doch nun in einen Vampir umwandeln! Und einmal Vampir – immer Vampir, auch wenn er dann eine menschliche Gestalt annehmen konnte!

So ein williges Opfer hatte dieser Vampir noch nie kennengelernt. Es wehrte sich nicht und ließ sich einfach von ihm beißen, als könne ihm die Verwandlung in einen Vampir gar nicht schnell genug gehen. Das untote Wesen war in diesem Augenblick in einer Hochstimmung wie schon lange nicht mehr.

Gewaltige Zukunftsvisionen erschienen vor seinem Auge, die Visionen eines riesigen und mächtigen vampirischen Imperiums. Unter seiner Führung, das verstand sich natürlich von selbst! Wasgo war schon sein achtzehntes Opfer; wenn es so weiterging, dann konnte er bald den Herrn der Fledermäuse und Vampire bekämpfen und ihm alle Macht nehmen. Im Fledermauskot sollte dieser Sinclair vor ihm kriechen! Wenn einem der Titel Herr der Vampire zustand, dann ihm! Und *er* wäre ein richtiger Herr der Vampire, nicht ein so weicher, gutmütiger Pseudo-Herr wie Sinclair!

Der wollte sich am liebsten von Katzenblut ernähren, igitt! Um die Menschen zu verschonen! Pures Gutvampirentum war das, dass der sich nicht schämte – ein Glück, dass ihm Luzifer einen Tritt in den Allerwertesten verpasst und ihn daran erinnert hatte, was es hieß, Vampir zu sein! Überhaupt Luzifer! Der war doch sicher auch daran interessiert, dass die Vampire wieder einen würdigen Herrn bekamen!

Genüsslich grunzte der Vampir an Wasgos Ohr und war mit sich und der Welt zufrieden. Der nächste Schritt zur vollkommenen Macht war bald getan!

Doch was war das? Woher kam auf einmal dieser stechende Schmerz in seinen Armen und sofort darauf in seiner Brust? Das war das Letzte, das er wahrnahm. Innerhalb einer Hundertstelsekunde machte ihm Wasgo den Garaus.

Wie hatte unser junger Held das nur angestellt? Als die langen Zähne in Wasgos Hals eindrangen, hatte sich der junge Magier schon längst mit einem Zauber belegt, der bewirkte, dass der Vampir ihn zwar beißen und von seinem Blut trinken konnte, er selbst aber nicht zu einem Vampir mutierte. Des Weiteren sorgte der Zauber dafür, dass Wasgo die magischen Kräfte des Wesens aus der Unterwelt übertragen wurden. Jodaryon hatte ihm gelehrt, wie er nur mithilfe seiner Gedanken magische Formeln anwenden konnte; davon hatte er jetzt Gebrauch gemacht. Er hatte sich blitzschnell aus der Umklammerung des Vampirs mit seiner neu erworbenen Muskelkraft befreit, sich umgedreht und das Herz des Vampirs mit einem spitzen Stock, der eben noch ein Buchenzweig gewesen war, durchbohrt. Das ging so schnell, dass der Vampir das gar nicht bemerkte und sich aus diesem Grund nicht dagegen wehren konnte.

Kaum war der Vampir besiegt, probierte der junge Mann die vampirischen Kräfte aus, die er in sich verspürte. Tatsächlich: Er konnte jetzt mit verblüffender Schnelligkeit seinen Standort wechseln. Sinclair hatte sich damals geirrt, als er gesagt hatte, Wasgo werde sich diese Fähigkeiten niemals aneignen können. Und jetzt besaß er sogar sämtliche magische Kräfte eines Vampirs – zusätzlich zu denen, die er schon als Zauberer nutzen konnte!

Mit diesen Fähigkeiten sollte Wasgo es mit jedem Vampir aufnehmen können. Jetzt sollte es doch erst recht kein Problem sein, Jodaryons Aufgabe zu erfüllen! Trotzdem fühlte er sich immer noch verletzt. Sollte der alte Mann doch tun, was er wollte! Wasgo ging das nichts mehr an.

Der Gletscher

Denebs Fähigkeiten waren für Jodaryon eine große Hilfe, nicht zuletzt für den anstehenden Kampf mit Luzifer. Denn im Unterschied zu anderen Magiern war Deneb in der Lage, sich zu jeder Zeit mit jedem Wesen in seiner Umgebung telepathisch zu verbinden. Das konnten nicht einmal Wasgo und Jodaryon; diese waren nur in der Lage, mit Menschen und anderen Magiern telepathisch in Verbindung zu treten. So konnte Deneb Jodaryon auch auf Gefahren aufmerksam machen, die von Tieren und andere Wesen ausgingen.

Beschwerlich war ihr Weg zum Gipfel. Gefährliche Gletscherspalten mussten Jodaryon und Deneb bezwingen. Aber da beide Magier erfahrene Bergwanderer waren, kamen sie zwar langsam, aber ohne Probleme vorwärts.

Routiniert arbeiteten sie sich Meter um Meter bergauf, legten eine kurze Pause ein und setzten danach ihren Weg fort, inzwischen auf dickem Gletschereis.

Gletscher sind tückisch, auch wenn ihre Oberfläche zuweilen aussieht wie ein harmloser Rodelhang. Das wussten die beiden Zauberer ebenso gut wie andere erfahrene Berggänger und so waren sie hier besonders auf der Hut. Und wirklich, Deneb entdeckte gerade noch rechtzeitig eine breite Gletscherspalte, die unter dem Schnee verborgen war. Zu erkennen war sie nur deshalb, weil der Schnee, der die Spalte bedeckte, etwas dunkler aussah; um das zu sehen, musste man allerdings schon ein sehr versierter Bergsteiger sein. Ihnen blieb nichts anderes übrig, als die Spalte zu überwinden; umgehen konnten sie sie nicht, das ließ das Gelände nicht zu. Mit großer Vorsicht näherten sie sich diesem Hindernis und sprangen schließlich über die Kluft hinweg. Es ging einfacher als erwartet – aber wehe dem, der sie nicht erkannt hätte! Der Schnee wäre unter seinen Füßen eingebrochen und ein argloser Wanderer wäre ins Bodenlose gestürzt und rettungslos verloren gewesen.

Weiter stiegen sie über das gewaltige Eisfeld empor, Stunde um Stunde. Bis sie auf einmal etwas entdeckten, womit sie in dieser Höhe nun wahrlich nicht gerechnet hätten. Wenige Meter vor ihnen sprudelte eine kleine Quelle aus dem ewigen Eis. Munter floss das Wasser den Gletscher herunter. Und was das Seltsame war: Das Wasser dampfte. Es musste deutlich wärmer als die Temperatur seiner Umwelt sein. Das Rinnsal schlängelte sich durch das Eis nach unten und wurde zusehends breiter.

„Den Göttern sei Dank", meinte Deneb, „das Wasser kühlt sich beim Fließen schnell wieder ab. Sonst könnte es leicht möglich sein, dass es das Gletschereis schmelzen ließe und es eine ganz schlimme Überschwemmung im Tal gäbe."

Jodaryon war nicht so zuversichtlich; er dachte daran, dass sie sich dem Reich Luzifers näherten. Besorgt richtete er seinen Blick nach oben, mit den Augen verfolgte er den Bach. Schließlich zeigte er mit dem Zeigefinger in eine bestimmte Richtung und antwortete: „Sieh mal dahin, wo das Wasser entspringt."

Angestrengt spähte Deneb in die von Jodaryon angegebene Richtung. Er konnte nichts Genaues erkennen, das Gletschereis blendete ihn. Wenn man doch nur die Augen vor dem gleißenden Licht schützen könnte!

„Weiter oben, etwas seitlich nach rechts versetzt, etwa einhundert Meter weiter ist ein kleines Flüsschen. Es verschwindet dort oben im Berg", sagte Jodaryon voller Sorgenfalten auf der Stirn.

„Ah, da! Jetzt sehe ich es", erwiderte Deneb. „Glaubst du auch, was ich glaube? Dass das Wasser unterirdisch weiterfließt und bei der Quelle wieder neu aus dem Berg austritt?"

„Genauso wird es sein. Wenn es schlecht läuft, wird der Gletscher schmelzen und alles überfluten, das Tal kann in so einem Fall zu einem See werden."

„Ich habe so etwas schon einmal erlebt", sagte Deneb, „das war allerdings nicht hier. Aber ich glaube, du hast recht. Wir sollten hier nicht allzu lange herumbummeln. Wer weiß, was Luzifer schon wieder vorhat, ob er uns beobachtet oder nicht.

„Natürlich beobachtet er uns, darauf kannst du dich verlassen!"

„Da oben ist ein ziemlich großer Gletschersee, wenn ich mich richtig erinnere", überlegte Deneb. „Wenn Luzifer auf die Idee kommt, das Fegefeuer zusätzlich anzuheizen, also noch mehr als normalerweise schon, ist es gut möglich, dass das Wasser des Sees erhitzt wird."

Jodaryon sah in die Richtung, die Deneb ihm mit ausgestrecktem Arm wies. Jetzt erkannte er es auch. Direkt unterhalb des Gipfels schien eine Verflachung zu sein, in der sich der von Deneb erwähnte See befinden musste. Über diesem bildete sich dichter Nebel. War das Wasser denn bereits erhitzt? Und jetzt konnte Jodaryon beim genaueren Hinsehen erkennen, dass vom Rand dieser Verflachung Schmelzwasser abfloss, das gleich unter dem Gletschereis verschwand und weiter unten wieder als Quelle aus dem Berg austrat.

„Wenn das passiert", fuhr Deneb fort, „wenn das Wasser noch wärmer wird, dann schmilzt das Eis, der Fluss wird immer breiter und schließlich zu einem Strom, der alles mit sich reißt, was sich ihm in den Weg stellt. Dann setzt er das ganze Tal unter Wasser. Den Göttern sei Dank, dass dieses Tal nicht bewohnt ist!"

Die Schönheit des Berges

Antares und Luziferine wussten, dass sie sich beeilen mussten, wenn sie den Herrscher der Welt einholen wollten. Ihr Weg führte sie direkt in das Gebirge und auf die höchste Bergkette zu.

In Luziferine kamen böse Erinnerungen hoch. Schon einmal hatte sie sich mit Antares ins Hochgebirge wagen müssen und letztlich mussten beide vom Adler des Lebens und der Weisheit gerettet werden. So etwas wollte sie nie wieder erleben. Erst recht nicht das, was danach geschah. Damals hatten sie Luzifer herbeirufen müssen, um ihrem Sohn und Jodaryon das Leben zu retten. Ausgerechnet Luzifer!

Aber es half ja nichts – nun waren sie doch schon wieder auf Wanderschaft, um Jodaryon zu helfen, und wenn es notwendig sein sollte, wollten sie ihm auch wieder sein Leben retten. Aber diesmal nicht ***mit***, sondern ***gegen*** Luzifer.

Der Höllenfürst war einmal ihr Vater, hatte sie verhätschelt und verwöhnt! Sollte sie ihm dafür dankbar sein, dass sie sein Ein und Alles war, das er zu einem bitterbösen Höllenmädchen und Plagegeist hatte erziehen wollen! Er konnte zehnmal ihr Vater und Wasgos Großvater sein, diese familiären Bindungen spielten nun wirklich keine Rolle mehr. Er wollte Wasgo umbringen, seinen eigenen Enkel! Aber dann, so nahm sich Luziferine vor, dann musste er zuerst seine Tochter umbringen, seine eigene Tochter! Und der Alte, der immer Tobsuchtsanfälle bekam, wenn es nicht nach seinem Dickschädel ging, sollte sich wundern!

Inzwischen hatte auch das Paar den Wald erreicht, den bereits Jodaryon durchquert hatte. Oder vielmehr: das, was Luzifers Sturm von diesem Wald übrig gelassen hatte. Ununterbrochen mussten sie über umgestürzte Bäume steigen oder sie umgehen. Aber abgesehen davon kamen sie unbehelligt voran.

Immer schmaler und steiler wurde ihr Weg, teilweise war er im dichten Gestrüpp kaum zu erkennen. Aber allmählich lichtete sich der Wald und die Vegetation wurde mit jeder Viertelstunde, die sie höher stiegen, spärlicher. Nun legten sie eine kleine Rast ein, um ein wenig zu verschnaufen, und Antares nutzte die Gelegenheit, um sich in der Gegend etwas umzusehen.

Hoch oben, über dem noch weit entfernten Gipfel, konnte er deutlich eine Rauchfahne erkennen. Fast wie bei einem Vulkan, überlegte er, aber das konnte nicht sein, in den Alpen gab es doch keine Vulkane! Ob es wirklich Rauch von einem Feuer oder nur Nebel war, vermochte er aus der großen Entfernung noch nicht auszumachen. Sie hatten ja bis zum Gipfel noch gut und gerne 1500 Höhenmeter, eher mehr. Und Antares sah voraus, dass der Aufstieg immer beschwerlicher wurde und dass die Durchquerung des verwüsteten Waldes im Vergleich dazu fast noch ein Spaziergang war. An einem Tag war das kaum zu schaffen, zumal die Hänge, das sah er schon von hier unten, immer steiler wurden. Zudem mussten sie damit rechnen, dass sie mit zunehmender Höhe immer langsamer vorankamen; das Gelände musste immer schwieriger werden und die Überwindung von Hindernissen kostete sicher viel Zeit und Kraft. Und der Gletscher? War er überhaupt begehbar? Aber es half alles nichts, sie mussten wieder aufbrechen – sie konnten Jodaryon ja nicht dadurch einholen, dass sie nur herumsaßen und hin und her überlegten.

„Kennst du denn gar keinen Zauber, den du anwenden kannst, damit wir schneller zu Jodaryon kommen können?“, fragte Luziferine, der schon jetzt die Beine wehtaten.

Antares schaute seine Frau fassungslos an. Es war ihm peinlich, dass er solch einen einfachen Zauber immer noch nicht erlernt hatte. Leise und beschämt antwortete er: „Nein, meine Liebe, ich habe immer noch nicht solche Zauber drauf. Das ist aber auch ...“

„Egal, mein Schatz“, wurde er von seiner Frau unterbrochen, die ahnte, dass Antares einen unfreundlichen Kraftausdruck benutzen wollte. So etwas mochte sie nicht, seit sie mit ihrem Vater und der Hölle gebrochen hatte. „Dann kraxeln wir eben weiter. Andere Leute müssen auch gehen."

„Das sagst du so einfach. Wir trödeln hier herum und derweil trifft Jodaryon vielleicht schon auf Luzifer. Du weißt doch, was der prophezeit hat!"

Luziferine hatte eine Idee: „Und was ist, wenn wir Jodaryon anrufen? Der könnte uns doch helfen wie damals mit seinem Käfig, als wir während unserer Flucht auf den Weg zu Sinclairs Höhle waren?"

„Ja, das ist natürlich eine Idee", meinte Antares.

Telepathische Kräfte besaß er und sofort nahm er mit dem großen Magier Verbindung auf. Doch Jodaryon meldete sich nicht. Antares versuchte es noch einmal. Wieder ohne Erfolg. Resigniert sagte er: „Dann müssen wir ihm eben doch zu Fuß folgen."

Auch Luziferine war etwas enttäuscht, aber ihr Wille war ungebrochen. Sie begann sich lediglich Sorgen um Jodaryon zu machen. Wenn der nur nicht schon jetzt in die Klauen ihres teuflischen Vaters geraten war!

So setzten sie ihren Weg fort in Richtung Gletscher, um das Tor zur Hölle zu suchen. Aber sie mochten noch so in Eile sein, ihre Sorge um Jodaryon konnte noch so groß sein – Luziferine war von der Schönheit des Berges völlig fasziniert und konnte sich gar nicht genug an der eindrucksvollen Umgebung sattsehen. Zwei oder drei Mal geriet sie ins Stolpern, glücklicherweise in harmlosem Gelände. Ab und zu blieb das Paar ein paar Augenblicke stehen, um zu verschnaufen. So auch auf einer Almwiese voller bunter Bergblumen, wo sie ausrief: „Ist das schön hier! Antares, schau doch nur!"

„Ja, meine Liebe, man könnte wirklich hier bleiben und alles vergessen und nur noch schauen und schauen. Aber es hilft ja nichts – da oben", er zeigte mit seinem rechten ausgestreckten Arm zum Gipfel, „ist das Tor zur Hölle. Man könnte meinen, der Teufel wolle durch diese schöne Landschaft die Menschen anlocken."

In der Tat wanderte das Paar durch eine atemberaubende Landschaft voller Kontraste, wie man sie nur in einem Hochgebirge erleben kann. Die Waldgrenze lag schon deutlich unter ihnen. Wenn sie sich umdrehten und in die Richtung des Waldes blickten, konnten sie ihn unter sich bis zum Horizont sehen. Vor ihnen erstreckten sich die grünen Almwiesen, die mit bunten Blumen geschmückt waren. Rote, gelbe und blaue Blüten verzierten das saftige grüne Gras mit ihrer Schönheit. Der Enzian blühte, ein paar Meter entfernt der Almrausch, allerlei Glockenblumen, Orchideen und sogar Edelweiß rundeten das Bild ab.

Über den Almwiesen leuchteten riesige Schneeflächen. Kleine Rauchfahnen stiegen vom weißen Gipfel zum blauen Himmel empor. Einzelne kleine Wolkenfetzen schienen auf halber Höhe vom Fels oder von den Schnee- oder Eisflächen festgehalten zu werden. Über ihnen konnte man den weiteren Weg zum Gipfel erahnen. Später mussten sie von oben auf die Wolken hinabsehen können.

Und schon von ihrer jetzigen Position aus konnten sie den See unterhalb des Gipfels ausmachen und den Fluss, der aus ihm entsprang. Der Fluss teilte den Berg in zwei Hälften. Über dem See waberten Nebelschwaden.

Das Paar stand nebeneinander und automatisch legte Luziferine ihre linke in Antares' rechte Hand. Und so bewunderten sie ergriffen das eindrucksvolle Naturschauspiel. Wie hätten sie da auf die Idee kommen sollen, dass von dem See und dem Fluss eine lebensbedrohliche Gefahr ausging!

„Komm, mein Schatz, wir müssen weiter. Auch wenn wir uns hier fast wie im Paradies fühlen – wir sind nicht im Paradies, sondern in der Nähe des Hölleneingangs! Bitte lass uns weiter gehen, Jodaryon wird unsere Hilfe benötigen", meinte Antares voller Sorge.

Luziferine stimmte zu und so setzten sie ihren Weg fort.

Panik am Schlafplatz

Sollte Sinclair doch kommen! Seit seinem Kampf mit dem Vampir fühlte sich Wasgo deutlich sicherer. Wohl hatte er immer noch etwas Angst vor einem Kampf mit dem Herrn der Vampire, denn er ahnte, dass der ehemalige Freund seiner Familie als Gegner ungleich gefährlicher war als der von ihm besiegte Vampir, aber seine Zuversicht war gewaltig gewachsen. Sollte es tatsächlich zu einer Auseinandersetzung mit Sinclair kommen, so sollte er auch gegen diesen keineswegs auf verlorenem Posten stehen.

Der Wald wurde immer dichter, dunkler und unheimlicher. Die Sonne drang nicht mehr durch das Dickicht. Fast schon fühlte sich Wasgo zurückversetzt in die Zeit der Ewigen Nacht. Zum Glück gewöhnten sich seine Augen schnell an die verschiedensten Lichtverhältnisse und so konnte er sich auch in diesem diffusen Licht des dichten Waldes gut orientieren.

Wo mochte Sinclairs derzeitige Behausung sein? Wasgo überlegte, dass er wohl eine Höhle suchen müsse, die einerseits im Wald versteckt war und andererseits sich in nicht allzu großer Entfernung zu einer menschlichen Siedlung befand. Nur an solch einem Ort konnte Wasgo seinen ehemaligen Freund finden.

Aber warum denn nur sollte Sinclair sein ***ehemaliger*** Freund sein? Vielleicht war der Vampir ja nur von Luzifer verführt oder gar unter Druck gesetzt worden. Natürlich, das wusste auch Wasgo, waren Vampire Wesen aus der Unterwelt und brauchten menschliches Blut oder notfalls auch Katzenblut zum Stillen ihres Hungers. Auch wusste er, dass sie aus der Unterwelt verbannt waren und nun ihr Dasein als Wesen der Finsternis fristen mussten.

Aber waren Vampire deshalb zwangsläufig von Grund auf böse Geschöpfe? Hatten nicht die meisten Vampire einträchtig mit den

Zauberern, Menschen und Fabelwesen gegen Bossus gekämpft? Hatte nicht Sinclair Wasgos Eltern ein Zuhause gegeben, damit sie ihren Sohn in Sicherheit großziehen und auf seine bevorstehende Mission vorbereiten konnten?

Und Sinclair hatte sogar Antares geholfen, Wasgo zu beschützen, als er von Luzifers Monstern entführt werden sollte, und dabei sehr viel riskiert! Nein, Sinclair konnte nicht einfach nur ein böser Vampir sein. Das wollte und konnte unser junger Held nicht glauben.

Er hatte einen langen und aufregenden Tag hinter sich. Die Müdigkeit ließ ihn unaufmerksam werden. Er suchte nach einem Rastplatz, an dem er die Nacht verbringen konnte. Doch ausgerechnet jetzt fand er keinen geeigneten Ort. Am besten wäre wohl eine kleine Höhle, überlegte er. Aber wo nur sollte er sie finden? Er lief weiter und weiter. Die Nacht brach an. Ein Käuzchen schrie irgendwo in der Dunkelheit. Rascheln, das aus den Büschen an seine Ohren drang, flößte ihm nun doch wieder etwas Angst ein, denn die Nacht wurde schwarz und schwärzer. Das zerrte an seinen Nerven.

Unwillkürlich musste er an seinen Freund Jodaryon denken. Was hätte der nur in seiner Situation getan? Jodaryon hatte einmal zu ihm gesagt, dass es für alles eine Lösung gebe und er, Wasgo, einfach zu oft vergesse, dass er ein Zauberer sei.

Erleichtert atmete er auf. Natürlich, Jodaryon hatte recht, und ja, Wasgo vergaß immer noch von Zeit zu Zeit, dass er ein Zauberer war. Dabei gab es tatsächlich für alles eine Lösung! Zum Beispiel jetzt gerade, in dieser pechschwarzen Nacht, in der er kaum noch die Hand vor den Augen sah und andauernd stolperte. Im Stillen sagte er sich eine magische Formel auf. Schon hatte er Licht. Und schon hatte er einen Platz zum Schlafen gefunden.

Er machte es sich bequem. Aus seinem Rucksack holte er sich etwas zum Essen und Trinken heraus. Kaum hatte er sich gestärkt, richtete er sich einen Schlafplatz ein. Bevor er sich hinlegte, zwang er sich trotz seiner tiefen Müdigkeit, sich noch einmal zu erheben und um sich zu schauen.

Und da erblickte er etwas, das ihn in allergrößte Panik versetzte. Er war wie erstarrt, völlig unfähig, sich zu bewegen. Sein Verstand setzte aus, sein Atem blieb stehen. Was er da Grässliches sah, konnte er nicht verstehen. Entsetzen breitete sich in ihm aus, seine Gedärme schienen sich umzudrehen. Er fühlte, dass alle seine Sinne ihn verließen. Im nächsten Augenblick knickten seine Knie weg, er schlug hart auf dem Boden auf und verlor das Bewusstsein.

Das Tor zur Hölle

Geschafft! Jodaryon und Deneb hatten den Gipfel erreicht. Nun standen sie nebeneinander und sogen förmlich das sich ihnen bietende Landschaftsbild in sich auf. Dass sie die letzten Personen waren, die die majestätische Schönheit dieses Berges und seiner Umgebung betrachten konnten, ahnten sie nicht. Direkt vor ihnen lag der Bergsee, darunter plätscherte das Flüsschen friedlich dem Tal entgegen. Die grünen Almwiesen und der Wald erstreckten sich weit entfernt viele Hundert Höhenmeter unter ihnen. Die Natur bot ein Bild tiefsten Friedens.

Doch bald schon sollte aus der friedlichen eine verwüstete, geradezu apokalyptische Landschaft werden. Vom einen zum anderen Augenblick brach ein unvorstellbares Inferno los. Geysire schossen immer wieder heiße Wasserfontänen oder auch Wasserdampf viele Meter in die Höhe. All das brachte die beiden Magier in höchste Lebensgefahr; sie mussten ständig auf der Hut sein, damit sie nicht von den kochend heißen Wassermassen getroffen wurden, welche aus immer wieder anderen undichten Stellen des Erdbodens in die Höhe schossen. Dazu spie der Berg mal hier, mal dort riesige Flammen aus. Rasch stieg die Lufttemperatur gefährlich an. In Kürze musste das ganze Gletschereis schmelzen. Was dann? Jodaryon und Deneb mochten sich das nicht ausmalen.

Da gab es nur einen Ausweg für die beiden Zauberer und der war geradezu paradox: Sie mussten schnellstens das Tor zur Hölle finden, um sich in Sicherheit zu bringen! Das musste doch hier oben irgendwo sein! Vorsichtig erkundeten sie den immer stärker schmelzenden Gletschergipfel. Bald schon rief Jodaryon seinem Freund zu: „Ich glaube, ich hab's!“

Deneb beeilte sich, Jodaryon zu erreichen. „Du glaubst, hier geht's rein?"

„Hier muss es sein!", antwortete Jodaryon im Brustton der Überzeugung und begann den langen Abstieg in die Unterwelt. Deneb hielt sich immer zwei, drei Schritte hinter ihm. Das Gefälle des Weges wurde immer größer. So kamen sie schnell in die Tiefe des Berges hinein. Je weiter sie vordrangen, desto stärker stieg die Lufttemperatur an. Bald strömte den beiden Männern der Schweiß aus allen Poren. Längst waren ihre Hemden und Beinkleider durchnässt, auch auf ihren Umhängen bildeten sich feuchte Flecke.

Ein immer stärkerer Geruch nach verbranntem Schwefel lag in der Luft, das Atmen fiel den Männern zunehmend schwer. Jodaryon befürchtete, dass sie sich ihre Lungen in dieser unfreundlichen Umgebung verbrannten.

Kein Zweifel: Sie waren in Luzifers Reich angekommen.

„Nein", sagte Jodaryon", wir sind noch nicht angekommen. Wir nähern uns nur Luzifers Reich. Dies hier ist nur ein Vorgeschmack."

Intrigen

Gespannt beobachtete der Höllenfürst Jodaryon und Deneb in seinem magischen See im Audienzsaal. Wie in einem Film konnte er die beiden Freunde beobachten, ohne dass sie davon etwas bemerkten. Der Teufel war zwar nicht gerade das klügste Wesen in diesem Universum, aber doch ungleich mächtiger als Bossus zu Zeiten seiner Gewaltherrschaft. Ihm standen magische Fähigkeiten zur Verfügung, von denen selbst Bossus nie in seinem Leben zu träumen gewagt hatte. Luzifer war wieder einmal übelster Laune. Sein Vampir, der beste, den er aufbieten konnte, hatte versagt. Jämmerlich versagt! Wasgo, dieser missratene Weltverbesserer, lebte immer noch, der Vampir dagegen war vernichtet. Nicht dass es um den schade gewesen wäre ... Aber nun? Unbedingt, soviel war dem Höllenfürsten klar, musste Wasgo daran gehindert werden, Sinclair zu finden und noch mehr Unheil anzurichten. Bloß: wie?

Überhaupt diese verwünschten Zauberer! Einer nervtötender als der andere! Nicht, dass sie dem großen Luzifer das Wasser oder in diesem Fall besser das Feuer hätten reichen können, so weit gingen seine Selbstzweifel denn doch nicht. Aber sie waren einfach nicht umzubringen! Das gab es doch gar nicht, das hatte er noch nie erlebt! Wenn er seiner Wut die Zügel schießen ließ und wild dazwischenhaute, dass die Funken flogen, dann glitten sie ihm durch die Finger wie Aale!

Vielleicht sollte er sich doch noch einmal mit Bossus darüber unterhalten, wie er sich das Zaubererpack vom Hals schaffen konnte. Der Kerl hatte manchmal gar keine schlechten Ideen. Also befahl Luzifer den Hüter des Fegefeuers zu sich. Auch der brauchte unendlich lange, bis er sich endlich dazu bequemte, im Audienzsaal zu erscheinen und seine Befehle entgegenzunehmen. Glaubte denn selbst in der Hölle jeder, ihm auf der Nase herumtanzen zu können?

„Bring mir Bossus her! Aber diesmal schnell, du Nichtsnutz!“, brüllte Luzifer. „Sonst brate ich dich in deinem eigenen Fegefeuer!“

Der Hüter des Fegefeuers erschrak fürchterlich. Mit Luzifer wollte er es sich auf keinen Fall verderben. Und so schwebte schon nach wenigen Augenblicken Bossus‘ schwarze Seele vor dem Herrn der Unterwelt in der Luft. Sein Erscheinungsbild war verzerrt und hatte keine klaren Konturen.

„Du weißt bestimmt, warum du zu mir kommen solltest?“, grollte Luzifer.

„Sicher gibt es Probleme, die du mit mir besprechen willst, edler Luzifer“, antwortete Bossus.

„Wie du das nur so schnell herausgefunden hast!“ Böse knurrte Luzifer seine Antwort Bossus entgegen.

„Edler Luzifer, ich war schon immer ein helles Köpfchen“, erwiderte Bossus frech. Er dachte: 'Was will dieser Einfaltspinsel überhaupt von mir? Er hat mich zwar in seiner Gewalt, aber wirklich anhaben kann er mir nichts. Schlimmeres als das Fegefeuer gibt es auch in der Hölle nicht. Soll er mal mit der Sprache herausrücken.‘

„Frechheiten ziehen bei mir nicht!“, schrie der Teufel mit tiefer Bassstimme und seine Gestalt wurde dabei größer, um Bossus einzuschüchtern. Doch dann sagte er, plötzlich ganz freundlich: „Also gut. Du willst zurück auf die Erde. Das kann ich verstehen. Du sollst bestimmt auch einmal eine Chance darauf bekommen. Aber du musst dafür etwas tun, das verstehst du doch sicher auch. Nun, vorläufig musst du schon noch hier bleiben, so leid es mir tut, aber wenn du dich bewährst und mir treu und zuverlässig dienst, dann kann es gut sein, dass ich auch einmal etwas für dich tun kann. Jedes Höllenwesen wird dir bestätigen, dass Luzifer alles andere als undankbar ist. Du musst mir nur vertrauen!“

Bossus hütete sich, darauf zu entgegnen, was ihm auf der Zunge lag.

Nun erklärte Luzifer, wie weit Jodaryon und Deneb sowie Antares und Luziferine auf ihrer Wanderung in die Unterwelt schon gekommen waren und dass Wasgo den von ihm geschickten Vampir getötet und dessen magische Kräfte übernommen hatte.

„Und jetzt willst du wissen, was ich an deiner Stelle täte?“, fragte Bossus.

„Ganz genau, du bist wirklich ein helles Köpfchen“, grummelte der Teufel.

„Na, ja, edler Luzifer“, setzte Bossus an, „erst einmal bin ich nicht an deiner Stelle ...“

„Hüte deine Zunge, du Giftzwerg!“, schrie Luzifer, „sonst lasse ich sie dir ...“ „Abschneiden“, wollte er sagen, aber da fiel ihm ein, dass schwarze Seelen gar keine Zunge hatten.

„... und deshalb kann ich dir nur raten: Konzentriere dich auf das Wichtige!“, fuhr Bossus unbeeindruckt fort. „Wasgo ist in Transsilvanien auf einem Nebenschauplatz, also erst einmal weit weg vom Schuss. Um den kannst du dich später kümmern, er wird zwar immer mächtiger, aber du bist und bleibst ihm überlegen.

Zu Antares und Luziferine! Sie befinden sich immer noch auf einen sehr interessanten Berg. Was kann da nur alles geschehen? Das weißt du doch viel besser als ich.

Und Deneb und Jodaryon sind mächtige Zauberer. Schicke ihnen einige Monster entgegen, die für dich die Drecksarbeit erledigen. Deine Monster müssten aber schon sehr gut und beeindruckend sein.“

„Bossus, wer dich zum Gegner hat, sollte sich wirklich vorsehen“, antwortete Luzifer. Bossus stutzte. Schöpfte dieser Dummkopf etwa Verdacht? Aber nein, Luzifer schien völlig arglos. Der Teufel sprach weiter: „Dein Rat ist gut, sehr gut sogar! Ich glaube, ich weiß jetzt, was ich zu tun habe. Jetzt geh zurück auf deinen Platz ins Fegefeuer, wo du hinge-, äh, wo du leider noch einige Zeit ausharren musst! Du sollst bald, sehr bald erkennen, wie dankbar der Höllenfürst sein kann!“ Luzifers Laune hatte sich so grundlegend gebessert, dass er schon wieder Spaß daran fand, mit Bossus zu spielen.

Aber der verstand den Teufel vollkommen und wusste ohnehin von vorneherein, dass er sein Schicksal selbst in die Hand nehmen musste. Glaubte dieses größenwahnsinnige Scheusal etwa, ihn mit billigen Versprechen abspeisen zu können? Zufrieden schwebte er davon und meldete sich im Fegefeuer zurück.

Als Luzifer wieder alleine war, überlegte er sein weiteres Vorgehen. Endlich befahl er den Hüter des Fegefeuers erneut zu sich.

„Du schürst jetzt dein Feuerchen mit allen Kräften. Mit allen Kräften, hörst du? Niemand mehr soll den Eingang in die Hölle auf dem Berg finden, niemand, so wahr ich Luzifer heiße! Bringe den Gletscher zum Abschmelzen, richte Verwüstungen an – du hast völlig freie Hand! Aber los jetzt!"

Außerdem trommelte er einige seiner grässlichen Monster zusammen und befahl ihnen, die Eindringlinge gebührend zu empfangen.

Wassermassen

Antares und Luziferine fühlten, dass die Temperatur beängstigend schnell anstieg. Schon begann der Gletscher zu schmelzen. Keuchend hasteten sie dem Gipfel entgegen. Aber als sie sich direkt unterhalb des Gletschersees befanden, brach die Hölle los.

Vom einen zum anderen Augenblick wurde aus dem natürlichen Abfluss des Sees ein reißender Strom. Die plötzliche Erwärmung der Luft und des Bodens sorgte für eine schnelle Schnee- und Eisschmelze, so rasend schnell, dass es unmöglich mit rechten Dingen zugehen konnte. Brannte denn plötzlich direkt unter der Erde, direkt unter dem Gletscher ein riesiges Feuer?

Überall brach das ewige Gletschereis mit lautem Krachen auseinander. Dampfende Wasserfontänen schnellten fünfzehn, zwanzig, gar dreißig Meter in die Höhe. Zudem entwich diesen aufgebrochenen Eislöchern heiße Luft. In unglaublichem Tempo schmolz das viele Jahrtausende alte Eis zusammen. Gewaltige Eisschollen wurden vom Schmelzwasser mitgerissen und lösten sich in Sekundenschnelle auf. Wehe dem, der diesen Wassermassen zu nahe kam!

Wie in Zeitlupe nahmen Antares und Luziferine diese Katastrophe wahr. Sie konnten sehen, dass sich der See wild brodelnd erhob und dass alles Eis, das ihn umgab, zu heißem, dampfendem Wasser wurde. Kein Wunder, dass der See im nächsten Augenblick einfach überlief und gewaltige Wassermassen in die Tiefe stürzten. Wo noch eben das „ewige" Eis die Landschaft beherrschte, tosten jetzt breite Flüsse ins Tal hinunter. Im Nu war unten alles überflutet. Und oben, um Antares und Luziferine herum, blieben nur noch Schlamm, Geröll und reißende Bäche und Flüsse übrig, als hätte es hier nie einen Gletscher gegeben.

Wasgos Eltern erlebten die Hölle auf Erden. Und zwar nicht als Zuschauer, nein, sie waren selbst betroffen, sie waren mitten in diesem Inferno und nichts weiter als Spielbälle der Naturgewalten in diesem Weltuntergangsszenario. Antares sah seine Frau verzweifelt gegen das alles mit sich reißende Wasser kämpfen. Gleich darauf wurde auch er von den herabstürzenden Wassermassen ergriffen. Dabei konnten beide noch von Glück im Unglück sagen, dass das Wasser hier unten längst nicht mehr so kochend heiß war wie im Gletschersee. Ein normaler Mensch hätte gegen diese Sturzbäche keine Chance gehabt, er wäre mitgerissen worden und irgendwo zerschellt. Und ein Zauberer? Ja, aber der hätte ganz schnell reagieren müssen. Antares fühlte sich hoffnungslos überfordert.

Ehe er einen Gedanken fassen konnte, befand er sich schon in den reißenden Fluten auf einer so rasend schnellen Talfahrt, dass ihm fast schwindlig wurde, und seine Frau aus den Augen verlor. Panik bemächtigte sich seiner. Gab es denn keinen Zauber, der seine Luziferine und ihn retten konnte? Was war damals gleich wieder, als er Wasgo ausbildete? Da hing zufällig Luziferines tropfende Wäsche an der Leine und Antares wollte seinem Sohn vorführen, wie ein Zauber die Wäsche in einem Augenblick trocknen lassen konnte. Und natürlich sprach er in seiner ewigen Ungeschicklichkeit den magischen Spruch fehlerhaft aus. Plötzlich wurde er vor den Augen seines lachenden Jungen in die Luft gewirbelt und zappelte hilflos mit den Armen und Beinen.

Im selben Augenblick hörte sich Antares seine damalige Formel rufen. Nur schloss er jetzt sich und seine Frau in diesen Zauber bewusst ein. Im nächsten Moment flogen Luziferine und er in der Luft umher. Hilflos ruderten sie auch dieses Mal wieder mit den Armen und Beinen. Als wären sie ein Spielball des Windes, verloren sie jede Orientierung, weil sie sich andauernd von der einen in die andere Richtung drehten. Mal hing der Kopf zur Erde herunter, mal war er nach oben gereckt, dann wieder lagen sie waagrecht in der Luft. Sie wurden von den Windböen hin und her getragen und dabei vollkommen durcheinander gerüttelt und geschüttelt, dass ihnen Hören und Sehen vergingen.

Mit welchem Zauber hatte sich Antares damals nur wieder auf die Erde retten können? Wenn der ihm jetzt nicht einfiel, konnten sie bis in alle Ewigkeit in der Luft herumfliegen. Konzentriere dich, Antares, schnauzte er sich innerlich immer wieder an, konzentriere dich, auch wenn du gleich seekrank wirst! Tatsächlich fiel ihm die Formel wieder ein. Schnell rief er die Wörter in den Wind und gleich darauf plumpsten er und Luziferine auf die Erde herunter, mitten in den Schlamm hinein.

Antares steckte so tief im Matsch, dass er sich erst nach mehreren mühsamen Versuchen – natürlich fiel ihm auch jetzt kein passender Zauber ein – befreien und aufrichten konnte. Gleich blickte er sich in alle Richtungen um. Wo war Luziferine? Tatsächlich, wenn er genau horchte, konnte er sie kreischen hören und im nächsten Augenblick entdeckte er sie. So kämpfte er sich durch den bodenlosen Morast zu seiner Frau, zog sie aus den Schlamm, in dem sie bis zur Gürtellinie steckte, nahm sie in seine Arme und versuchte sie zu beruhigen: „Es ist alles vorbei, meine Liebe. Wir leben und können unsere Mission fortsetzen."

„Was ist geschehen und wo sind wir nur?", fragte Luziferine.

Sie sahen sich um. Was sie da erblickten, war unglaublich.

Einer gegen acht

Wasgo brummte der Schädel. Mit der Hand befühlte er seinen Hinterkopf. Da war eine dicke Beule. Was war eigentlich passiert? Er blickte auf und erneut packte ihn das blanke Entsetzen. Warum nur um alles in der Welt hatte er das, was er jetzt sehen musste, nicht gleich bemerkt? Er hatte doch sein Nachtlager aufgeschlagen und nach allen Seiten hin Ausschau halten können. Er hatte sich entspannt und müde hingelegt, sich noch einmal erhoben, wollte die würzige Waldluft in vollen Zügen einatmen, und als er das Bild des Grauens vor sich wahrnahm, versagten ihm die Beine den Dienst und er schlug mit dem Kopf auf einen Stein auf und verlor das Bewusstsein. Glücklicherweise nur für Sekunden. Vielleicht war ja noch etwas zu retten. Er überwand sein Entsetzen und sprang auf.

Direkt bei seinem Lager waren mehrere Menschen von widerwärtigen Vampiren in eisernem Griff umklammert. Aus den Mäulern dieser Ungeheuer tropfte Blut, das Blut ihrer Opfer. Ja, diese Vampire waren gerade dabei, die Halsvenen der Menschen leerzusaugen. Schmerzverzerrte Gesichter starrten den jungen Mann angstvoll an. Wasgo sah aber auch die stumme Hoffnung in ihren Augen. Konnte er denn nicht helfen? Auch wenn sich ihm beinahe der Magen umdrehte?

Es half nichts, Wasgo musste die Situation schnell erfassen, wenn er überhaupt eine Chance haben wollte. Und jetzt wurde ihm klar, wie diese Situation entstanden war.

Als er seinen Schlafplatz ausgesucht hatte, waren die Vampire und ihre Opfer noch nicht da gewesen, das stand für ihn fest. Folglich mussten sie lautlos angekommen sein, als er sich auf seine Nachtruhe vorbereitete. Da es sich unter den Vampiren vielleicht schon herumgesprochen hatte, dass sich in dieser Gegend ein gefährlicher

Zauberer aufhielt, waren sie einerseits besonders leise gewesen, aber andererseits waren sie auch so blutgierig, dass sie ihre Opfer nicht weiterschleppten, sondern gleich hier den Menschen die Halsvenen mit ihren Eckzähnen öffneten und mit ihrer Mahlzeit begannen. Gerade in diesem Moment hatte Wasgo seinen Schlafplatz hergerichtet und richtete sich zu seiner vollen Größe auf, anstatt sich hinzulegen, wie die Vampire vermutlich erwartet hatten. Er nahm wahr, was sich vor seinen Augen abspielte, und fiel zunächst in Ohnmacht. Doch jetzt blickten ihn die Menschen stumm an, flehend und zugleich voller Todesangst.

Wasgo zwang sich zur Ruhe. Soweit er es beurteilen konnte, hatten die Vampire ihre Opfer zwar schon gebissen, aber noch nicht viel Blut aus ihren Halsvenen getrunken. Noch waren die Opfer Menschen, wenn auch jetzt mit vampirischen Fähigkeiten, die sie aber im Laufe der Zeit wieder verlieren sollten. Vorausgesetzt, er unternahm unverzüglich etwas.

Die Allerhellsten schienen ihm diese Vampire nicht zu sein. So gab er sich betont ängstlich, um sie in Sicherheit zu wiegen. Genau acht Wesen der Finsternis zählte er. Die musste er alle zur gleichen Zeit außer Gefecht setzen. Aber wie? Am ehesten bot sich ein Stillstandszauber an. Leise murmelte der junge Magier die dazu benötigte Formel. Doch nichts passierte. Der Stillstandszauber versagte.

Nun wurde Wasgo doch wieder etwas nervös. Was war nur geschehen, dass diese Blutsauger gegen seine Zauber immun waren? Er dachte schnell nach. Sonst hatte er doch jeden Vampir zur Strecke bringen können, vorausgesetzt, der Zauber war einigermaßen stark und er, Wasgo, handelte schnell genug!

Genau, das war es! An seinem Zauber hatte es nicht gelegen, sondern er hatte die Formel zu langsam ausgesprochen! Die Vampire bewegten sich so schnell, dass selbst Wasgo mit den Augen nicht folgen konnte. Aber bewegt hatten sie sich; das erkannte er daran, dass sie etwas außer Atem waren und ihre Gesichtsfarbe etwas dunkler geworden war als noch vor wenigen Augenblicken. Die Anstrengung war ihnen deutlich anzusehen; immerhin mussten sie ja auch noch die Menschen mitschleppen. Diese Vampire waren doch keine so einfachen Gegner, wie er angenommen hatte.

Paradoxerweise beruhigte Wasgo diese Erkenntnis nun doch wieder etwas. Auch er konnte sich wie ein Vampir bewegen. Also musste er versuchen, jeden Gegner einzeln zum Stillstand zu zwingen. Und das in einer so großen Geschwindigkeit, dass die anderen Vampire seine Bewegungen nicht mitverfolgen konnten.

Auf jedes Wesen konnte ein Magier Formeln anwenden, mit denen er es zum Stillstand, aber auch zu bestimmten Bewegungen zwingen konnte. Somit auch auf sich selbst. Also belegte sich Wasgo mit so einem Zauber. Der junge Mann hatte nur einen Versuch, die Vampire zu überlisten. Wehe, wenn sie Verdacht schöpften, die Menschen losließen und ihn angriffen! Einen Kampf gegen acht Vampire gleichzeitig, die zudem genauso schnell waren wie er, hätte er niemals gewinnen können.

Die Vampire hatten ihre Zähne aus ihren Opfern genommen und blickten Wasgo mit ihren Fledermausgesichtern blöde grinsend an. Er begriff, dass sie ihn nicht gut angreifen konnten, denn dann hätten sie ihre Opfer freilassen müssen, um ihre Arme zu gebrauchen. Doch das wollten sie nicht. Acht Vampire gegen einen Magier, das glaubten sie wohl auch so zu schaffen. Dabei hatten diese Geschöpfe der Finsternis nicht bemerkt, dass unser junger Held sich selbst mit einem Bewegungszauber belegt hatte, der ihn dazu befähigte, sich noch schneller als ein Vampir zu bewegen.

Gedankenschnell tauchte Wasgo vor dem ihm am nächsten stehenden Vampir auf. Deutlich war zu erkennen, wie es in dessen Kopf arbeitete. Das überlegene Grinsen verschwand ganz langsam aus dem Gesicht des Vampirs. Als Wasgo ihm den Stillstandszauber entgegenschleuderte, verging ihm das überhebliche Feixen vollends. Es machte einer grenzenlosen Verblüffung Platz. Der Kopf des Vampirs hatte sich etwas gedreht, und zwar von seinem Opfer weg. Danach blieb der Vampir, der jetzt selbst zum Opfer geworden war, unbeweglich stehen. Er hielt immer noch das kleine Mädchen fest, welches er zu seinem Untertan machen wollte. Das Kind weinte herzzerreißend. Es konnte nicht begreifen, was hier geschah. Befreien konnte es sich auch nicht, denn der zum Stillstand gezwungene Vampir hatte nun eben auch unbewegliche Arme und Beine. Diese konnte Wasgo erst dann lösen, wenn er alle Vampire bewegungsunfähig gemacht hatte. So leid es ihm tat, aber das Mädchen musste eben noch ein paar Sekunden warten.

Auch den nächsten Vampir überwand er mit einem blitzschnellen Angriff. Und in Windeseile erging es den übrigen sechs Vampiren nicht besser.

Endlich konnte der junge Zauberer die verletzten Menschen aus den Fängen der Vampire befreien. Die waren überglücklich über ihre Rettung, bedankten sich überschwänglich, wollten Wasgo in ihr Dorf einladen und ihm alles schenken, was sie hatten – er konnte diese Dankbarkeit kaum abwehren, ohne die Leute zu beleidigen, aber er enttäuschte sie doch. Fast war ihm ihre Dankbarkeit schon peinlich – er hatte doch nur ein paar Zauber angewendet, sonst nichts! Jedenfalls glaubte er das in diesem Augenblick.

Das kleine Mädchen nahm ihren jungen Retter in die Arme, sah ihn aus ihren großen Augen an, lächelte, während ihr immer noch die Tränen über das Gesicht liefen, und sagte nur das eine Wort „Danke". Danach schmiegte sie sich an ihn. Abschließend gab Wasgo den Menschen Verhaltensweisen mit auf den Weg, die sie vor weiteren Schwierigkeiten schützen sollten.

Danach kümmerte er sich um die Vampire, mit denen er nicht viel Federlesens machte. Kurzerhand tötete er sie, teilte ihre Asche und vergrub diese an verschiedenen Orten, damit sie nicht wieder zurück in ihre Existenz geholt werden konnten.

Es wurde wirklich höchste Zeit, dass er Sinclair fand und mit ihm reden konnte. Was um alles in der Welt war nur in die transsilvanischen Vampire gefahren, dass sie einen regelrechten Krieg gegen die Menschen führten? Und warum waren sie so darauf aus, sich so schnell und so drastisch zu vermehren?

Luzifers Katze

Die Temperatur stieg und stieg. Nach nur wenigen Minuten glaubten Jodaryon und Deneb, ihre Lungen müssten verbrennen. Überall loderten Feuer, es stank bestialisch nach verbranntem Schwefel. Wenig später stießen sie auf einen breiten Lavafluss, der durch die Unterwelt strömte und ihren Weg kreuzte. An eine Überquerung zu Fuß war nicht zu denken. Deneb fragte: „Willst du mithilfe von Magie übersetzen oder lieber einen anderen Weg suchen?"

Jodaryon überlegte kurz und antwortete: „Ich glaube, wir sind schon in der Hölle angekommen. Dieser Lavafluss muss das Fegefeuer sein, allerdings sind wir hier noch außerhalb des Bewachungsbereiches für die schwarzen Seelen, die darin schmoren müssen. Ich glaube schon, dass wir unsere magischen Fähigkeiten hier noch nutzen können."

Nachdenklich ging er an dem Lavafluss entlang. Nach einer kleinen Weile sinnierte er: „Weißt du, unsere magischen Fähigkeiten werden wir hier überall anwenden können, so gut glaube ich Luzifer zu kennen. Dem wäre es doch langweilig, mich einfach nur zu töten, das hat er uns doch schon die ganze Zeit gezeigt! Der will mit uns spielen, dafür ist er bekannt! Und er wird einen Zweikampf wollen, um mir Angst einzujagen, um sich über meine Hilflosigkeit zu amüsieren ..."

„Du hast recht, Jodaryon. Wenn Luzifer dich nur töten wollte, ohne dass du eine Chance haben solltest, dich dagegen zu wehren, könnte er dir einfach Gevatter Tod schicken. Ich glaube, nein, ich bin davon überzeugt, dass der Teufel für uns noch so einige nette Überraschungen bereithalten wird. Ich bin gespannt, wann sein erstes Monster auftaucht."

„Trotzdem will ich hier nicht zaubern. Wir sehen lieber zu, wie wir den Lavastrom umgehen können. Irgendwie muss das ja möglich sein. Und falls Luzifer uns nicht sowieso schon beobachtet, dann müssen wir ihn ja nicht durch einen Zauber auf uns aufmerksam machen. Vor allem sollten wir jetzt noch nicht alle Karten auf den Tisch legen. Wir haben nämlich auch ein paar nette Überraschungen für ihn."

Sie folgten dem Lavastrom in Fließrichtung. Nach einer Stunde wurde der Strom immer kleiner und spärlicher, einige weitere Minuten später war er überhaupt nicht mehr zu sehen. Jodaryon nahm an, dass er irgendwo im Inneren der Erde verschwunden war. Sofort sanken die Temperaturen auf ein halbwegs erträgliches Maß ab. Diffuses Licht umgab die beiden Magier. Das Gehen fiel ihnen jetzt deutlich leichter.

Etwas später erreichten sie einen breiten Strom. Der Weg teilte sich.

„Wohin?", fragte Deneb.

„Weiß ich auch nicht so genau", antwortete Jodaryon. „Schau mal, der eine Weg sieht ziemlich wild und schwierig aus. Weg ist da schon übertrieben, das ist ja kaum ein Pfad. Wohin mag der nur führen? Meistens sind es doch die schwierigen Wege, auf denen man sein Ziel erreicht!"

„Nach dieser Logik müssten wir hier den einfachsten Weg nehmen."

„So schlau ist Luzifer auch", überlegte Jodaryon. „Sicher will er wieder seine Spielchen treiben."

Sie folgten dem Trampelpfad, über große Felsbrocken, kleine Steilabbrüche und glitschige Stellen hinweg. Alle fünf Minuten wechselten sie sich ab; wer vorausging, musste den Weg suchen, der Nachfolgende hatte es etwas einfacher, und auf diese Weise wollten sie Kräfte sparen. Bald stieg die Temperatur wieder spürbar an. Näherten sie sich erneut einem Feuer? Aber das hätte man doch sehen müssen!

Nach einer Viertelstunde sprang Deneb, der gerade vorausging, entsetzt zurück. Noch einen Schritt weiter und er wäre in einen bodenlosen Abgrund gestürzt. In eine Art Krater, dessen Grund kaum zu erkennen war. Ganz, ganz tief unten schimmerte ein schwacher Feuerschein.

„Umkehren?", fragte Deneb.

Natürlich! Dieser Abstecher hatte sie nur Zeit und Kräfte gekostet. Also zurück zur Abzweigung und auf den einfachen Weg. Doch bevor sie den einschlagen konnten, stieß Deneb plötzlich einen kleinen Ausruf aus.

„Schau mal, Jodaryon, da unten, am Fluss!"

Tatsächlich, da lag ein kleines Ruderboot. Halb hinter einem großen Stein versteckt, sodass man es schon einmal übersehen konnte.

„Nehmen wir das?", fragte Deneb.

„Schaue es dir erst mal genau an! Vergiss nicht, wo wir hier sind!"

Deneb stieg zum Fluss ab und untersuchte das Boot. „Keine Chance", rief er nach wenigen Augenblicken.

„Wieso?"

„Weil das Boot ein Leck auf der Unterseite hat! Nicht leicht zu erkennen. Wer damit losrudert ..."

Also blieb tatsächlich nur der einfache Weg.

Und der wurde zu ihrer großen Überraschung bald richtiggehend bequem. Wenn das schummrige Licht, das von überall und nirgendwo zu kommen schien, nicht gewesen wäre, hätten sich die beiden Zauberer wie auf einem Spaziergang gefühlt. Ihre Wanderung hatte sie in eine unterirdische Märchenwelt geführt, in eine sanfte Landschaft mit Wiesen, mit kleinen Baumgruppen, nur nicht in Grün, sondern in Blau- und Rottönen. Sogar einige Bänke in grellem Ockergelb standen am Wegrand. Allerdings sah man höchsten fünfzig Meter weit, dahinter herrschte pechschwarzes Dunkel.

„So gemütlich hätte ich mir die Hölle nicht vorgestellt", knurrte Jodaryon.

„Typisch Luzifer", vermutete Deneb. „Er will wieder mit seinen Opfern spielen, er will ihnen weismachen, die Unterwelt sei ja längst nicht so schlimm, wie man immer behaupte. Eine Art Erholungsort. Die schwarzen Seelen sollen sich auf ihrem Weg in Luzifers Reich einige Zeit wohlfühlen und sich in Sicherheit wiegen, damit der Schrecken über die Realität in der Hölle dann umso größer wird."

„Schau mal, da hinten!", rief Jodaryon.

Deneb erkannte sofort, was sein Freund meinte. In der Ferne, wo es wieder völlig dunkel war, leuchtete ein Lichtpunkt auf. Nur einer? Nein, es waren zwei und die wurden schnell größer. Jetzt war auch ein tiefes Schnurren zu hören, nicht sanft wie bei einem Hauskätzchen, sondern raubtierhaft und bedrohlich.

„Luzifers Katze", sagte Deneb.

„Die kommt sicher nicht, um sich bei uns Streicheleinheiten abzuholen", knurrte Jodaryon.

In diesem Augenblick verstummte das Schnurren, dafür ertönte ein lautes Fauchen. Und gleich darauf kam das Tier ins Licht. Den Zauberern war sofort klar, dass es um Leben und Tod ging. Luzifer schickte seine Vasallen, bevor er selbst auf den Plan trat, um seinen Opfern den Rest zu geben.

Luzifers Katze war ein ganz besonderes Exemplar. Sie war sicher dreimal so groß wie eine normale Hauskatze und hatte – das erkannte man auf den ersten Blick – extrem scharfe Krallen, mit denen sie ohne weiteres einem ausgewachsenen Mann den Arm abtrennen konnte.

Augenblicklich griff das Untier die beiden Magier an.

In einem unglaublichen Tempo raste das Höllentier auf Jodaryon zu. Das Maul mit seinen dolchartigen Zähnen war weit aufgerissen, die mächtigen Krallen waren voll ausgefahren. Kein Zweifel, diese Katze wollte töten oder zumindest verletzen. Mit einem gewaltigen Satz sprang sie den Herrscher der Welt an; dieser konnte gerade noch ausweichen, sodass sie nur seinen Umhang erhaschte und ihn halb zerriss.

Mit dem nächsten Sprung attackierte sie Deneb. Das ging so schnell, dass sie gegen seine Brust prallte, ehe er einen Gedanken fassen konnte. Mit den Krallen ihrer rechten Pfote riss sie in seinen linken Oberarm eine klaffende Wunde. Sofort strömte das Blut aus der Verletzung. Deneb verlor das Gleichgewicht und stürzte; dabei prallte er sehr schmerzhaft mit dem Rücken gegen einen großen

Felsbrocken. Augenblicklich rappelte er sich wieder auf, aber da stellte er fest, dass er seinen linken Arm nicht mehr gebrauchen konnte. Der hing ihm wie leblos an der Seite herab.

Das Monster machte kehrt und stürmte zurück in die Dunkelheit.

Wütend schickte Jodaryon der Katze einen Zauber hinterher, der ihr jedoch nichts mehr anhaben konnte – sie verschwand so schnell, wie sie gekommen war.

Aber sie hatte Deneb gefährlich verletzt.

Der zerstörte Berg

Luziferine schluchzte hemmungslos. Wie sah der vormals so schöne Berg aus!

Noch vor wenigen Augenblicken hatte sich da, wo Luziferine und Antares gerade standen, ein gewaltiger Gletscher befunden. Der Gletschersee unterhalb des Gipfels existierte nicht mehr. Die Almwiesen waren unter Schlamm und Gesteinsmassen begraben, nur ganz wenige kleine Grasflächen waren verschont geblieben. Der Talkessel, den vorher prächtiger Bergwald bedeckt hatte, stand unter Wasser. Hohe Wellen tobten jetzt dort, die durch den Wind noch größer wurden. Überall trieben umgestürzte Bäume auf dem Wasser und immer neue kamen hinzu, denn mit einer ungeheuerlichen Kraft prallten die Wogen gegen die Bäume am neu entstandenen Ufer. Und immer wieder brachen welche ab, heute würde man sagen, sie knickten wie Streichhölzer um.

In kürzester Zeit war der majestätische Berg zu einem riesigen Schutt- und Schlammhaufen geworden. Antares und Luziferine bemerkten erst jetzt, wie winzig klein und wie unbedeutend sie doch im Spiel der Naturgewalten waren. Nur durch Zufall hatte Antares seiner Frau bereits das zweite Mal das Leben retten können. Gut, dass er damals, als er Wasgo zum Zauberer ausgebildet hatte, auch selbst dazugelernt hatte! Sonst hätten er und Luziferine in dieser Hölle auf Erden nicht die kleinste Überlebenschance gehabt.

Gut, Antares war immer noch ein höchst mittelmäßiger Zauberer. Und natürlich hatte er auch dieses Mal die Zauberformel nicht richtig ausgesprochen. Aber das war egal. Sie lebten! Und da nahm er auch seinen brummenden und dröhnenden Schädel in Kauf, den er dem Sturm zu verdanken hatte und der Tatsache, dass er wie ein welkes Blatt durch die Luft gewirbelt worden war. Und dass Luziferine und er aussahen wie die schmutzigsten Kinder, die je im Schlamm auf dem Dorfplatz Hüttenbauen gespielt hatten – geschenkt!

Liebevoll nahm er seine Luziferine in seine Arme und drückte sie zärtlich an sich. Danach setzten sie ihren Weg zügig fort, sie durften nicht noch mehr Zeit verlieren. Ohne Schwierigkeiten fanden auch sie das Tor zur Hölle. Luzifer hätte sich die Verwüstung des Berges ebenso gut sparen können.

Mutig und ohne zu zögern traten Luziferine und Antares die Wanderung in das Innere des Berges an und folgten dem Weg, den auch schon vor ihnen Jodaryon und sein Freund Deneb gegangen waren.

Unermüdlich drangen sie in die Unterwelt vor, passierten den Lavastrom, hielten sich bei der Wegverzweigung erst gar nicht lange auf und erreichten die rotblaue Landschaft mit Wiesen und Baumgruppen und dem pechschwarzen Hintergrund. Auf einer der grell ockergelben Bänke lungerte ein Mann herum und glotzte sie verständnislos an.

„Schau mal", sagte Antares leise, „wenn der Kerl dich mit den Augen ausziehen könnte ..."

„Moment mal", antwortete Luziferine, „irgendwie kommt der mir bekannt vor."

„Der? Hm – jetzt dämmert's, ist das nicht –?"

„Doch, genau der! Der Hauptmann aus Bossus' Armee."

„Den wir in die Falle gelockt haben."

„Und dem du den Verstand weggezaubert hast!"

„Ach, weißt du", grinste Antares, „viel war da nicht wegzuzaubern ..."

„Gehen wir weiter, wir müssen Jodaryon einholen!"

Dass dieser einen Gefährten gefunden hatte und dass dieser Gefährte verletzt war, konnten sie nicht wissen. Sie wussten nur von Jodaryon. Ob sie den noch einmal lebend sahen?

Träume

Auch wenn Wasgo schon alles für sein Nachtlager bereitet hatte – lieber kramte er in der Dunkelheit wieder sein Gepäck zusammen, verstaute es in seinem Rucksack und zog weiter. Nichts wie weg von diesem unheimlichen Ort!

Viel konnte er nicht sehen, es war stockfinster. Er überlegte kurz, wie er das ändern konnte, und da fielen ihm die kleinen Insekten ein, die sich beim Fliegen etwas Licht spendeten. An den Namen dieser seltsamen Tierchen erinnerte er sich auch und so zauberte er sich eine große Anzahl von Glühwürmchen herbei. Nun ging es besser.

Aber irrten nicht auch die Menschen, die er vor den Vampiren gerettet hatte, jetzt hilflos durch den finsteren Wald? Womöglich voller Angst, auf andere Vampire zu stoßen! Schnell schickte er ihnen ebenfalls solche Insekten zu, damit sie sicher in ihr Dorf zurückkehren konnten.

Schon nach einer halben Stunde gemächlichen Fußmarsches fand er ein ideales Plätzchen für seine Nachtruhe. Ein kleines ebenes Wiesenstückchen direkt bei einer Quelle. Jetzt, am Ende eines langen Wandertages und zumal nach dem Ende des nervenaufreibenden Kampfes mit den acht Vampiren, meldete sich seine Müdigkeit.

Er aß und trank noch eine Kleinigkeit und legte sich dann gleich zum Schlafen nieder. Schnell tauchte er in das Land der Träume ein. Die Nachtgespenster wachten über seinen Schlaf und beschützen ihn vor den bösen Geistern der Vampire und den schwarzen Seelen aus der Hölle, die vom Hüter des Fegefeuers die Erlaubnis bekommen hatten, den Menschen auf der Erde das Fürchten zu lehren.

Friedlich lag Wasgo an einem kleinen wärmenden Feuer und gab sich seinen Träumen hin. Wenn es nach den Nachtgespenstern gegangen wäre, die nach der Musik der kleinen Elfen um das Feuer tanzten und auf den jungen Magier aufpassten, sollten ihn nur angenehme Träume erreichen. Doch die Nachtgespenster und Elfen hatten Gegenspieler, die ab und zu einmal deren Macht durchbrachen und unserem jungen Helden wirre Träume bescherten.

So träumte Wasgo zunächst von seinen Eltern. Sie wanderten einem schönen Berg entgegen. Plötzlich befanden sie sich in einem fürchterlichen Sturm, der sie vom Erdboden hob und mit ihnen wie mit einem fliegenden Luftballon spielte. Danach sah er nur noch Wasser und nichts als Wasser.

Anschließend gewannen die Nachtgespenster wieder die Oberhand über die bösen Geister und schwarzen Seelen und schickten den jungen Zauberer zurück in angenehme Träume. Er lief über eine blühende Almwiese und erfreute sich an einen einzelnen grünen Grashalm. Jodaryon stand lächelnd vor ihm.

Doch das Böse gab nicht auf. Aus dem lächelnden Jodaryon wurde ein Fremder, dessen Gesicht schmerzverzerrt war. Nein, doch kein Fremder, das musste – nein, kein Zweifel, das war Jodaryons Freund Deneb. Aber was war mit dessen linkem Arm? Schlaff hing der von der Schulter herab. Und er veränderte sich seltsam, er wurde länger und länger, bis er auf den Erdboden herunterreichte. Im nächsten Augenblick, Wasgo hatte es fast schon erwartet, fiel der Arm vom Körper ab und auf den Boden herunter. Der nun einarmige Deneb lachte und lachte in einem fort, völlig hysterisch, er konnte sich gar nicht mehr beruhigen.

Der abgefallene Arm bekam plötzlich ein Eigenleben. Eines, das geradezu beängstigend war. Er kroch über die Wiese und wurde zusehends dicker und länger. Und verformte sich die Hand nicht zu einem Schlangenkopf? Aber nein, der Arm hatte plötzlich einen Schwanz wie ein Vampir und konnte sich dadurch abstützen und aufrichten. Und richtig, Wasgo hatte es genauso erwartet, gleich nahm der Schlangenkopf wieder eine andere Form an. Er verwandelte sich in den Kopf einer höhnisch lachenden Fledermaus. Auch der Rest des Armes wurde zum Körper eines Vampirs. War das Sinclair? Das musste doch Sinclair sein! Und warum erschien der Wasgo nur so boshaft? Das sollte sein früherer Freund Sinclair sein, den er als Kind immer Onkel genannt hatte?

Der Traum verblasste und Wasgo erwachte. Er fühlte sich wie gerädert. Als ob er überhaupt nicht geschlafen hätte. Die schwarzen Seelen und die bösen Geister der Vampire waren in der letzten Nacht doch mächtiger gewesen als die friedlichen und liebevollen Nachtgespenster. Der junge Magier hoffte, dass das bald vorbei sein werde und er wieder einen erholsamen Schlaf bekommen konnte.

Nach dem Frühstück machte er sich von Neuem auf die Suche nach Sinclair.

Eine rettende Idee

Jodaryon war von dem überfallartigen Angriff der Katze völlig überrumpelt worden. Sofort eilte er zu seinem Freund Deneb und sprach einen Heilungszauber.

Dankbar sah Deneb ihn an. Die Wunde schloss sich rasch. Aber wenig später klagte Deneb, er habe immer noch geradezu höllische Schmerzen im Arm.

„Seltsam", sagte Jodaryon, „einem anderen würde ich das jetzt gar nicht glauben. Ein Heilungszauber lässt eine Wunde doch vollständig heilen! Zeig mal her!"

Deneb legte seinen Rucksack und seinen Umhang ab, zog unter schmerzlichem Stöhnen sein Hemd aus und besah sich mit seinem Freund gemeinsam seinen linken Oberarm. Wirklich merkwürdig, dort hatte sich eine dicke, hässliche Narbe gebildet. Aber bei einem Heilungszauber sollte doch eigentlich auch keine Narbe zurückbleiben!

„Was sind denn das für Schmerzen? Kannst du die näher beschreiben?"

„Es brennt höllisch, im wahrsten Sinn des Wortes", erwiderte Deneb mit einem Grinsen im Gesicht.

„Wenigstens hast du deinen Humor noch behalten. Aber diese Narbe gefällt mir überhaupt nicht und noch weniger gefallen mir deine Schmerzen. Welches Gift hat dir dieses Mistvieh denn nur verpasst? Nicht dass du mir hier langsam an diesem Scheißding verendest!"

„Ach, was, mach dir mal nicht zu viele Gedanken! Gehen wir lieber weiter! Und lass solche Ausdrücke nur ja nicht Luziferine hören!" Deneb bemühte sich zu lachen. Er zog sich an, schulterte seinen Rucksack und schritt nun besonders forsch aus. Aber Jodaryons

Sorgen wuchsen. Es war doch unübersehbar, wie sich Deneb quälte! Das war nun einmal keine gewöhnliche Verletzung; sie war magisch und da musste man das Schlimmste befürchten. Vermutlich ahnte auch Deneb, dass er schon dem Tode geweiht war. Sicher wollte er seinen Freund Jodaryon nur schonen, solange es irgendwie ging.

Immer mühsamer schleppte er sich Meter um Meter weiter. Die Zeit schien überhaupt nicht zu vergehen. Nach etwa einer Stunde konnte er sich nur noch unter starken Schmerzen aufrecht halten und schien Fieber zu haben. Die Schmerzen ließen ihn in immer kürzeren Zeitabständen aufstöhnen.

„Wir werden hier eine Rast machen!", befahl Jodaryon.

Deneb drehte sich zu ihm um und meinte: „Aber wir sind doch noch gar nicht weit gegangen!"

„Nein, das sind wir wirklich nicht", sagte Jodaryon leise, aber so, dass ihn Deneb gut verstehen konnte.

Der sah ihn aus traurigen Augen an und erwiderte: „Es tut mir leid, ich bin dir wohl keine Hilfe mehr. Das Katzenvieh hat mich mehr erwischt, als ich mir zuerst eingestehen wollte. Ich habe fürchterliche Schmerzen und jetzt fangen auch noch meine Eingeweide an zu brennen. Ich fürchte, ich komme nicht mehr weit. Ich werde sterben!"

„Nein, niemals!", rief Jodaryon laut aus. „Ich lasse dich nicht ein zweites Mal sterben. Du musst leben! Ich brauche dich noch! Vielleicht weiß ich auch schon, wie dir geholfen werden kann! Jetzt lege erst mal das Gepäck ab! Nun den Umhang! Und das Hemd, aber vorsichtig, langsam! Und jetzt setze dich hin!"

Deneb wollte wissen, was Jodaryon vorhatte.

„Das ist ganz einfach. Luzifers Katze hat dich mit magischen Krankheitserregern infiziert. Ich rufe einen Vampir zu uns. Wenn der dich beißt und von deinem Blut trinkt, sind vielleicht diese Krankheitserreger aus deinem Körper verschwunden", sinnierte Jodaryon.

Jodaryon hatte damit eine geniale Idee. Er griff mit ihr schon zu seiner Zeit den Gedanken eines Aderlasses auf, der im Mittelalter und noch lange danach von vielen Ärzten angewandt wurde. Ziel eines Aderlasses war es, Erreger aus einem erkrankten Körper zu entfernen, sodass der Körper die restlichen Krankheitserreger selbst bekämpfen konnte.

Aber Deneb war weitaus weniger begeistert. Genauer gesagt: Er blickte geradezu entsetzt. Energisch wackelte er mit dem ausgestreckten Zeigefinger seiner rechten Hand mehrmals von rechts nach links und wieder zurück. Dabei wirkte sein Gesicht sehr ernst, die Augen waren weit geöffnet, fast schon so, dass sie ihm aus den Augenhöhlen herauszufallen drohten. „Und ich werde ein Vampir!", rief er schließlich aus.

Jodaryon musste trotz der ernsten Situation lachen. „Dann wärst du aber ein zaubernder Vampir, das wäre doch auch etwas!" Aber gleich wurde er wieder ernst und sprach weiter: „Nein, das muss nicht sein. Wenn der Vampir nur wenig Blut von dir trinkt, dann kannst du vielleicht tatsächlich das Gift der Katze loswerden und wirst wieder gesund. Einen Versuch ist es auf jeden Fall wert."

Mit fragendem Gesicht sah Deneb den weisen Magier in die Augen: „Du meinst, dass das funktionieren könnte?"

„Ich weiß es nicht, aber du hast nichts mehr zu verlieren. Ich an deiner Stelle würde es versuchen!"

Deneb hatte Angst. Er war doch erst durch Wasgo und Jodaryon wieder ins Leben zurückgeholt worden und wollte nicht gleich wieder sterben! Er konnte den Menschen doch noch so viel Gutes tun! Wenn er Glück hatte, konnte er noch gut und gerne seine dreihundertfünfzig Jahre leben. Dreihundertfünfzig Jahre! Vier oder fünf Menschenleben! Was konnte er da noch alles bewirken? Nein, er wollte leben! Leben und seinem Freund zur Seite stehen, damit auch der noch viele Jahre glücklich auf dieser Welt wandeln konnte.

Jodaryon ließ Deneb Zeit. Auch für einen Zauberer war es nicht leicht, sich einem Vampir zu stellen und sich von ihm sogar beißen zu lassen. Immerhin war es nicht völlig ausgeschlossen, dadurch selbst zum Vampir zu werden. Wer wollte das schon! Das hätte Deneb zwar eine ewige Existenz versprochen, aber nur ein Vampir konnte wissen, ob eine solche Existenz überhaupt erstrebenswert war.

Mit hängendem Kopf saß Deneb auf dem Boden. Ständig ächzte und stöhnte er vor sich hin, die Schmerzen mussten wirklich unerträglich sein. Endlich hob er seinen Kopf, sah seinem Freund in die Augen und sagte entschlossen: „Ich werde sowieso sterben! Sich von einem Vampir helfen zu lassen, ist mehr wert, als einfach so aufzugeben. Ich will leben, verdammt noch mal! Also versuche ich es eben! Aber versprich mir, dass du mich tötest, wenn ich ein bösartiger Vampir werden sollte!"

Das versprach ihm Jodaryon voller Erleichterung. Danach versetzte er sich in Trance. Deneb passte auf ihn auf, so gut er das eben konnte. Jodaryon besuchte in seiner Trance die Höhle, in die Wasgo erst vor kurzer Zeit die von ihm mit einem Stillstandszauber belegten Vampire eingeschlossen hatte.

Vampire waren so unterschiedlich wie Menschen. Unterschiede gab es nicht nur in ihrem Aussehen, sondern ebenso im Charakter. Auch ein Vampir konnte ein freundliches und attraktives Gesicht haben, nett und gemütlich sein. Jodaryon wollte keinen absolut bösartigen Vampir für Denebs Rettung nutzen. Nachdem er, wie er meinte, einen geeigneten Vampir ausgewählt hatte, hob er Wasgos Zauber des ewigen Schlafes für diesen auf und sprach mit ihm über die Rettung seines Freundes.

Der Vampir war bereit, Jodaryon zu helfen. Dafür verlangte er aber eine Gegenleistung.

„Was soll ich für dich tun?", wollte der weise Magier wissen.

„Das sage ich dir, wenn ich deinem Freund geholfen habe. Aber du musst mir meinen Wunsch erfüllen. Tust du es nicht, so werde ich deinen Freund töten!"

„Wenn ich niemandem das Leben nehmen soll, will ich dir gerne deinen Wunsch erfüllen, vorausgesetzt, dass auch du danach niemand töten willst. Gut, wenn es ein regelrechter Bösewicht ist, der den Tod verdient hat ..."

„Einverstanden", sagte der Vampir, „ich vertraue dir und will versuchen, deinen Freund zu retten. Bringe mich zu ihm!"

Die magischen Kräfte Luziferines

Mutig und voller Zuversicht drangen Luziferine und Antares immer weiter in der Unterwelt vor. Sie wollten Jodaryon helfen und ahnten nicht, dass sie selbst in Lebensgefahr schwebten.

Antares war ein unsicherer Zauberer. Wenn er sich konzentrierte, vermochte er durchaus starke magische Kräfte zu entwickeln; das wusste niemand besser als Luzifer. Aber mit dem Konzentrieren war es so eine Sache bei ihm. Nur zu leicht ließ er sich ablenken oder verlor die Nerven und dann unterliefen ihm zuweilen die einfachsten Fehler. Bisher hatten die noch nie schwerwiegende Folgen gehabt, aber hier war er im Reich des Höllenfürsten. Da konnte der kleinste Patzer fatale Auswirkungen haben.

Die erste große Herausforderung für die beiden ließ nicht lange auf sich warten. Wie schon vor ihnen Jodaryon und Deneb entdeckten sie einen kleinen Lichtpunkt in der Ferne, der sich gleich darauf in zwei leuchtende Punkte teilte. Kaum hatten sie Zeit, sich darüber zu wundern, dass diese Punkte schnell immer größer wurden, da vernahmen sie auch schon das Fauchen von Luzifers Katze. Im nächsten Augenblick erblickten sie das Untier. Luziferine erkannte es sofort, sie hatte ja genug Zeit in der Hölle verbracht.

Kaum konnten sie zur Seite springen und sich an einen großen Felsbrocken pressen, da griff die Katze bereits an. Ihr Sprung ging ins Leere, aber rasend schnell drehte sie sich um und attackierte das Paar erneut. Antares war starr vor Schreck. Seine Augen weiteten sich, er sah das Tier wie in Zeitlupe auf sich zukommen. Aus ihrem geöffneten Maul tropfte der Speichel und ihre riesigen Eckzähne versetzten ihn vollends in Panik. Ihre gewaltigen Krallen waren weit ausgefahren. Sein Leben flog an seinem inneren Auge vorbei, er war sicher, gleich sterben zu müssen. Gleich – gleich mussten ihm die messerscharfen Krallen den Bauch aufschlitzen.

Jetzt schnell einen Zauber anwenden! Aber wieder einmal fiel ihm auf die Schnelle keiner ein. Natürlich, es war immer dasselbe mit ihm. Wenn es darauf ankam, versagte er oder machte sich lächerlich.

Nur noch zwei, höchstens drei Sprünge des Monsters ...

Gut, auf den Tod war Wasgos Vater vorbereitet. Er hatte erreicht, was es zu erreichen gab. Sein Sohn hatte die Welt gemeinsam mit Jodaryon von Bossus' Tyrannei befreit und er, Antares, war dabei über sich hinausgewachsen und hatte einen maßgeblichen Anteil dazu beigetragen.

Jetzt setzte die Katze zu einem gewaltigen Satz an. Antares wusste, dass es vorbei war. Mechanisch hielt er Luziferines Hand umklammert.

Was dann geschah, begriff er erst nachträglich. Mit einem Ruck riss Luziferine ihre Hand aus der ihres Mannes, machte selbst einen Buckel wie eine Katze, wandte sich dem Höllentier zu – und was war das? Ihre Fingernägel wuchsen, sie waren in wenigen Augenblicken so groß wie Schwerter und auch scharf wie Schwerter.

Antares erkannte, dass er keine Zeit mehr hatte, sich von Luziferine zu verabschieden. Gleich musste er die Krallen der Katze spüren.

Aber da schrie das Monster markerschütternd auf und fuhr zurück, wurde zurückgeschleudert. Wie in einem Film, der ihn nicht betraf, nahm Antares wahr, dass die Katze aus fünf tiefen Wunden blutete, dass sie – es war kaum zu glauben – an Luziferines scharfen Fingernägeln hing, ganz einfach aufgespießt. Einige Male kreischte sie noch voller Todesangst und machte ein paar hilflose Versuche, sich zu befreien – keine Chance. Einen Augenblick später war sie tot. Ihre Zunge hing schlaff aus ihrem Maul.

Luziferines Fingernägel bildeten sich zurück. Die Katze fiel auf den Boden.

Erst mit großer Verspätung realisierte Antares, was geschehen war. Ungläubig blickte er seine Frau an, seine panische Angst legte sich nur langsam. Schließlich brachte er die Energie auf, sie zu fragen: „Wie hast du das eben bloß gemacht?“

„Das weiß ich ja selbst nicht! Aber Hauptsache, die Gefahr ist vorbei“, meinte sie erleichtert.

„Ich bin ja so froh, dass du bei mir bist“, sagte Antares.

„Und du“, sagte Luziferine leichthin, um ihre innere Aufgewühltheit zu überspielen, „ziehst dir mal ganz schnell ein anderes Hemd an. Schau mal, wie deines aussieht! Total zerrissen! So läuft man doch nicht in der Hölle herum!“

Erst jetzt bemerkte Antares, dass die Haut auf seinem Oberkörper aus einigen kleinen Einstichen blutete. Doch das fand Luziferine gut, weil so, falls die Krallen der Katze vergiftet waren, das Gift aus seinem Körper wieder herausgespült wurde.

„Ich glaube, ich weiß, wieso das eben so gelaufen ist“, überlegte Luziferine. „Als mich Papa Luzifer seinerzeit aus seiner Hölle rausgeschmissen hat, da hat er mir fast alle magischen Kräfte genommen. Aber eben nur fast alle. Wenn meine Familie in direkter Gefahr sei, sagte er mir damals, dürfe ich sie mit magischen Kräften verteidigen.“

„Das hat dir der Alte erlaubt? So großmütig war er? Was war denn da in den gefahren?“

„Na, ja, er hat ja nicht angenommen, dass ich ihm eines Tages seine Schmusekatze aufspieße.“

Der Herr der Vampire

Wohin nur mochte dieser Waldweg führen? Wasgo brannte darauf, endlich Sinclair zu finden, um den Krieg der Vampire in Transsilvanien beenden zu können. Alle seine Hoffnungen beruhten darauf, dass deren Herr ihm dabei half. Wenn nicht, dann – Wasgo hatte sich das längst klargemacht – bedeutete das Kampf. Einen alles entscheidenden Kampf, einen Kampf auf Leben und Tod. Und zwar nicht gegen irgendjemanden, auch nicht gegen einen mehr oder weniger dümmlichen Vampir, der nur Fressen, genauer, Blutsaugen im Kopf hatte, sondern gegen den erfahrenen, mit allen Wassern gewaschenen Herrn der Vampire, der vermutlich alle magische und nichtmagische Kräfte, Raffinessen und gemeine Trickse-reien anwenden würde.

Aber noch hoffte Wasgo, diesen Kampf verhindern zu können. Nur musste er dazu endlich Sinclair finden. Es half ja nichts, dass er kreuz und quer durch Transsilvanien lief und einen Vampir nach dem anderen zur Strecke brachte. Um diese Vampire ging es doch eigentlich gar nicht. Es ging um Sinclair.

Doch dann kam ihm ein anderer Gedanke. Wer garantierte ihm denn, dass es wirklich Sinclair war, von dem die Entscheidung über Krieg und Frieden abhing? Gab es nicht genug Vampire, die nicht zu dessen Gefolgschaft zählten? Und wenn der Herr der Vampire tatsächlich sterben sollte, konnten dann nicht diejenigen Vampire, die nicht zu Sinclairs Gefolgschaft gehörten, den Krieg gegen die Menschen weiterführen? Also lag es doch auf der Hand, dass der Frieden nicht nur von Sinclair abhing!

Aber vermutlich konnte ihm Sinclair doch helfen, den Krieg zu beenden. Nur musste Wasgo ihn eben finden und mit ihm reden.

Während der junge Magier seinen Gedanken nachhing, wurde er wieder einmal beobachtet. Und wieder bemerkte er das nicht. Dabei hätte er doch so langsam wissen sollen, dass es schnell lebensgefährlich werden konnte, wenn er so in Gedanken durch einen stockdunklen Wald wanderte! Er war dermaßen mit sich selbst beschäftigt, dass er das Netz vor sich, welches zum Fangen von großen Tieren und, ja, offenbar auch von Menschen benutzt wurde, völlig übersah.

So tappte er sozusagen blind in die Falle. Erst als er in dem Netz zwischen mehreren Bäumen in der Luft hing und wie ein Pendel hin und her schwang, realisierte er, dass er gefangen war. Endlich kehrten seine Gedanken in die Realität zurück. Leise fluchte er vor sich hin. Unter sich sah er zwei Vampire mit Schwanz, Flügeln und Fledermausgesicht. Seltsam, dass sich Vampire in Transsilvanien nicht als Menschen zeigten! Jeder Vampir, den er bisher in dieser Gegend gesehen hatte, war in dieser Gestalt vor ihm erschienen.

Sollte er sich jetzt durch einen Zauber befreien? Wozu denn? Die Vampire mussten nicht gleich merken, dass er ein Zauberer war. So wehrte er sich nicht im Geringsten, als die beiden das Netz mit ihm zur Erde herunterließen. Mal sehen, wohin die ihn brachten – vielleicht zu Sinclair! Wenn er sich jetzt als Magier zu erkennen gab, musste es zu einem Kampf kommen, der nur mit dem Tod der Vampire enden konnte. Und in diesem Fall wäre er bei der Suche nach Sinclair wieder auf sich alleine gestellt gewesen. Sollten sie ihn also ruhig zu ihrem Herrn bringen! Wehren konnte er sich notfalls immer noch, sofern sie auf blutrünstige Gedanken kommen sollten.

Als sich Wasgo endlich frei bewegen konnte, führten ihn die Vampire in eine Höhle. Kaum hatte er auch nur einen Fuß hineingesetzt, schlug ihm schon der typische Geruch von Fledermausexkrementen entgegen. Und wie! Offenbar wurde die Höhle schon seit langer Zeit von diesen Vampiren genutzt. Das verriet der starke und intensive Gestank. Wasgo drehte sich beinahe der Magen um. Diffuses Licht umgab sie.

Einer der beiden Vampire entfernte sich, mit dem anderen musste Wasgo warten. Nach etwa fünf Minuten kehrte der zweite Vampir mit einem weiteren zurück.

„Also wirklich du."

Wasgo erkannte gleich die Stimme Sinclairs.

„Ehrlich gesagt habe ich dich erwartet. Ich habe mir schon gedacht, dass sie keinen anderen hierher schicken, um uns zu hindern, gegen die Menschen Krieg zu führen!"

Wasgo konnte den Gestank kaum noch aushalten. Trotzdem riss er sich zusammen und antwortete: „Und du hättest auch wissen müssen, dass wir uns keinen Krieg gefallen lassen können. Es geht doch nicht, dass ihr ganze Dörfer überfallt und ausraubt. Und dass ihr die Menschen zu Vampiren macht."

„Das alles, mein lieber Wasgo, war mir bewusst", erwiderte Sinclair. „Ich begrüße dich. Geht es dir gut?" Mit diesen Worten nahm Sinclair seine menschliche Gestalt an, die eines etwa zwanzigjährigen gut aussehenden jungen Mannes mit recht sportlicher Figur.

„Danke der Nachfrage, es geht mir gut", antwortete Wasgo zurückhaltend. Er war irritiert. Irgendetwas stimmte hier nicht. Aber was?

„Gehen wir doch aus der Höhle hinaus und suchen uns ein Plätzchen, wo wir es uns bequem machen können!", sagte Sinclair im freundschaftlichsten Ton.

Nur zu gerne stimmte der junge Magier zu, längst schon tränten seine Augen vom Ammoniakgeruch. Draußen atmete er zuerst einmal tief durch, obwohl er sich etwas darüber ärgerte. War es richtig, Sinclair so offen seine Gefühle zu zeigen?

Sie setzten sich auf einen großen Felsbrocken, Sinclair – so schien es Wasgo – etwas schwerfällig, fast schon apathisch. Ja, das war es, was ihm gleich aufgefallen war: Alles an dem Vampir schien langsamer geworden, die Bewegungen, erst recht das Sprechen. Wie bei einem alten Mann. Ja, konnten denn Vampire altern? Unsinn! Wasgo zwang sich zur Konzentration. Seit er Sinclair das letzte Mal gesehen hatte, war so viel passiert, dass ihm seine Erinnerung einen Streich spielte, das war's!

„Eine Frage, lieber Wasgo. Vor kurzem sind hier zwei Vampirkolonien zerstört worden. Warst du das?"

Wer denn sonst! Wasgo hatte aber auch nicht vor, sich auf lange Spielchen oder gar auf eine Art Verhör einzulassen, und so antwortete er mit einer Gegenfrage: „Sind es deine Vampire, die in Transsilvanien einen Krieg gegen die Menschen führen und ganze Dörfer vernichten und deren Einwohner zu ihrem Gefolge machen?"

Sinclair schwieg und blickte unter sich. Endlich atmete er laut aus. Und es dauerte, bis er antwortete! Mehrere Male setzte er an, als müsse er alle seine Kräfte zusammennehmen. Es schien so, als sei er nicht mehr Teil dieser Welt.

„Mir war von Anfang an klar, dass wir Vampire wieder einmal zwischen sämtlichen Stühlen sitzen mussten. Wenn ich nur gewusst hätte, wie ich das hätte verhindern können!"

Wie schleppend das kam, wie energielos! Wasgo fragte sich, ob das jetzt aufrichtig gemeint war oder ob Sinclair das unschuldige Opfer spielte. Immer noch wusste er nicht so recht, woran er mit seinem einstigen Freund und „Onkel" eigentlich war. Aber dann blickte er den Herrn der Vampire genauer an. Der schien ihm ehrlich bedrückt. Aus einer Regung heraus beschloss er, ihm zu Hilfe zu kommen: „Luzifer steckt dahinter, stimmt's?"

„Wasgo, was ist nur aus dir geworden!", rief Sinclair aus. Selbst diese spontane Äußerung kam erst nach kurzem Schweigen. „Ist es wirklich erst ein paar Jährchen her, dass du der kleine Junge warst, der zu seinem 'Onkel Sinclair' aufsah? Und jetzt bist du der mächtigste Zauberer der Welt!"

„Zusammen mit Jodaryon", sagte Wasgo schnell. Alles brauchte Sinclair nun auch nicht zu wissen. Außerdem ärgerte es ihn, dass dieser offenbar ablenken wollte.

„Du hast völlig recht: Luzifer hat uns unter Druck gesetzt. Er war plötzlich völlig außer Rand und Band, wollte am liebsten gleich die ganze Welt kurz und klein schlagen und hat uns gezwungen, die Dörfer zu überfallen und die Anzahl der Vampire zu vervielfachen."

Was war denn jetzt los? Sinclair stöhnte auf und fasste sich an den Kopf. Hatte er etwa Kopfschmerzen? Aber ein Vampir konnte doch keine Schmerzen spüren! Sein Körper vermochte sich in Sekundenschnelle von jeder Krankheit zu heilen! Das wusste doch jeder! Wozu also das ganze Theater? Oder steckte doch mehr dahinter?

„Luzifer versprach uns, dass wir eines Tages in die Unterwelt zurückkehren dürften, wenn wir uns an seine Anweisungen hielten", fuhr der Vampir endlich schwerfällig fort.

„Und das hast du ihm geglaubt?", rief Wasgo.

Sinclair lachte kurz auf, müde und matt wie ein Greis.

„Natürlich nicht, ich bin ja auch nicht erst seit gestern auf der Welt. Aber er hat uns ganz einfach gedroht. Er wusste, dass er am längeren Hebel saß, und das nutzte er aus, ohne zu zögern. Er drohte, uns kurzerhand zu vernichten, falls wir uns weigern sollten, und das meinte er todernst. Was hätten wir tun sollen?"

Immer schwerer fiel es Wasgo, Sinclairs Worten zu folgen. Immer kraftloser schien der Vampir zu werden, immer undeutlicher sprach er, wenn man sein Nuscheln überhaupt noch als Sprechen bezeichnen konnte. Endlich schwieg er, scheinbar zu Tode erschöpft. Und auch Wasgo saß schweigend da. Was hätte er auch antworten sollen! Also war tatsächlich alles so, wie er es sich gedacht hatte!

Nach einer endlosen Pause schreckte Sinclair aus seinem dumpfen Brüten hoch und fuhr fort, offenbar mit größter Anstrengung:

„Ich habe so gehofft, dass du zu uns kommst und uns hilfst, aus diesem Dilemma herauszukommen. Es war mir doch von Anfang an klar, dass ihr uns jagen und vernichten werdet, sobald wir den ersten Menschen zu unseresgleichen gemacht haben! Natürlich müssen wir ab und zu Menschen jagen. Aber zu einem regelrechten Krieg hätte es nicht kommen müssen. Ja, du hast vollkommen recht, es ist ein Krieg daraus geworden, mit vielen Opfern. Auf beiden Seiten."

Völlig niedergeschlagen kauerte der einstmals so stolze Herr der Vampire auf seinem Stein.

Was Wasgo gerade über den Höllenfürsten gehört hatte, erschien ihm vollkommen plausibel. Luzifer hatte den Menschen den Krieg erklärt, einen gnadenlosen Vernichtungskrieg, und benutzte jeden, der sich dafür anbot, für seine Zwecke. Ja, was hätte Sinclair tun sollen? Er schien tatsächlich zu hoffen, dass ihm Wasgo einen Weg aus diesem Dilemma zeigen konnte.

Schweigend saßen sie da.

Einen Augenblick lang wollte in Wasgo Zorn auf sich selbst aufkommen. Warum war er nur so leichtsinnig gewesen anzunehmen, er werde Sinclair schon einen Ausweg anbieten können? Dabei war ihm zu keiner Zeit klar gewesen, wie dieser Ausweg aussehen konnte! Nicht einmal im Ansatz! Und jetzt schwiegen sie sich an. Völlig ratlos. Eine weitere Katastrophe bahnte sich an und er wusste nicht, wie er sie aufhalten konnte.

Eine Katastrophe? Nein, eine Tragödie.

Keine Frage: Hier eröffnete sich ihm eine einmalige Chance. Wenn ihm jetzt nichts einfiel, dann bedeutete das Krieg gegen die Vampire. Und einen mörderischen Kampf mit Sinclair, der da traurig, niedergeschlagen und mit einer vagen Hoffnung vor ihm saß wie ein Häufchen Elend. Und das nur, weil er für den armen Sinclair keinen Rat wusste. Mühsam zwang er sich zur Ruhe. Mit Emotionen war dieses Problem am allerwenigsten zu lösen.

Aber war es überhaupt zu lösen? Wasgo begriff, dass die Vampire in diesem Krieg eigentlich keine Täter, sondern Opfer waren. Entweder sie unterstützten Luzifer und mordeten die Menschen, oder sie verweigerten ihm den Gehorsam und wurden vom Teufel selbst gemordet. Egal, von welcher Seite man diese Geschichte betrachtete, die Vampire blieben auf jeden Fall die Verlierer.

Wasgo fasste den Entschluss, Sinclair reinen Wein einzuschenken.

„Es tut mir leid, mein Freund", sagte er, „du hast uns immer geholfen, wenn du es konntest. Und jetzt brauchst du mich zum ersten Mal und ich habe nicht einmal einen Rat für dich. Entweder du stehst auf Luzifers Seite und wirst deshalb von den Menschen getötet, oder du stehst auf unserer Seite, dann bringt euch der Höllenfürst um. Das ist aber auch alles ein Mist."

Wieder saßen sie da und schwiegen sich an.

„Wenn man Luzifer bloß irgendwie hinhalten könnte", brachte Sinclair mühsam hervor.

Da durchzuckte Wasgo eine Idee. Sie war eigentlich so einfach, dass er es gar nicht fassen konnte. Dass er darauf nicht früher gekommen war! Da hatte er sich Tag und Nacht das Gehirn zermartert, wie er denn einen eventuellen Kampf mit Sinclair bestehen könnte, und hatte dabei nicht an das Naheliegende gedacht. Ja, es stimmte, vor ihm saß ein uralter Mann im Körper eines Zwanzigjährigen.

Und noch seltsamer war, dass ihm alle untergebenen Vampire die Treue hielten. Statt ihn einfach wegzujagen oder gar zu vernichten und sich an seine Stelle zu setzen.

Aber auch das war ganz einfach zu erklären.

Wasgo hatte wieder einmal seinen alten Fehler gemacht: Er hatte vergessen, dass er ein Zauberer war. Und dass es neben ihm auch noch andere Wesen auf der Welt gab, die die Magie beherrschten. Ganz klar: Sinclair und seine Vampire waren allesamt verzaubert!

Und wer war in der Lage, sämtliche Vampire zu verzaubern? Wer hatte ein Interesse daran, die Vampire durch einen Zauber ohnmächtig und zu seinen Handlangern zu machen? Da gab es doch nur einen, der dafür infrage kam, und der saß in der Hölle und hieß Luzifer!

Das Ergebnis von Luzifers Zauber war, dass sämtliche Sinclair untergebene Vampire tun konnten, was sie wollten. Nur Sinclair sollten sie nicht antasten. Dieser bekam sämtliche Untaten mit, war aber völlig machtlos, konnte ihnen keinen Einhalt gebieten, sah die Katastrophe kommen und hatte nicht die geringste Chance, sie aufzuhalten. Auf so eine Idee konnte nur ein Luzifer kommen.

Das war es! Und Wasgo ärgerte sich maßlos, nicht schon viel früher die Lösung gefunden zu haben.

Aber noch war nicht aller Tage Abend. Wasgo war wild entschlossen, Luzifer gründlich die Suppe zu versalzen.

„Pass auf, Sinclair", sagte er, „wir sind Freunde und ich will dir helfen."

Sinclairs müdes Gesicht drückte so etwas wie Hoffnung aus. War doch noch nicht alles verloren?

„Ich habe von Anfang an gesehen, dass es dir schlecht ging, und das zerreißt mir das Herz. Ich glaube, ich weiß, wie ich dir helfen kann. Aber du musst mir vertrauen. Hörst du? Lass mich einfach machen! Ich glaube, bald wird es dir wieder gut gehen und dann können wir den Krieg zwischen den Menschen und den Vampiren beenden! Wenn du mich nur machen lässt!"

„Du meinst ..." Sinclair zögerte, müde und resigniert saß er da. Aber endlich raffte er sich zu einer Entscheidung auf.

„Tu, was du tun musst! Wem soll ich denn überhaupt noch vertrauen, wenn nicht dir? Ich werde mich nicht wehren."

Unverzüglich belegte Wasgo den Herrn der Vampire mit einem Stillstandszauber. Nicht dass der sich doch noch zu einer unbedachten Aktion hinreißen ließ und alles gefährdete! Wie erstarrt saß er jetzt da und Wasgo hatte alle Zeit, ihn mit seinen magischen Kräften zu untersuchen, um herauszufinden, mit was für einem Zauber ihn Luzifer belegt hatte und wie sich der entkräften ließ, ohne dass irgendein Schaden zurückblieb.

Dann begann er, lautlos einige magische Formeln auszusprechen. Dabei beschwor er mit den Händen den Himmel und die Erde. Langsam hob er seine Hände an, ließ sie über Sinclair kreisen und senkte sie danach auf dessen Schultern herab. Der Vampir saß unbeweglich da und zeigte keinerlei Reaktion.

Endlich rief Wasgo: „Erwache, Sinclair!"

Im nächsten Augenblick schlug der Vampir die Augen auf.

„Wie geht es dir, mein Freund?", fragte Wasgo.

„Gut geht es mir, sehr gut! So gut wie lange nicht mehr! Ja, aber – Wasgo, das gibt es doch nicht! Wo kommst du denn auf einmal her?"

Wasgo erzählte ihm von seinen Zaubern. Und vom Krieg.

„Von was für einem Krieg denn?", fragte Sinclair.

Der junge Zauberer berichtete ihm so übersichtlich wie möglich, was geschehen war. Sinclair war entsetzt. Das Letzte, woran er sich erinnern konnte, war, dass ihn Luzifer zuerst übelst beschimpft und bedroht und schließlich verzaubert hatte. Und dass er sich danach so elend gefühlt hatte wie noch nie zuvor. Aber alle Einzelheiten waren aus seinem Gedächtnis getilgt.

„Und ich soll die Kontrolle über meine Vampire verloren haben? Die sollen ganze Dörfer überfallen und alle Menschen gebissen haben? Wenn mir ein anderer solche abenteuerlichen Geschichten erzählen würde ..."

„Es war aber so, Sinclair", antwortete Wasgo. „Und eines ist ganz klar: Das war nicht dein Werk, auch nicht das Werk deiner Vampire. Das war das Werk Luzifers."

„Ich kann es immer noch nicht fassen", sinnierte der Herr der Vampire. „Dieser hundsgemeine Teufel! Dieser widerwärtige Schurke! Wenn ich den nur mal zwischen die Finger bekäme!"

„Ja, wenn!", sagte Wasgo. „Aber im Moment geht es doch um ein anderes Problem. Nämlich: Wie könnt ihr euch vor Luzifer schützen? Und wie beenden wir den Krieg zwischen den Menschen und den Vampiren?"

„Wenn wir Luzifer keine schwarzen Seelen liefern", sagte Sinclair, „dann wird er uns vernichten. Nichts wird ihn davon abhalten. Wobei eigentlich die Sache doch sehr einfach ist ..."

„Das denke ich auch. Haben wir gerade denselben Gedanken?"

„Gut möglich!" Sieh an, Sinclair konnte sogar wieder etwas lächeln.

„Es gibt immer noch genug von Bossus' Schergen hier in den Wäldern, oder?"

„Die haben auch allen Grund, sich nicht so offen zu zeigen", sagte Sinclair.

„Wenn ihr euch an die haltet? Da müsste Luzifer doch genug schwarze Seelen bekommen? Auch wenn er die früher oder später ohnehin bekäme ..."

„Richtig, die werden wir ihm jetzt präsentieren!", rief Sinclair freudestrahlend aus. „Und ich muss unbedingt die anderen Vampire wieder unter Kontrolle bekommen. Aber das lass mal meine Sorge sein!"

Wasgo kamen wieder Bedenken.

„Nein, das geht doch nicht. Das ist nicht so einfach. So ein Mist! Wenn ihr das macht, wenn ihr euch die bösen Menschen holt – ich kenne dieses Pack! Die werden dann jammern, was das Zeug hält, sie schreien die Welt voll, stellen sich als unschuldige Opfer dar ..."

Sinclair sah Wasgo triumphierend an. „Doch, das geht so! Ihr braucht ja nur dafür zu sorgen, dass sie kein großes Publikum für ihre Lügengeschichten finden! So machen wir das: Ich halte Luzifer hin, präsentiere ihm ab und zu einmal so eine schwarze Seele, und dann haben wir von euch nichts zu befürchten, weil wir ja nur die bösen Menschen jagen und sie zu den unseren machen. Luzifer wird über diese spärliche Ausbeute nicht glücklich sein, schimpfen, fluchen und drohen und uns die Unterwelt verweigern, aber das ist immer noch besser, als wenn wir vernichtet werden. So können wir in Luzifers Augen den Krieg aufrechterhalten, aber leben mit euch in Frieden. Das ist der einzige Ausweg. Ich sehe keinen anderen. Aber das wird klappen! Es muss!"

Einige Augenblicke saßen beide schweigend da. Plötzlich sagte Sinclair: „Wasgo, ich danke dir für alles. Was wäre ohne dich aus uns Vampiren geworden? Du hast uns gerettet. Das vergesse ich dir nie. Vielleicht – ich will es dir ja nicht wünschen, aber vielleicht können wir auch mal wieder etwas für euch tun. Und wir sind mächtig, deine Eltern und du, ihr habt euch früher immer auf mich verlassen können! Ich habe ..."

„Du hast uns herausgehauen, als Luzifer mich entführen wollte, und ..."

„Nein, das habe ich nicht. Das war das Verdienst deines Vaters! Gut, wir haben ihm ein bisschen geholfen, einige meiner Vampire sind dabei ja leider vernichtet worden ..."

„Na, stelle mal dein Licht nicht unter den Scheffel! Ohne dich säße ich jetzt nicht hier!"

Für Wasgo war unübersehbar, wie der jetzt wieder stolze, befehlsgewohnte Herr der Vampire unter der Situation litt, die er erst nach und nach in vollem Ausmaß zu überblicken schien. Dass er sich dermaßen vom Höllenfürsten hatte übertölpeln lassen, verletzte zutiefst sein Ehrgefühl. Ganz offensichtlich versuchte er gerade, sein

Gesicht zu wahren. Und zwar, indem er die Verdienste von Wasgos Vater hervorhob und zugleich seine eigenen erwähnte. Ganz dezent sozusagen. Nein, die Sache war noch nicht zu Ende, Wasgo war klar, dass er weiter sehr vorsichtig agieren musste, um den Krieg mit den Vampiren auch wirklich zu beenden. Sinclair war ihm gerade unendlich dankbar, ja, aber Sinclair war auch stolz. Stolz und befehlsgewohnt.

Wasgo verstand, dass er auf Sinclairs Stolz jetzt Rücksicht nehmen musste, um nicht noch im letzten Augenblick alles zu verderben. Hier war eine große Chance, Sinclair als Verbündeten zurückzugewinnen, während von einem verfeindeten oder gar vernichteten Sinclair nur einer profitierte: Luzifer. Nein, auf keinen Fall sollte der Herr der Vampire sein Gesicht verlieren, schon gar nicht vor seinen Untergebenen. Ganz abgesehen davon, dass es Wasgo ohnehin nicht übers Herz gebracht hatte, einen alten Freund, dem er so viel zu verdanken hatte, im Regen stehen zu lassen.

„Ja, es stimmt, du hast uns immer geholfen und dafür sehr viel riskiert", fuhr er fort, jedes Wort überlegend, „du hast uns nie enttäuscht oder gar hintergangen, das ist überhaupt keine Frage und das vergesse ich dir auch niemals."

„Dann sind wir uns ja einig!", sagte Sinclair schnell. „Ich gebe dir mein Ehrenwort, dass wir uns in Zukunft ausschließlich an die Schurken halten, an die Dreckskerle, die im Dienst von Bossus ihre Mitmenschen unterdrückt und gequält und tyrannisiert und umgebracht haben und jetzt sagen, sie hätten doch nur auf Befehl gehandelt – und man müsse doch mal vergessen können – und schließlich habe die Ewige Nacht auch ihr Gutes gehabt, da habe sich immerhin kein Mensch einen Sonnenbrand geholt ..."

Wasgo freute sich aus vollem Herzen. Sinclair war wieder der Alte!

Ausgerechnet jetzt stellte jemand zu Wasgo einen telepathischen Kontakt her. Wer konnte das nur sein? Aber es musste etwas Schlimmes passiert sein, denn er wurde aufgefordert, sofort und auf kürzestem Wege in die Hauptstadt zurückzukehren.

Und wer war das nur, der da mit ihm Kontakt aufnahm? Dieser Jemand war viel zu aufgeregt und durcheinander, als dass Wasgo ihn erkennen konnte.

Und was war eigentlich geschehen? Wasgo konnte nur einige Namen und das Wort „Tod" oder „tot" verstehen. Dazu nannte der Fremde die Namen Luziferine, Antares, Deneb, Jodaryon und Luzifer, dazu noch einige andere.

Vollkommen verstört und verunsichert erzählte Wasgo dem Herrn der Vampire von den vagen Nachrichten. Der junge Magier machte sich die allergrößten Sorgen. War jemand gestorben? Und wenn ja, wer? Aber im Augenblick konnte er nur spekulieren. Was tatsächlich passiert war, ließ sich nur in der Hauptstadt in Erfahrung bringen. Es half nichts, er musste sofort zurück. Wenn er jetzt bloß nicht zu spät kam!

Doch bevor Wasgo aufbrach, ließ er sich noch einmal Sinclairs Ehrenwort geben, sich an die Abmachungen zu halten. Sinclair meinte, das habe zudem noch einen großen Vorteil.

„Am besten hätte die Menschheit erst gar nicht von unserer Existenz erfahren", sinnierte er. „Aber wenn wir jetzt nur noch die Bösewichter jagen, dann besteht immerhin die Chance, dass die von niemandem vermisst werden. Ob die Menschen dann eines Tages die Vampire ganz einfach vergessen oder zumindest für Fabelwesen halten?"

Voller Angst um seine Eltern und Freunde nahm der junge Magier Abschied von Sinclair und brach unverzüglich auf. Wenn er nur endlich erfahren konnte, warum er so plötzlich nach Hause zurückkehren musste! War etwa tatsächlich jemand ums Leben gekommen, der ihm nahe stand? Wasgo ahnte nichts Gutes.

Mit der Anwendung vieler magischer Formeln konnte er sein Ziel in wenigen Stunden erreichen. Doch kein Minister und kein Druide oder Priester war in der Lage, ihm präzise Auskünfte zu geben.

Monster

Der Vampir wusste kaum, wie ihm geschah. Blitzschnell durchbrach er die magische Wand, die die Höhle verriegelte, blitzschnell raste sein Körper durch Raum und Zeit, und ehe er es sich versah, befand er sich in der Unterwelt bei den beiden Zauberern. In diesem Augenblick erwachte Jodaryon aus seiner Trance. „Das hat ja gut funktioniert!", freute er sich und stellte Deneb und den Vampir einander vor.

Der Vampir begrüßte den Verletzten mit einer leichten Verneigung. Das sah etwas komisch aus, weil er mit dem Schwanz, dem Gesicht und den Flügeln einer Fledermaus vor den Magiern stand. Deneb lächelte und grüßte zurück.

Da wurde dem Vampir bewusst, warum Deneb lächeln musste. Er entschuldigte sich und verwandelte sich in einen Menschen zurück. Jetzt war er ein Mann, der schon die Lebensmitte überschritten hatte. „Du bist also der verletzte Freund dieses Zauberers?", fragte er, indem er Deneb ins Gesicht schaute.

Deneb antwortete mit einem Ja. Danach fragte der Vampir weiter: „Es ist dir bekannt, was ich mit dir machen soll?"

Nachdem Deneb auch diese Frage bejaht hatte, wollte der Vampir wissen: „Bist du damit einverstanden, dass ich dich jetzt beiße und von deinem Blut trinke?"

„Ja", antwortete Deneb zum dritten Mal.

Daraufhin trat der Vampir auf Jodaryons Freund zu, beugte dessen Kopf etwas zur Seite, schlug seine Eckzähne in Denebs Hals und trank einen kräftigen Schluck.

Augenblicklich merkte Deneb, dass sich in ihm etwas veränderte. Ähnlich wie Wasgo, als der sich von einem Vampir hatte beißen lassen, fühlte auch er den Zuwachs an magischen Kräften in sich. Vor allem aber spürte er von einem Moment zum nächsten keine Schmerzen mehr.

Aber Wasgo hatte sich vor dem Biss des Vampirs mit einem Zauber belegt, der verhinderte, dass er sich zu einem Vampir veränderte. So einen Zauber hatte weder Jodaryon an seinem Freund noch Deneb selbst an sich angewandt. Da der Vampir aber von Denebs Blut etwas trinken musste, wurde dieser zwar nicht zu einem Vampir, aber eben zu einem Halbvampir. Das bedeutete, dass Deneb alle Fähigkeiten eines Vampirs besaß, diese aber allmählich wieder verlieren musste. Da Vampire und Halbvampire sich in nur einem Sekundenbruchteil, bei schweren Verletzungen in nur wenigen Sekunden selbst heilen konnten, verschwand das Gift der Katze damit dauerhaft aus seinem Körper.

Als der Vampir von Deneb abließ, fragte Jodaryon, ob dieser sich wohlfühle.

„Ja, sehr gut sogar. Ganz seltsam, so gut wie schon lange nicht mehr. Ich könnte Bäume ausreißen – nur gibt es hier keine ... Im Ernst: Die Schmerzen sind weg, ich spüre magische Kräfte in mir, die ich nicht kenne. Ich glaube, dass ich jetzt ein Halbvampir bin."

„Den Göttern sei Dank!", rief Jodaryon voller Freude aus, „dann habe ich ja richtig gedacht und du bist wieder gesund."

Jetzt wandte er sich dem Vampir zu und sagte: „Du hast Deneb das Leben gerettet. Sag, was kann ich jetzt dafür für dich tun?"

Der Vampir verneigte sich vor Jodaryon. Darauf verlangte er in ernstem, fordernden Ton: „Vernichte mich!"

„Du hast mir wohl vorhin nicht richtig zugehört, als ich sagte, dass ich niemand töten werde!", sagte Jodaryon.

Der Vampir entgegnete: „Du tötest mich nicht, denn ich bin ein Untoter! Das heißt, ich lebe nicht, bin aber auch nicht tot."

„Du bist nicht tot, auch wenn du nicht lebst! Deshalb kann ich dich nicht töten", erwiderte Jodaryon.

Der Vampir wurde wütend: „Das ist Wortklauberei! Du hattest mir versprochen zu tun, was ich von dir verlangen werde!"

„Ich sagte auch, dass ich ..."

Jodaryon konnte nicht weitersprechen. Wie aus dem Boden gewachsen stand ein Monster aus der Hölle vor ihm. Ein Unhold mit halb verwestem Antlitz, mit einem Dolch in der skelettierten rechten Hand. Hatte es überhaupt einen linken Arm? Alles ging so schnell, dass Jodaryon nicht reagieren konnte.

Sofort erhob es den Arm und wollte auf Jodaryon einstechen.

Aber der Vampir und Deneb waren noch schneller, vampirisch schnell. Im selben Augenblick standen sie links und rechts neben dem Monster und rissen an allen Körperteilen, die sie zu fassen bekamen. Ein kurzer Aufschrei des Höllenwesens – dann flog sein Kopf zu Boden, Deneb hatte ihn abgerissen. Und der Vampir hatte seine rechte Hand mit dem Dolch in eisernem Griff. Der Rumpf lag ohne Arme zu Jodaryons Füßen. Sprachlos sahen sich die Drei an.

Doch dann sagte der Vampir zu Jodaryon: „Du hast mir versprochen, dass du tust, was ich von dir verlange!"

„Ist dir klar, ***was*** du von uns verlangst?", fragte Deneb. „Du hast erst mir und jetzt Jodaryon das Leben gerettet – und wir sollen ..."

„Ihr wisst ja nichts, gar nichts wisst ihr!" Und nun sprudelte es nur so aus dem Vampir heraus. „Ich musste mit ansehen, wie meine Familie von Vampiren überfallen und gebissen wurde! Zuerst mein Sohn, dann seine Frau und mein Enkelkind. Ich selbst hatte mich in einem dunklen Schuppen versteckt, das war reflexartig, aber völliger Blödsinn ... Könnt ihr euch vorstellen, wie mir zumute war, als sie danach völlig verzweifelt in ihrem Haus saßen und zu Vampiren wurden? Und am nächsten Morgen – ich sehe das vor mir, als wäre es gestern gewesen! Da gingen sie Hand in Hand in die Sonnenstrahlen und ließen sich töten! Nur drei kleine Häufchen Asche blieben von ihnen übrig! Wer da nicht den Verstand verliert ...

Im nächsten Augenblick hatte mich dann ein Vampir am Kragen. Einer dieser Blutsauger, dieser Mörder, einer von denen, die die ganze Welt terrorisieren und dann auch noch blöde und fies grinsen! Ich Dummkopf, ich Vollidiot habe geglaubt, ich könne die Vampire töten, die uns das angetan hatten! Und in Wirklichkeit musste ich diesen Mördern dann auch noch dienen! Wie ein Sklave! Und ich alter Feigling hatte nicht einmal den Mut, dasselbe zu tun wie meine Familie! Was war ich so froh, als ein Zauberer diese blutgierige Bande in eine Höhle verbannt hat! So bekommen diese Ungeheuer wenigstens doch noch ihre gerechte Strafe. Sie sind verdammt zum ewigen Nichtstun. Und zum ewigen Hunger. Das ist für sie das Schlimmste, das ihnen widerfahren kann. Zehn Mal schlimmer als der Tod!"

Jodaryon wollte dem Vampir antworten, doch der unterbrach ihn mit den Worten: „Keine Angst, ich werde deinen Freund nicht töten. Du brauchst ihn noch!"

So schnell, dass man kaum mit den Augen mitkam, entriss der Vampir dem Arm des Höllenmonsters den Dolch und rammte ihn sich in seine Brust, dorthin, wo sich sein Herz befand. Eine Rauchwolke stieg auf. Nichts als ein kleines Häufchen Asche blieb von ihm übrig.

Jodaryon und Deneb hatten keine Zeit, das Gesehene zu verarbeiten. Schlagartig wurde es heiß und sie hörten hinter sich Geräusche. Ein weiteres Monster erschien, das dritte, das Luzifer ihnen entgegenschickte. Ohne Vorwarnung griff es die Zauberer an. Richtiger: Es näherte sich ihnen quälend langsam, wie in extremer Zeitlupe. Aber unaufhaltsam.

Und dieses Monster hätte den Mutigsten in Panik versetzen können. Es stank wie die Pest. Schleim tropfte von seinen Armen und Beinen, ja, sogar vom Kopf. Das Wesen schien überhaupt nur aus Schleim zu bestehen. Je näher es Jodaryon und Deneb kam, desto größer wurde es.

Und es warf mit heißen Schleimbatzen. Ein erster verfehlte die Zauberer nur knapp und klatschte weit hinter ihnen auf den felsigen Boden.

Mit vereinten Kräften versuchten der Herrscher der Welt und sein Freund, das Höllenwesen zu bekämpfen. Doch kein Zauber, kein Trick wirkte. Gerade, dass sie die Schleimbatzen, mit denen sie das Ungeheuer bombardierte, mit Zauberformeln zur Seite abwehren konnten. Aber wie lange noch?

Zu allem Unglück stieg die Temperatur noch einmal an, beinahe ins Unerträgliche. Gleich darauf erkannten die Zauberer, warum: Im

Hintergrund standen, wie aus dem Boden gewachsen, der Hüter des Fegefeuers und der Höllenfürst persönlich. Luzifer wollte sich den großen Augenblick seines Triumphes nicht nur in seinem magischen Spiegel anschauen, er wollte selbst dabei sein!

Verzweifelt sandten die Magier die Strahlen der Liebe und des Lebens aus. Tatsächlich drangen diese in das Monster ein. Aber wieso zeigten sie denn keine Wirkung? Oder vielmehr: Sie zeigten, wie es schien, eine höchst unerwünschte Wirkung – das Monster schien immer noch weiter anzuwachsen! So etwas hatte selbst Jodaryon noch nie erlebt.

Immer näher kam es den beiden Zauberern. Ganz langsam tappte es voran, sein schleimiger, schwabbeliger Körper veränderte unablässig seine Form und das, was es als Gesicht hatte, glotzte Jodaryon und Deneb blöde an. Grinste es sogar? Immer schwerer fiel es Jodaryon und Deneb, die kochend heißen Schleimbatzen unschädlich zu machen.

Ein Felsbrocken, größer als ein ausgewachsener Mensch, versperrte ihm den Weg – es beachtete das Hindernis gar nicht. Ganz, ganz langsam, wie selbstverständlich, verschwand der große Stein in seinem Körper. Als wäre er nie da gewesen.

In diesem Augenblick begriff Deneb, dass die schleimigen Wurfgeschosse gar nicht die größte Gefahr darstellten. Die waren, jedenfalls in den Augen Luzifers, der wieder einmal mit seinen Opfern spielen wollte, nur eine Art Vorgeplänkel, vielleicht, um sie einzuschüchtern, vielleicht auch, um sie mürbe zu machen oder abzulenken. Nein, ihnen drohte dasselbe Schicksal wie dem Felsbrocken.

Ohne auch nur einen Augenblick zu zögern, stellte er sich vor seinen Freund und schützte ihn mit seinem eigenen Körper. Auf keinen Fall durfte dieses widerliche Schleimmonster dem Herrscher der Welt zu nahe kommen! Dass sich Deneb selbst dabei erst recht in die größte Gefahr brachte, war ihm in diesem Augenblick egal. Jodaryon musste in diesem Kampf bestehen, er musste über dieses Monster siegen, denn dieses Höllenwesen, dieser Helfershelfer Luzifers spielte doch eigentlich gar keine Rolle – es ging um Luzifer selbst, dem hatte sich Jodaryon noch zu stellen!

Immer wieder schickte Deneb dem Ungeheuer seine Strahlen der Liebe und des Lebens entgegen. Die mussten doch endlich einmal die erhoffte Wirkung zeigen, sie mussten! Aber es war so schwierig, die richtige Stelle dieses schlabberigen Kolosses zu treffen. Der hielt ja nicht einen Augenblick still. Es war zum Verzweifeln.

Im letzten Augenblick kam ihm noch eine andere Idee. Ob man gegen das Schleimmonster wohl mit telepathischen Kräften etwas ausrichten konnte? Ob man es ablenken, verunsichern konnte? Schwer, sehr schwer. Verbarg sich unter der Schleimmasse überhaupt so etwas wie ein Gehirn? Aber wenn einer mit seinen telepathischen Kräften etwas erreichen konnte, dann er, Deneb! Gleich nahm er zu dem Geschöpf des Höllenfürsten Verbindung auf. Es schien zu klappen!

„Du bist dem Tode geweiht, ich, Deneb, bin mächtiger als du Ausgeburt der Hölle, du Missgeburt aus Schleim und Dreck, du Spatzenhirn, da kannst du deinen unförmigen Körper vor mir aufpflanzen und aufblähen, wie du willst!" Immer wieder hämmerte er das auf telepathischem Weg dem Schleimmonster ein. Ob es sich ablenken ließ? Ob man es dazu bringen konnte, unaufmerksam zu werden? Tatsächlich schien es einen Augenblick zu zögern. Jetzt galt es!

„Du bist dem Tod geweiht, du hast keine Chance!", rief Deneb dem Monster zu.

Richtig, kein Zweifel war mehr möglich: Deneb empfing deutliche Signale. Das Höllenwesen hatte Angst! Es fürchtete sich vor Deneb! Es fürchtete um sein Leben!

„Du hast dich mit den falschen Leuten angelegt! Dafür wirst du jetzt büßen! Du wirst sterben! Sterben!" Und noch einmal nahm Deneb all seine Energie zusammen, um das Schleimmonster mit den Strahlen der Liebe und des Lebens zu besiegen. Diesmal gelang es ihm, genau den Punkt zu treffen, wo Luzifers Geschöpf so etwas wie ein Herz haben musste. Das Ungeheuer erstarrte.

Im nächsten Augenblick zerriss eine ohrenbetäubende Explosion den beiden Zauberern beinahe das Trommelfell. Eine riesige Rauchwolke stieg auf. Endlich zeigten die Strahlen der Liebe und des Lebens Wirkung. Und was für eine Wirkung! Das Monster wurde förmlich in der Luft zerrissen. Große, heiße Schleimklumpen flogen in alle Richtungen.

Dass daraus für die beiden Zauberer eine noch ungleich größere Gefahr erwuchs, wurde ihnen erst klar, als es zu spät war.

Direkt vor Jodaryon klatschte ein überdimensionaler Batzen Schleim auf den Boden der Hölle und verspritzte große Mengen seiner ekligen Masse nach allen Seiten hin. Jodaryon blieb bis auf ein paar unbedeutende Spritzer verschont, aber Deneb, der immer noch wie ein lebender Schutzschild vor dem Herrscher der Welt stand, wurde von dem Schleim getroffen und begraben.

Wie hätten Jodaryon und Deneb vorhersehen sollen, dass ihr Abwehrzauber das Monster dermaßen in Stücke zerriss! Deneb hatte keine Chance, da nützten ihm auch all seine vampirischen Fähigkeiten nichts. Es ging alles viel zu schnell für den Halbvampir, der zudem seine neuen Fertigkeiten auch noch nicht recht anwenden konnte. So gab Deneb sein Leben, um das Jodaryons zu retten.

David gegen Goliath

Unbehelligt wanderten Antares und Luziferine durch die Hölle. Niemand erwartete sie, niemand wollte sie aufhalten. Es war beinahe so, als wenn das Paar einen Spaziergang machte.

Doch dann hörten sie Kampfeslärm und aufgeregte Stimmen. Sie erkannten Jodaryons und Denebs Rufe und fremdartige Geräusche, die sich anhörten, als wenn jemand abwechselnd Stöhnen und unartikulierte Laute von sich gab.

Trotz ihrer Sorgen um die beiden waren sie auch erleichtert. Erstens hatten sie jetzt Gewissheit, dass Jodaryon noch lebte. Und zweitens erfuhren sie, dass er nicht wie angenommen alleine war. Deneb erschien ihnen als idealer Begleiter für Jodaryon, mutig und ehrlich. Der sollte schon gut auf Jodaryon aufpassen.

Trotzdem waren sie in Sorge und beschleunigten sofort ihre Schritte. Vorerst war ihre Sicht durch hohe Sandsteinfelsen, die wie eine natürliche Mauer aussahen, versperrt. Erst mussten sie noch um eine Wegkurve eilen, dann endlich sahen sie die Freunde gegen ein riesiges schleimiges Monster kämpfen. Das Monster warf mit widerlichen Schleimbatzen um sich und bewegte sich auf die kämpfenden Magier zu, die sich gemeinsam mit den Strahlen der Liebe und des Lebens verteidigten.

Das Monster nahm die Strahlen in sich auf und wurde immer größer. Antares und Luziferine wussten nicht so recht, wie sie eingreifen konnten. Aber da bemerkten sie, dass Luzifer und der Herr des Fegefeuers hinter dem Schleimmonster den Kampfplatz betraten. Noch hielten sie sich im Hintergrund.

Deneb musste die beiden wohl auch gesehen haben, denn er postierte sich nun vor Jodaryon, als wenn er ihn mit seinem eigenen Körper schützen wollte. Plötzlich wurde die Luft erschüttert. Es gab einen ohrenbetäubenden Knall, der von grollenden Nebengeräuschen begleitet wurde.

Zu ihrem unsagbaren Schrecken mussten Luziferine und Antares mit ansehen, dass das Schleimmonster förmlich explodierte. Die Strahlen der Liebe und des Lebens taten ihre Wirkung gegen das monströse Böse und gegen den Tod. Doch dabei geschah, was nicht geschehen sollte. Gewaltige Schleimbatzen flogen durch die Luft und verteilten sich nach allen Seiten hin.

Ein riesiger Klumpen landete direkt auf Deneb und begrub ihn unter sich. Das alles ging so schnell, dass Deneb nicht den Hauch einer Chance hatte, sich zu retten. Aus dem zähen, klebrigen Schleimbatzen konnte er sich nicht mehr befreien.

Luziferine schrie gellend. Immer wieder, voller Wut und Verzweiflung.

Fassungslos stand Jodaryon hinter dem Schleimbatzen, der den toten Deneb unter sich begrub. Verzweifelt versuchte er mit verschiedenen Zaubern seinen Freund zu retten, doch Luzifer verhinderte das. Er hob seinen rechten Arm und schickte dem Schleimbatzen einen Blitz. Feuer und Rauch entstanden und der Schleim löste sich mitsamt Denebs Überresten auf.

Schmerzhaft wie ein Blitz Luzifers durchfuhr Jodaryon die Gewissheit: Nie wieder konnte er Deneb sehen. Dessen Tod war diesmal unwiderruflich, dagegen half kein Zauber. Aber er musste sich zur Besonnenheit zwingen, sonst hätte der Teufel gar zu leichtes Spiel mit ihm. Und der sollte büßen! Büßen! Büßen! Jodaryon empfand einen Hass, einen ohnmächtigen Zorn wie noch nie in seinem Leben. Fast wahnsinnig vor Wut brüllte er Luzifer an: „Du Ausgeburt der Hölle sollst endlich verschwinden! Hast du denn immer noch nicht genug Leid über die Welt gebracht?"

Antares und Luziferine wollten zu Jodaryon stürmen, um ihm beizustehen, doch mit einem Blitz machte Luzifer sie völlig bewegungslos. „Ihr bleibt, wo ihr seid!", donnerte der Teufel ihnen entgegen. In seiner Bosheit ließ er dem Paar jedoch sämtliche Sinne. Alles, was jetzt geschah, konnten Antares und Luziferine sehen, hören und sogar riechen, ohne im Mindesten eingreifen zu können.

„Nun zu dir", brüllte Luzifer Jodaryon an. „Was glaubst du eigentlich, wer du bist? Du bist ein Nichts, das sich einbildet, die Welt verändern zu können! Du meinst, dass du dich mit mir anlegen kannst?! Ich, Luzifer, der Höllenfürst, kann dich vernichten und die Welt dazu! Die ganze Welt, die ganze mickrige Dreckswelt! Ich bin der Herr der Unterwelt und hier kommt kein Sterblicher ohne meine Erlaubnis herein! Du bist in mein Reich eingedrungen, du hinderst mich auf der Erde, meine Vorhaben in die Tat umzusetzen. Du hast meinen Zorn auf dich geladen und wirst dafür bezahlen!"

Luzifer machte eine kleine Pause, um seine Worte auf Jodaryon wirken zu lassen. Außerdem wollte er Luziferine und Antares eine Kostprobe seiner Macht demonstrieren. „So, und was machst du jetzt ohne deinen Hampelmann?", fragte er böse.

Jodaryon trauerte um seinen Freund. Das Monster, das Deneb getötet hatte, war selbst vernichtet worden. Doch was interessierte ihn das Monster! Luzifer, der für den Tod des Freundes verantwortlich war, stand leibhaftig vor ihm, böse, feixend, triumphierend. Sollte der für diesen feigen Mord an einen guten und weisen Magier so einfach davonkommen, nur weil er der Teufel war? Und auch Jodaryon selbst sollte nach dem Willen des Höllenfürsten sterben. Mühsam beherrscht antwortete er: „Du bist nicht nur der leibhaftige Teufel, sondern auch ein ganz hundsgemeiner, ordinärer Mörder! Du sollst dafür büßen!"

Luzifer lachte: „Da bin ich aber gespannt, du verkrüppelter Zwerg!"

„Hast du schon vergessen, wer ich bin?" Von einer auf die andere Sekunde war Jodaryon verschwunden. Mit einem Tarnzauber hatte er sich unsichtbar gemacht. Nicht einmal Luzifer konnte ihn sehen. Jodaryon war fest entschlossen, sich so teuer wie möglich zu verkaufen, und dazu gehörte auch, dass er den Höllenfürsten bis zur Weißglut reizte.

Unvermittelt vernahm Luzifer die Stimme seines Gegners hinter sich: „Ich werde dich bestrafen!"

Er fuhr herum – und brüllte auf. Jodaryon belegte ihn mit einem Schmerz bringenden Zauber. Der Teufel krümmte sich vor Schmerzen, wie er sie noch nie erlebt hatte, sie waren nicht auszuhalten. Krampfhaft drückte er die Hände auf seinen Bauch und sein röhrendes Geschrei gellte durch die gesamte Unterwelt, dass es sämtlichen schwarzen Seelen durch Mark und Bein ging.

Aber so leicht gab sich der Höllenfürst nicht geschlagen. Als Hüter der Schwarzen Magie war er fähig, jedem Zauber Jodaryons mit einem wirksamen Gegenzauber zu begegnen und so dessen magische Formeln unwirksam werden zu lassen.

Ein Wettkampf zwischen Schwarzer und Weißer Magie war entbrannt. Allerdings ein sehr ungleicher Wettkampf, schon deshalb, weil der Teufel dem Zauberer gegenüber noch einen zweiten entscheidenden Vorteil hatte. Ein Zauberer konnte den Teufel nicht vernichten, der Teufel den Zauberer dagegen sehr wohl.

Aber zumindest einen gehörigen Denkzettel wollte Jodaryon Luzifer verpassen, sterben musste er ja so oder so und so kämpfte er mit dem Mut der Verzweiflung. Luzifer sollte für den Mord an Deneb bezahlen. Und das nicht zu knapp.

Der Höllenfürst erlitt wahrhaft höllische Qualen, solange er Jodaryons Zauber nicht aufheben konnte. Er führte sich auf, als brate er in seinem eigenen Fegefeuer. Oder simulierte er zuletzt nur noch? Denn mit einem Ruck drehte er sich um und schleuderte einen Blitz des Todes hinter sich, wo er Jodaryon vermutete.

Doch dieser Blitz ging ins Leere und zerschmetterte lediglich einen Felsblock. Jodaryon hatte in weiser Voraussicht seinen Standort längst erneut gewechselt. Lauthals lachte er Luzifer aus und rief ihm zu: „Glaubst du etwa, ich bin dumm oder ein Anfänger?“ Gedankenschnell belegte er den Herrn der Unterwelt mit einem weiteren Zauber. Der bewirkte, dass sich unter dem Teufel ein Loch auftat. Mit lautem Platschen stürzte der Höllenfürst hinein – Jodaryon hatte in das Loch eine gelbliche Flüssigkeit gezaubert, eine stark konzentrierte Säure, und sofort setzte Luzifer die ätzende Flüssigkeit zu.

Der Teufel wurde fast wahnsinnig vor Schmerz und Wut. Er begriff, dass er diesen verdammten Gnom, der sich Herrscher der Welt nannte, wohl doch gewaltig unterschätzt hatte. Der war ja sehr viel mächtiger als vermutet! Jetzt war für ihn endgültig Schluss mit irgendwelchen Spielchen, er musste zum Äußersten greifen oder es ging noch unendlich lange so weiter. Also zum Angriff! Mit einem gewaltigen Ruck katapultierte sich Luzifer aus dem Loch mit der Schwefelsäure heraus. Gleichzeitig hob er mit einem Gegenzauber Jodaryons Tarnung auf. Der wurde nun wieder für alle Höllenwesen sichtbar. Jetzt musste er ihm doch den entscheidenden Schlag verabreichen können!

Doch nein, schon wieder brüllte er auf. Erneut hatte ihm Jodaryon einen Streich gespielt. Natürlich hatte er Luzifers Befreiungsversuch erwartet und direkt über dem Loch eine unsichtbare Wand errichtet, gegen die der Bösewicht jetzt mit voller Wucht mit seinem Kopf prallte. Dabei bekam Luzifer mehr als nur Kopfschmerzen. Sein Schädel krachte gewaltig und brach an mehreren Stellen. Der Kopf war völlig deformiert.

Die Schmerzen in Luzifers Kopf wollten überhaupt nicht mehr abebben. Er rastete völlig aus und reagierte mit einem wütenden Blitz auf den Hüter des Fegefeuers, der die ganze Zeit über blöde glotzend dabeistand. Konnte dieser hirnlose Kriecher und Seelenschinder denn nicht ein einziges Mal eine eigene Entscheidung fällen? Womöglich machte sich dieser Fiesling sogar über seinen Herrn lustig und gönnte ihm die Qualen? Dem flammenden Körper des Herrn des Fegefeuers konnte der Blitz nicht viel anhaben, trotzdem schrie Luzifers Domestik auf. Wohl mehr vor Schreck als vor Schmerzen. Sollte er bei dem allmächtigen Höllenfürsten plötzlich wieder in Ungnade gefallen sein?

Nun wandte sich Luzifer wieder Jodaryon zu. Es wurde Zeit, dass er es dem zeigte! Zerknicken wollte er ihn, zerknicken wie eine mickrige Stechmücke! Er, der Fürst der Unterwelt! Der in diesem Kampf bisher eine so erbärmliche Figur abgegeben hatte! Aber jetzt wollte er Jodaryon und erst recht seiner missratenen Tochter und deren jämmerlichen Mann eine Lektion erteilen, die sie nie vergessen sollten! Glaubten die denn, man könne einfach in seinem Reich ein und aus gehen wie in einem Gemüseladen? Und ihn dazu auch noch vorführen? Und so schleuderte er dem Magier einen fürchterlichen Todesblitz entgegen.

Der Herrscher der Welt konnte dem Blitz nicht mehr ausweichen, aber er konnte mit einem schnellen Sprung zur Seite verhindern, dass er getötet wurde. Dabei prallte er jedoch mit dem Rücken schmerzhaft gegen eine Felswand.

Jodaryon achtete nicht auf den Schmerz. Noch ehe Luzifer den entscheidenden Schlag anbringen konnte, sah dieser sich plötzlich an einen Felsblock genagelt. Mit langen Nägeln, die seine Hände durchbohrten! Rasend vor Schmerz versuchte er, sich mit einem Gegenzauber freizukämpfen, mit verzweifelter Energie bestärkte Jodaryon seinen Zauber und hielt Luzifer weiterhin am Felsen fest. Endlich, nach unsäglichen Qualen, vermochte sich der Höllenfürst zu befreien, mit letzter Kraft. Nun saß er zusammengesunken da wie ein Häufchen Elend, jammerte und heulte zum Steinerweichen. Jodaryon ließ ihn keinen Augenblick aus den Augen, jederzeit bereit, ihn mit dem nächsten Zauber heimzusuchen. Aber der Teufel schien besiegt.

Endlich, als Luzifer sich ein klein wenig erholt hatte, blickte er kläglich zu Jodaryon empor. 'Was kommt jetzt?', fragte sich dieser. 'Sollte tatsächlich das Unglaubliche eingetreten sein? Sollte der Höllenfürst kapitulieren?'

Es sah tatsächlich so aus. Völlig am Ende mit seinen Kräften brachte Luzifer mühsam die Worte hervor: „Du bist wirklich gut, Jodaryon, sehr, sehr gut. Ich habe dich unterschätzt. Ich beglückwünsche dich."

Jodaryon selbst und auch Antares und Luziferine hielten den Atem an.

„Du bist gut, alter Mann", stammelte Luzifer erneut.

Im nächsten Augenblick schnellte er empor und schoss aus seiner rechten Hand einen schwarzen Strahl auf den Magier. Ehe sich Jodaryon versah, wurde er in die Luft geschleudert. Dort schwebte er, zu keiner Bewegung mehr fähig. Und nun lachte Luzifer los, lachte laut, lange und böse, so dröhnend, dass auch dieses Lachen allen Höllenbewohnern durch Mark und Bein ging, am meisten jedoch dem hilflosen Jodaryon. Fast konnte Luzifer sich nicht mehr beruhigen. Endlich rief er, immer noch lachend, Jodaryon zu: „Aber gut genug für mich bist du noch lange nicht!"

Hilflos schwebte Jodaryon vor dem Höllenfürsten.

„Ich bin ein anständiger Sieger", sagte dieser, „ich ehre den tapferen Besiegten. Schau, wie freundlich ich zu dir bin! Erst einmal will ich dich zurück auf den Boden holen. Auf den Boden der Tatsachen!" Dabei lachte er wieder laut los. „Ganz sanft, siehst du, ganz sanft landest du jetzt!"

Tatsächlich sank Jodaryon langsam auf die Erde herab. Als er endlich wieder festen Boden unter den Füßen hatte, öffnete er den Mund, um dem Teufel zu antworten.

Aber dazu kam er nicht mehr, denn unvermittelt brüllte dieser ihn an: „Du bist nur ein Zauberer, ein jämmerlicher mieser Zauberer! Hast du denn allen Ernstes geglaubt, dass du jemals so mächtig sein wirst wie ich? Und jetzt ist Schluss! Stirb endlich!"

Darauf gab er dem Hüter des Fegefeuers einen Wink. Der, nur zu froh, sich bei Luzifer wieder beliebt machen zu können, wollte zu Jodaryon eilen. Doch der Teufel gab ihm zu verstehen, dass er sich ruhig Zeit lassen könne, der Zauberer war ja immer noch von Luzifers schwarzem Strahl gelähmt und konnte dem Monster nicht einmal eine magische Formel entgegenschicken.

So tappte das feurige Wesen ganz gemächlich auf den Herrn der Welt zu, blieb vor diesem stehen, hob ihn dann auf und drückte ihn fest an sich. Es sah alles so zärtlich aus.

Nur war das keine Geste der Liebe, sondern eine Geste des Todes. Jodaryon hing in den Armen des todbringenden Monsters und wurde auf diese Weise am gesamten Körper verbrannt.

Schon nach kurzer Zeit rief Luzifer: „Es ist genug! Setze ihn wieder auf die Erde! Aber so, dass er sich nicht wehtut! Und jetzt soll er schön langsam und qualvoll an seinen Brandverletzungen krepieren wie der allerletzte dreckige, räudige, verlauste, verwanzte Straßenköter unter der Sonne! Schön, schön langsam und qualvoll!"

„Bekomme ich ihn dann auch für meine Sammlung schwarzer Seelen?", fragte der Herr des Fegefeuers unter Aufbietung seines ganzen Mutes.

„Aber natürlich", entgegnete Luzifer großmütig. „Das hast du dir redlich verdient!"

Darauf strahlte das Monster über das ganze Gesicht und die Flammen an seinem Körper leuchteten noch heller als sonst. Luzifer war wieder versöhnt! Und er wollte das Fegefeuer auch ganz gewiss besonders fleißig anfachen, um Jodaryons Seele bei sich willkommen zu heißen!

Voller Eifer wollte er sich an seine Arbeit machen. Doch da hielt ihn Luzifer zurück.

„Wir sind hier noch nicht fertig, mein Guter", sagte er (der Hüter des Fegefeuers strahlte über das ganze Gesicht, so freundlich redete ihn der Höllenfürst sonst nie an). „Ich muss noch etwas erledigen."

Breit pflanzte er sich vor Antares und Luziferine auf, die immer noch durch seinen Zauber festgebannt waren.

„Nett von euch, dass ihr so geduldig auf mich gewartet habt", lachte er höhnisch. Luziferine lief es eiskalt den Rücken herunter – Luzifers gute Laune war noch gefährlicher als sein Zorn, das wusste niemand besser als sie.

„Ihr glaubt also", fuhr der Teufel im allerfreundlichsten Ton fort, „dass ihr hier bei mir ein- und ausgehen könnt, wie es euch gerade in den Sinn kommt. Ist das richtig? Glaubt ihr das, Kinderchen? Korrigiert mich ruhig, wenn ich etwas Falsches sage!"

Worauf er unvermittelt losbrüllte: „Was glaubt ihr denn eigentlich, ihr erbärmliches Gesindel, ihr größenwahnsinniges Pack, wen ihr vor euch habt? Eine Witzfigur, die niemand mehr ernst zu nehmen braucht? Einen leicht dümmlichen Poltergeist, dem alle Welt auf der Nase herumtanzen kann? Du, Antares, hattest die Frechheit, mir geradewegs ins Gesicht zu sagen, ich sei dumm! Ja, glaubst du denn, das habe ich vergessen? Nein, du lausigster aller Zauberer, der bei jeder kleinen Herausforderung in Schockstarre verfällt, jetzt werde ich dir die Rechnung präsentieren!"

Luzifer hatte recht, Antares war tatsächlich in eine Art Schockstarre verfallen. In diesem Augenblick hätte er nicht den kleinsten Zauber anwenden können. Im Grunde hätte ihn der Höllenfürst gar nicht festzaubern müssen.

„Und du, mein Mädchen", grollte Luzifer, „kommst mir sowieso wie gerufen. Mit dir habe ich noch ein gewaltiges Hühnchen zu rupfen. So etwas von missratener Tochter! Ja, jetzt hat es dir die Sprache verschlagen! Aber was hattest du sonst immer für ein großes Maul, wenn es gegen deinen eigenen Vater ging! Blamiert hast du mich, blamiert vor der ganzen Welt! Von der Hölle ganz zu schweigen! Und was macht man als Vater mit einem total missratenen Kind? Na, was macht man da? Also wenn ich es mir richtig überlege ..."

Der Teufel kostete die Situation voll aus. Immer noch machte er ein unendlich grimmiges Gesicht, aber in seinen Augen blitzte es verräterisch. Luziferine kannte diesen Gesichtsausdruck nur zu gut: Luzifer spielte wieder einmal mit seinen Opfern.

„Was soll ich mit euch beiden nun eigentlich anstellen? Könnt ihr mir das sagen? Versetzt euch doch mal in meine Lage! Na – was meint ihr?"

„Herr, wenn ich etwas sagen darf – bei mir ist noch Platz frei!", sagte der Hüter des Fegefeuers halb dienstbeflissen und halb ängstlich, weil er fürchtete, zu weit zu gehen. Aber Luzifer war ihm keineswegs böse. Ganz im Gegenteil! Oh, heute war ein großer Tag für den Herrn des Fegefeuers! Heute konnte er einen großen Sprung auf der höllischen Karriereleiter machen! Bis zum Unterteufel, vielleicht sogar bis zum Ersten Nebenteufel!

„Mein treuer Mitarbeiter, diese gute Seele!", rief Luzifer scheinbar gerührt. „Immer bereit, für mich zu arbeiten, und dabei so grenzenlos uneigennützig!" (Natürlich erkannte das dumme Monster Luzifers Ironie nicht einmal im Ansatz.) „Und was für eine gute Idee! Ab ins Fegefeuer mit euch! Aber – hm, nicht so eilig, ihr lauft mir ja nicht davon, keiner läuft mir davon! Ich muss überlegen, gerade eben fällt mir noch etwas viel Besseres für euch ein ..."

Erneut legte er eine Kunstpause ein. Luziferines Hass auf ihren Vater steigerte sich ins Unendliche. Zugleich verlor sie beinahe den

Verstand vor Angst und Hilflosigkeit. Antares erging es nicht besser. Was für eine Bosheit mochte der Teufel nun wieder aushecken?

„Ich habe heute meinen besonders großzügigen Tag", feixte Luzifer, „und deshalb hört meinen Beschluss: ***Ich – lasse – euch – laufen***!!"

Antares und Luziferine trauten ihren Ohren nicht. Was war das eben?

„Wisst ihr", grinste der Höllenfürst, „Vorfreude ist manchmal die schönste Freude – oder wie sagt man bei euch da oben? Deshalb geht ruhig wieder aus der Hölle hinaus! Ja, ich erlaube euch sogar, euren Jodaryon mitzunehmen!"

Im nächsten Augenblick veränderte sich sein Ton wieder und seine ganze Bösartigkeit wurde erkennbar.

„Da staunt ihr, ihr dummes Ungeziefer, wie? Ich lasse euch laufen, ihr habt ganz richtig gehört! Schert euch auf die Erde zurück, schleppt euren Jodaryon mit euch oder das, was von ihm noch übrig ist, seht zu, wie er an seinen Verletzungen schön langsam und jämmerlich krepiert, vegetiert oben noch eine Zeit lang dahin! Freut euch schon mal auf das Fegefeuer, bibbert vor Angst vor den unendlichen Qualen, die euch dort erwarten, macht euch andauernd in die Hosen vor Angst! Jammert und heult und betet zu euren Göttern, die es nicht gibt – oh, es gibt keine Götter, die sind reine Fantasieprodukte der Menschen, nur ich, Luzifer, der große Höllenfürst, bin real, ich bin der oberste Herr der Welt, nicht irgendwelche Jodaryons oder Wasgos, merkt euch das! Bald sehen wir uns hier in meinem Reich wieder – aber das nächste Mal kommt ihr nicht mehr aus freien Stücken, sondern dann hole ich euch, bald, sehr bald, das garantiere ich euch! Und jetzt seht zu, dass ihr hier verschwindet – bevor ich es mir doch noch anders überlege!"

Mit diesen Worten schleuderte Luzifer einen weiteren Blitz auf seine Tochter und Antares und im nächsten Augenblick war er mitsamt seinem Monster verschwunden. Nur ein penetranter Geruch nach Rauch und Schwefel blieb zurück. Und ein entsetzlicher Gestank nach verbrannter Haut.

Heimweg

Antares und seine Frau dankten den Göttern. Sie konnten sich wieder bewegen! Sofort eilten sie zu dem hilflos am Boden liegenden Jodaryon.

Um Himmels willen, wie sah der aus! So grässliche Brandverletzungen hatte das Paar noch nie gesehen. Von Jodaryons Kleidern war so gut wie nichts mehr übrig. Sein Gesicht und fast sein gesamter Körper waren von riesigen Brandwunden übersät. Jetzt, wo der Kampf vorbei war, war alle Energie aus ihm gewichen und er hatte das Bewusstsein verloren. Fast schon wie tot lag er da, klein, schwach und hilflos.

Antares und Luziferine sahen sich stumm und voller Trauer an. Sie brauchten nichts zu sagen, sie wussten beide: Solche Verbrennungen konnte kein Mensch und auch kein Zauberer lange überleben.

Wie konnten sie da überhaupt noch helfen? Auf keinen Fall wollten sie ihn berühren, das hätte ihm nur weitere Schmerzen zugefügt. Aber ihn einfach liegen lassen? In der Hölle? Wie einen gleichgültigen Tierkadaver? Das kam für sie erst recht nicht in Frage.

Wieder einmal verfluchte sich Antares dafür, dass er ein so schlechter Zauberer war. Er versuchte den einzigen Heilungszauber, den er beherrschte, aber der war entschieden zu schwach – wenn denn bei Jodaryon überhaupt noch ein Zauber helfen konnte. Gut, einige Brandwunden verschwanden oder klangen etwas ab. Aber das war nicht mehr als der berühmte Tropfen auf dem heißen Stein.

„Wasser!", rief Antares aus. „Er braucht Wasser! Zur Kühlung!"

Ohne zu zögern, begossen er und seine Frau den Schwerverletzten mit ihrem Trinkwasser. Auf sich nahmen sie dabei keine Rücksicht –

irgendwo sollten sie schon wieder Wasser auftreiben! Jodaryon brauchte Linderung, das war jetzt das Wichtigste.

Wenn der alte Zauberer nur das Bewusstsein zurückerlangt hätte! Vielleicht hätte er sich dann selbst helfen können. Aber er lag da, als solle er überhaupt nie mehr aus seiner Bewusstlosigkeit erwachen. Noch einmal versuchte Antares seinen Heilungszauber. Ohne wirklichen Erfolg. Immerhin hatte es jedoch den Anschein, dass Jodaryon vorläufig größere Schmerzen erspart blieben. Konnte man ihn vielleicht doch aus der Hölle hinaustragen, ohne ihn zusätzlich zu quälen? Aber wie sollte das gehen? Und wie sollte er zurück in die Hauptstadt gelangen?

Fragen über Fragen! Wasgos Eltern beschlossen, zuerst das Nächstliegende anzugehen. Zuerst sollte Wasgo informiert werden. Wieder und wieder versuchte Antares mit seinem Sohn in telepathische Verbindung zu kommen, der sollte so schnell wie möglich zurückkehren, Sinclair hin oder her. Warum klappte das denn ausgerechnet jetzt nicht, wo es so verdammt wichtig war? Irgendwann fiel ihm ein, dass sie ja in der Unterwelt waren. Und Wasgo war weit entfernt in Transsilvanien. Vielleicht ließ sich ja die telepathische Verbindung droben auf der Erde besser zustande bringen. Nur musste man dazu erst einmal hinauf ans Tageslicht kommen. Luziferine mit dem todgeweihten Jodaryon alleine hier unten lassen? Auf gar keinen Fall!

Da blieb nur eines: Sie mussten eine Art Gestell bauen, auf das sie Jodaryon betten konnten. Auf diese Weise konnten sie ihn wohl an die Erdoberfläche bringen.

„Das wird aber schwierig“, sagte Luziferine. „Nur wir beide sollen ihn schleppen? Wir beide alleine? Und wie willst du denn hier unten überhaupt so ein Gestell bauen? Wie soll das aussehen? Geh doch erst mal alleine nach oben und versuche, Hilfe zu rufen!“

„Und wenn Luzifer es sich anders überlegt und zurückkommt? Womöglich mit seinem Brandvieh? Glaubst du, er tut dir nie etwas, weil du seine Tochter bist? Wasgo will der Kerl ja auch töten, da nimmt er doch auf dich irgendwann keine Rücksicht mehr! Nein, du kommst mit und hilfst mir, Jodaryon hier herauszutragen!“

„Und wie bauen wir das Gestell?“

„Ganz einfach, wir binden unsere Rucksäcke an den Seiten aneinander. Die Rucksäcke von Jodaryon und Deneb sind ja auch noch da, die werden uns weiterhelfen.“

„Das ist eine gute Idee!“ Sofort machte sich Luziferine daran, aus den Rucksäcken eine Tragevorrichtung für Jodaryon zu konstruieren. Antares half fleißig mit.

Als sie endlich fertig waren, es dauerte quälend lange, legten sie ihren Freund vorsichtig darauf und begannen ihn langsam in Richtung Höllentor zu tragen. Das erwies sich als ungemein mühsam, obwohl Antares es mit einem Zauber zumindest schaffte, Jodaryons Gewicht stark zu reduzieren. Alleine schon die vier Rucksäcke zu schleppen war eine Schinderei ohnegleichen. Immerhin gelangten sie schließlich zum Höllentor und auf die Erde zurück. Glücklicherweise war Jodaryon immer noch ohne Bewusstsein und schien auch keine allzu schlimmen Schmerzen zu haben. Antares wiederholte vorsichtshalber seinen schwachen Heilungszauber.

Denn jetzt kam der fast noch schwierigere Teil ihres Rückzugs aus der Hölle: Jodaryon musste zurück in die Hauptstadt gebracht werden. Aber zunächst versuchte Antares wieder, Wasgo mit telepathischen Kräften zu erreichen. Tatsächlich kam diesmal auch eine Verbindung zustande, nur war die so schlecht, dass sie sich kaum verständigen konnten. So beschränkte sich Antares auf die allerwichtigsten Informationen. Ob Wasgo seinen Vater überhaupt erkannt hatte? Und hatte er alles verstanden? Aber wenigstens versprach er, so schnell wie möglich in die Hauptstadt zurückzukehren.

Danach stand Antares plötzlich ratlos vor dem bewusstlosen Jodaryon. Alles gut und schön, aber wie sollten sie jetzt in die Hauptstadt zurückkommen? Hatten sie Jodaryon aus der Unterwelt geschleppt, um ihn jetzt hier oben, auf diesem von Luzifer verwüsteten Berg, auf diesem gigantischen Haufen von Schlamm und Geröll, sterben zu lassen?

Aber Luziferine wusste Rat. Es gelang ihr, einige Greife herbeizurufen und dazu zu bringen, Jodaryon schnell in die Hauptstadt zu tragen. Vier dieser majestätischen Vögel packten die Rucksäcke mit ihren Krallen und erhoben sich so mit dem auf der notdürftigen Trage festgeschnallten Jodaryon in die Lüfte. Jeweils zwei Greife ergriffen Antares und Luziferine an den Kleidern und hoben gleichfalls ab. Zwei oder drei Dutzend weitere Vögel schirmten den Konvoi gegen etwaige Überraschungsangriffe ab, jederzeit bereit, eine Last zu übernehmen, wenn einer der Träger ermüdete. Langsam und vorsichtig setzte sich die seltsame Prozession in Bewegung.

Tränen

Den Wachen an den Toren der Hauptstadt bot sich ein höchst merkwürdiges Bild.

Ungewöhnlich viele Greife flogen wie in Formation auf die Hauptstadt zu. Einige der Vögel hielten irgendetwas mit ihren mächtigen Krallen fest, als ob sie es transportierten. Nur konnte niemand erkennen, was das war. Zielstrebig näherte sich die Vogelschar der Stadt. Erst als sie direkt über die Tore hinwegflogen, erkannten die Wachen, dass da Jodaryon auf Rucksäcken liegend durch die Lüfte getragen wurde. Je zwei andere Greife hatten Antares und Luziferine an den Kleidern gepackt und schleppten sie wie Gamskitze, die sie ihrem Nachwuchs vorsetzen wollten. Bequem reiste das Paar auf diese Weise bestimmt nicht. Aber besser und schneller, als zu Fuß zu gehen, war es so allemal.

In Windeseile verbreitete sich die Nachricht, dass mit Jodaryon etwas Schreckliches passiert sein musste. Nur: was?

Direkt im Hof des Palastes wurden Jodaryon und seine Freunde abgesetzt. Luziferine dankte den Vögeln für ihre gute Tat und sagte, sie wolle sie belohnen, doch im selben Augenblick flogen sie schon davon.

Gleich darauf knallte eine große, schwere Tür in ihr Schloss und Wasgo stürzte förmlich die Treppe herunter. Er war auf schnellstem Weg aus Transsilvanien zurückgekehrt und hatte die ganze Zeit keine Ruhe gefunden, ständig grübelte er darüber nach, was denn um aller Götter willen nur passiert sein konnte. Und niemand konnte ihm eine Auskunft geben! Seine Eltern waren wie vom Erdboden verschluckt und Jodaryon war unterwegs zu Luzifer. Nicht einmal Deneb hatte er erreichen können, dabei hatte der zurzeit eigentlich gar keine konkreten Aufgaben. Und die Minister und Berater Jodaryons waren völlig ahnungslos, sie konnten Wasgo nur mitteilen, dass der Herrscher der Welt die Hauptstadt verlassen hatte. Entweder sie wussten tatsächlich nicht mehr oder sie wollten Wasgo nicht beunruhigen.

Der junge Mann lief zu seiner Mutter und riss sie direkt in seine Arme. Er drückte sie an sich und sagte leise, aber maßlos erleichtert: „Oh, Mutter, ich hatte so große Angst um euch! Niemand konnte mir sagen, was passiert war. Den Göttern sei Dank, dass es euch gut geht! Irgendjemand hat mit mir telepathische Verbindung aufgenommen und irgendwas Konfuses von Tod erzählt und nannte alle eure Namen. Was sollte ich da denken? Aber jetzt seid ihr ja hier!"

„Ich war das", sagte Antares, der unbemerkt hinzugetreten war. „Ich habe dich angerufen. Aber irgendwie war die Verbindung schlecht. Und ich bin nun einmal kein guter Zauberer."

Wasgo öffnete seine Arme und nahm den Vater ebenfalls darin auf.

„Aber jetzt seid ihr ja wieder hier! Und wo habt ihr denn Jodaryon gelassen?", fragte er hoffnungsfroh und lächelnd.

Luziferine brachte kein Wort heraus. Sie löste sich von ihrem Jungen und gab ihm den Blick auf den immer noch auf den Rucksäcken liegenden alten Mann frei. Als Wasgo seinen alten Meister erblickte, erstarrte sein Lächeln zu einer Grimasse. Mit einem Blick erkannte er, dass Jodaryon mit solchen Verbrennungen nicht lange überleben konnte, wenn kein Wunder geschah.

Wenn überhaupt noch jemand helfen konnte, dann war das er, dessen war sich Wasgo augenblicklich bewusst. Jede Sekunde konnte über Tod und Leben entscheiden. So gab Wasgo präzise Anweisungen, die er sofort befolgt haben wollte. Aus dem fast noch etwas kindlichen Wasgo wurde plötzlich ein befehlsgewohnter Vorgesetzter, der genau wusste, was er wollte. Die große Tür, durch die er noch vor wenigen Augenblicken ins Freie gestürzt war, ließ er öffnen und wandte danach einen Bewegungszauber an, mit dessen Hilfe er Jodaryon in seine Gemächer brachte.

Wie von unsichtbarer Hand wurde der Herrscher der Welt sanft die Treppe heraufgetragen und verschwand im Inneren des Palastes. Wasgo rannte aufgeregt hinterher, gefolgt von seinen Eltern. In Jodaryons Schlafzimmer angekommen, fragte Antares: „Brauchst du Hilfe, mein Sohn? Sag es und wir werden tun, was du von uns verlangst!“

Traurig sah Wasgo seine Eltern an und schüttelte mit dem Kopf: „Nein, leider könnt ihr nichts mehr für ihn tun. Ich will versuchen, einen Heilungszauber zu finden, der ihm wenigstens Linderung bringen kann. Der Ärmste muss ja furchtbare Schmerzen haben. Ich habe Angst um ihn, er wird sterben.“ Mit dem rechten Handrücken wischte sich der Jüngling eine Träne aus den Augenwinkeln.

Danach konzentrierte er sich auf die ihm bekannten Heilungszauber. Er murmelte und murmelte eine magische Formel nach der anderen. Von Mal zu Mal wurde er mutloser. Auch ihm gingen allmählich die Möglichkeiten aus, seinem Freund zu helfen. Der lag bewusstlos vor ihm und stöhnte in unregelmäßigen Zeitabständen qualvoll auf.

Was konnte Wasgo überhaupt noch tun? Verzweifelt wenig. Mit äußerster Vorsicht entkleidete er Jodaryon und ließ ständig kalte, feuchte Tücher herbeibringen, mit denen er das verbrannte Gewebe kühlte. Vielleicht konnte er damit Jodaryons unerträgliche Schmerzen wenigstens etwas lindern.

So ging es über mehrere Stunden. Unermüdlich hasteten Bedienstete durch den Palast und brachten frische Tücher. Immer wieder sprach der junge Mann mit seinem älteren Freund. Ob Jodaryon ihn verstehen konnte? Wasgo glaubte es, denn wenn er seine Worte beendet hatte, stöhnte der Alte manchmal auf, so, als wenn er Wasgo zustimmen wollte.

Irgendwann merkten Antares und Luziferine, dass sie im Grunde nur im Weg standen und nichts tun konnten, und ließen die beiden alleine. Je mehr Zeit verstrich, desto klarer wusste Wasgo, dass er Jodaryon nicht mehr helfen konnte. Ganz vorsichtig ergriff er die rechte Hand seines Freundes und streichelte sie zärtlich. Dass Tränen in seinen Augen standen, nahm er gar nicht wahr. Langsam bahnten sie sich über seine Wangen einen Weg und hinterließen kleine feuchte Spuren.

Erinnerungen an die gemeinsam bestandenen Abenteuer kamen in ihm hoch, daran, dass Jodaryon ihm mehrfach das Leben gerettet und ihn nach seinem Vater weiter in der Kunst der Magie ausgebildet hatte. Leise sagte er mit tränenerstickter Stimme: „Du hast so viel für mich getan und ich war zickig und eingeschnappt, weil ich dich nicht in die Hölle begleiten durfte. Jetzt habe ich begriffen, warum du mir das nicht erlaubt hast. Du wolltest mich damit schützen. Bitte verzeihe mir, dass ich so schlecht von dir gedacht habe! Ich schäme mich so!"

Nun konnte sich der junge Mann nicht mehr beherrschen, er begann hemmungslos zu weinen. Sein Körper bebte, seine Worte wurden immer wieder durch laute Schluchzer unterbrochen, die Tränen rannen ungehindert über sein Gesicht und tropften von dort auf sein Gewand. Einige seiner Tränen fielen auf Jodaryons Hand. Weil Wasgo von immer heftigeren Weinanfällen geschüttelt wurde und nicht mehr still sitzen konnte, gelangten seine Tränen auch auf Jodaryons Körper und ebenso auf dessen Gesicht. Immer verzweifelter und wilder schrie der Jüngling seinen Schmerz heraus: „Du darfst doch jetzt noch nicht gehen! Du darfst mich nicht alleine lassen! Was soll ich denn ohne dich tun?! Du bist für mich nicht nur ein Freund! Du bist doch mein zweiter Vater!"

Zuletzt war er so erschöpft, dass er nur noch leise schluchzen konnte: „Bitte, lasse mich nicht alleine, mein Vater! Bitte, ich brauche dich doch!" Unaufhörlich tropften seine Tränen auf den alten Mann. Längst verschleierten sie seinen Blick, er sah nicht mehr, was um ihn herum vorging.

Und so sah er auch nicht, dass Jodaryons Haut zu heilen begann. Die Liebe des jungen Mannes, seine Dankbarkeit für alles, was der Ältere für ihn getan hatte, die Tatsache, dass er Jodaryon nicht nur als seinen väterlichen Freund, sondern sogar als seinen zweiter Vater ansah – all das sorgte dafür, dass jetzt die Heilungszauber wenigstens teilweise wirken konnten. Wie durch ein Wunder heilte die verbrannte Haut des Herrschers der Welt. Nur an einigen besonders schwer verbrannten Hautpartien bildeten sich Narben. Doch Jodaryon schlug seine Augen auf, erblickte den jungen weinenden Mann und drückte ihm sanft die Hand. „Na, na, wer wird denn so um einen alten Mann weinen?", fragte er leise und gutmütig lächelnd mit seiner tiefen Bassstimme, die Wasgo wieder einmal aus einem tiefen Fass zu kommen schien.

Mit tränennassem Gesicht sah der Jüngling seinem Meister, an dessen Bettrand er saß und dessen Hand er immer noch hielt, in die Augen. Seine Miene verriet völlige Fassungslosigkeit, dieser folgte ein Ausdruck der Überraschung, schließlich liefen noch einmal Tränen, diesmal aber vor Freude. Als der Tränenstrom versiegte, entzog Wasgo Jodaryon seine Hand, um sich das Gesicht trocken zu wischen. Danach löste sich alle Anspannung in ihm, er sprang auf, rannte zur Tür, riss sie auf, dass sie gegen die Wand krachte, und schrie, nein, brüllte, so laut er nur konnte: „Er ist aufgewacht, er lebt! Jodaryon lebt!"

So schnell Wasgo an der Tür war, so schnell war er wieder bei Jodaryon, warf sich übermütig auf ihn und begann ihn zu kitzeln. Dass seine Eltern und fast sämtliche Minister und Dienstboten um ihn herumstanden, glücklich wie er, störte ihn nicht im Geringsten. Ausgelassen wie ein Kind tollte er umher, und Jodaryon, von seinem Übermut angesteckt, rief: „Hör auf! Willst du mich umbringen! Du bist ja rabiater als sämtliche Monster Luzifers zusammen!"

Aber mit einem Schlag wurde Wasgo wieder sehr ernst. Er sah seinen väterlichen Freund in die Augen und sagte leise: „Noch einmal darfst du mir aber nicht solche Angst um dich einjagen!"

Danach erhob er sich und schaute ihm liebevoll ins Gesicht. Schließlich sagte er: „Werde schnell wieder gesund, alter Mann! Ich habe große Fortschritte gemacht. Ich bin kein Vampir, auch kein Halbvampir. Und doch besitze ich alle vampirischen Fähigkeiten. Und weißt du, ich glaube ..." Aber er sprach nicht weiter.

Dafür ergriff Jodaryon das Wort. „Jetzt sage ich dir mal, was ***ich*** glaube. ***Ich*** glaube nämlich, es wird allerhöchste Zeit, dass ***wir beide*** Luzifer so richtig und ausgiebig das Fürchten lehren!"

ENDE

Danksagung

Wir, die beiden Autoren, hatten sehr viel Spaß und Freude an der gemeinsamen Arbeit. Wenn sich dies auch auf den Leser übertragen hat, haben wir erreicht, was wir erreichen wollten.
Sehr herzlich möchten wir Paul Hahn für sein erstes Lektorat danken.
Auch den Mitarbeitern des AAVAA Verlages danken wir für die gute Zusammenarbeit in der heißen Phase vor der Veröffentlichung des Manuskripts.
Des Weiteren danken wir allen unbewussten und bewussten Helfern, die wir hier nicht alle nennen können, die uns aber Ideen geliefert haben. Unschätzbare Hinweise und Tipps verdanken wir vor allem den Testlesern Florian Stenger und Klaus Spies, sowie Tanja Meinke.

Hamburg, im Juli 2014 Michael Rusch
Usingen, im Juli 2014 Thomas Striebig

Michael Rusch
DIE EWIGE NACHT
Die Legende von Wasgo
Fantasy
AAVAA
VERLAG

Michael
Rusch
Band 1
Ein falsches Leben
Autobiografischer Roman
AAVAA

Thomas Striebig
ECHSENFELS
Roman
AAVAA
VERLAG

AAVAA

VERLAG

www.aavaa-verlag.com